Peter Abraham

# Kaspar oder Das Hemd des Gerechten

Verlag
Neues Leben
Berlin

Peter Abraham

# Kaspar oder Das Hemd des Gerechten

Roman

Illustrationen von Burckhard Labowski

# I

Es war Silvesterabend. Ein weißer Mantel aus Schnee hüllte die Stadt ein. Er verdeckte manches Häßliche. Die Kohlenberge auf dem Hof der Handlung an der Ecke wirkten wie eine Alpenlandschaft. Die verschnörkelte Rotunde mit der Aufschrift „Männer“ auf dem Konradsplatz sah aus wie ein Märchenschloß. Und Häuserfassaden mit Stuckgesimsen und rostigen Vorgartenzäunen erinnerten an alte Weihnachtspostkarten.

Aus dem Portal eines Hauses trat ein Mann. Überrascht nahm er das Naturschauspiel wahr. Auf der Schwelle stehend, bückte er sich. Seine Hände griffen zögernd in den Schnee, dann richtete er sich auf und drückte das pulvrige Weiß an Mund und Nase. Vorsichtig setzte der Mann den einen Fuß auf den Bürgersteig, dann den anderen. Er machte Schritte. Jetzt bemerkte er, daß er gleiten konnte. Er versuchte es mit einem Anlauf. Und siehe da, er glitt die leicht abschüssige Straße mehrere Meter hinab. Beim zweiten Versuch landete er hart auf dem Hinterteil.

Drei Jungen schlichen die Häuserzeile entlang, öffneten vorsichtig eines der Tore, warfen, nachdem sie

Kaspar
oder
DAS HEMD
DES
GERECHTEN

nach allen Seiten Ausschau gehalten hatten, etwas in den Flur und rannten davon. Sekunden später blitzte es bläulich, und ein Knall unterbrach das vornehme Schweigen des Viertels.

Der Wachtmeister ging im gleichmäßigen Patrouillenschritt und lächelte im Vorgefühl des Jahreswechsels. Er warf auch einen Blick durch die Scheiben der kleinen hellerleuchteten Imbißstube und legte die Hand grüßend an die Mütze. Das Mädchen hinter der Kaffeemaschine nickte zurück.

Unter den Leuchtbuchstaben des Clubs „Gargantua“ stand in der geöffneten Tür Frau Pimogel von der Kleiderablage.

Der Wachtmeister blieb stehen und fragte: „Nun, wie ist die Stimmung?“

„Oh“, sagte Frau Pimogel und errötete vor Verlegenheit über die Ehre, die ihr widerfuhr, „es wird gewiß ein rauschendes Fest!“

Noch herrschte gedämpfte Stimmung im Club „Gargantua“. Der Höhepunkt des Abends ließ auf sich warten. Die Gäste im Festsaal speisten Forelle und Karpfen blau. Die Ober schritten an diesem Abend besonders feierlich dahin. Es war geschultes Personal.

Auch die Musiker speisten. Sie hatten ihre Damen mitgebracht. Die Instrumente befanden sich, von den Futteralen befreit, auf der Bühne. Noch sah man ihnen nicht an, wozu sie fähig waren.

Ploch, ein Mann von vierzig Jahren mit gewaltiger Haarmähne, die fast nahtlos mit einem Vollbart verschmolz, stand vor einer grüngefliesten Wand in der Herrentoilette und starrte in das niedrige Becken mit den neun rosettenförmig angeordneten Abflußlöchern. Er stand dort, nicht vom körperlichen Bedürfnis getrieben. Er benötigte einfach Ruhe. Jene Ruhe, die der General wenige Minuten vor der Schlacht erbittet. Ploch zog das Resümee des ausklingenden Jahres.

Im ganzen und großen hatte er Erfolge für sich

buchen können. Das Konto auf der Bank hatte den Höchststand seit seiner Eröffnung erklommen. Die dritte Auflage von Plochs „Großem Reisebuch" war den Buchhändlern aus den Händen gerissen worden. Mehrere Herren vom Klangfilm bemühten sich, eine Erzählung Plochs ins Bild zu setzen. Und die im Ausland erschienene „Literaturgeschichte der Neuzeit" hatte den Autor Wenzel Ploch lobend hervorgehoben. Im Grunde genommen wußte Ploch, daß alles, was er bisher geschrieben hatte, recht oberflächlich war. Aber sein neues Buch sollte ganz anders werden. Mit dem Fortgang der Arbeit an dem neuen Buch konnte er zufrieden sein.

Plochs Blick schweifte ab und blieb an einer Fliese mit der Aufschrift „Sanitäranlagenbau Wachsmuth" haften.

Merkwürdig, dachte Ploch, dieser Hang zur Unsterblichkeit! Die Frage war nur, wessen Name länger blieb, der des Herrn Wachsmuth oder der seine. Ploch umfaßte mit kurzem Blick die gesamte Anlage und stellte beunruhigt fest, daß sie solide gebaut war und durchaus noch im nächsten Jahrhundert dem Namen Wachsmuth Ehre machen würde.

Ploch schlug nun, während er nach Vollendung seines Geschäfts sinnlos in lächerlicher Haltung vor der Urinage verblieb, die negative Seite der Jahresbilanz auf. – Die private Sphäre. Er hatte sich nicht endgültig von seiner Frau Dora getrennt. Er war überzeugt, daß sie sich nichts mehr zu sagen hatten. Aber da waren die beiden Buben Jörg und Jens, an denen er hing. Ab und an verbrachte er einen Tag bei Dora. Die Buben sah er jedoch kaum. Sie gingen eigne Wege.

Meist wohnte Ploch in seinem Arbeitszimmer, einige Straßenzüge von seiner Familie entfernt. Bisher hatte er vermieden, mit Dora über ihre Situation zu sprechen. Sie spielten ein Spiel, indem sie so taten, als sei es ganz natürlich, daß Ploch in dem Zimmer lebte. Sie taten beide so, als gäbe es das Fräulein Erika Riedel nicht, mit dem Ploch ein stadtbekanntes Verhältnis hatte.

Der Schriftsteller nahm sich vor, seine privaten Angelegenheiten im neuen Jahr zu ordnen. Er mußte mit Dora endlich über die Scheidung sprechen! Und er mußte das Verhältnis mit Erika Riedel beenden. Sie hoffte auf eine dauerhafte Verbindung mit ihm. Er wußte aber, daß sie genau wie Dora seinen Vorstellungen nicht entsprach. – Noch immer träumte er von Gieselheid Fliedermann, seiner Jugendliebe.

Ploch war nicht so naiv, daß er nicht auch die lächerlichen Aspekte dieser Angelegenheit sah. Er wußte aus Erfahrung, daß vieles in der Erinnerung einmaliger und schöner erschien, als es sich zugetragen hatte. Er wußte, daß er dazu neigte, die Vergangenheit zu idealisieren. Und doch gönnte er sich den kleinen Selbstbetrug.

Gieselheid! dachte er.

Dann ging er zum Waschbecken und wusch sich die Hände betont langsam. Er drückte die Taste des Händetrockengerätes. Mit unangenehmem Schnarren setzte sich der Apparat in Betrieb und blies warme Luft in Plochs Hände.

Damals, von seinem Fensterplatz in der dritten Reihe im Klassenraum der 11 b aus, hatte Ploch Gieselheid, die in der letzten Bank der Fensterabteilung saß, im Spiegel des halbgeöffneten Fensters Stunde um Stunde beobachtet. Eines Tages, Dr. Gwoch, der Geschichtslehrer, schrieb gerade seine Thesen in altertümlicher Schreibschrift an, streifte Ploch die Schuhe ab, stand auf und schlich auf Zehenspitzen, jeden Schritt vorsichtig tastend, nach hinten zur letzten Bank.

Gieselheid beachtete Ploch nicht. Sie verfolgte mühsam, wie sich unter Dr. Gwochs Hand die Tafel mit arabesken Zeichen bedeckte. Ploch starrte wie hypnotisiert auf ihre spröden Lippen, die, ein wenig geöffnet, die Wörter an der Tafel mitformten.

Überraschend preßte Ploch seine Lippen auf die

ihren, umschlang Gieselheid mit aller Kraft, damit sie nicht entkäme. Aber das war ohnehin nicht notwendig. Sie versuchte nicht, Widerstand zu leisten. So blieben sie sekundenlang eng umschlungen, bis die leidende Stimme Dr. Gwochs Wenzel ins Bewußtsein drang: „Aber Ploch, doch nicht das, hier, in der Schule!"

Die Tür zur Herrentoilette wurde von außen aufgerissen. Tanzmusik drang herein, die Kapelle hatte ihre Tätigkeit aufgenommen.

„Gott zum Gruß, Ploch!" sagte ein Mann, den Ploch nur oberflächlich kannte.

Ploch stürzte zur Tür, er wollte die Pennälererinnerung in diese Silvesternacht hinüberretten. Doch im Festsaal empfing ihn ein Furioso von Stimmen und musikähnlichen Lauten, die das Bild Gieselheids zu verdrängen drohten.

Ploch musterte die Tanzenden.

Ob Gieselheid schon eingetroffen war?

Er schlenderte, von innerer Unruhe getrieben, durch den Saal. Alle naselang mußte er einen Gruß erwidern.

Plötzlich straffte sich seine Haltung. Mit wenigen Schritten holte er eine weibliche Gestalt mit langem, herabgekämmtem Haar ein und berührte sie leicht am Arm.

„Gieselheid", sagte er.

Das Mädchen blieb stehen.

Ploch erkannte seinen Irrtum. Dieses Mädchen war viel zu jung. Er hatte Gieselheid an die fünfzehn Jahre nicht gesehen.

Er kam jedoch nicht dazu, sich zu entschuldigen. Er fühlte sich am Anzug gepackt und herumgerissen.

„Hierher", dröhnte eine männliche Stimme.

Clara Liebig, eine alte, verhutzelte Dame, die Zigarren rauchte, hatte zugegriffen und hielt ihn fest. Natürlich saß Clara allein an ihrem Tisch. Sie hatte wie eine Spinne im Netz auf ein Opfer gewartet.

Clara Liebig war eine der bedeutendsten Literaturkritikerinnen des Landes. Sie bildete sich ein, Ploch verdanke seinen Erfolg ihrer fördernden Hand.

„Großer Gott“, sagte sie, „wie freue ich mich, daß du, der du im Lichte stehst, zu mir altem Weib kommst, um mir zu helfen, mein verpfuschtes Leben für wenige Stunden zu vergessen.“

„Später, später“, sagte Ploch, „ich habe noch anderweitige Verpflichtungen.“

„Später!“ Sie riß Ploch mit einer blitzschnellen Bewegung die Krawatte vom Hals und verstaute sie in ihrer verkramten Lederhandtasche.

„Aber nicht doch!“ sagte Ploch. Er versuchte der Liebig die Handtasche zu entwinden.

„Nichts, nichts, mein Lieber.“ Sie lachte. „Die Krawatte bleibt mir als Pfand.“

Sie legte die Tasche auf ihren Stuhl und ließ sich darauf nieder. Jetzt hockte sie wie eine Pute auf den Bruteiern.

„Hexe“, sagte Ploch laut und drehte sich um. Hinter sich hörte er die Liebig kichern. Er war außer sich.

Jetzt erst wurde er gewahr, daß die Szene von einigen Gästen mit Schadenfreude beobachtet worden war. Von einem Moment zum anderen setzte Ploch ein strahlendes Gesicht auf und schlenderte mit gespielter Festfreude weiter. Dabei kam er sich lächerlich vor. Warum hatte er sich über die Liebig so erregt! Gieselheid würde darüber hinwegkommen, wenn er ohne Krawatte, dieses Relikt des Spießbürgertums, vor sie hin trat.

„Wie geht es, lieber Ploch“, rief Dr. Waldersee von der Bar her über die tanzende Menge hinweg.

„Gut“, antwortete Ploch, „was machen die Affen?“ Das letzte hatte Ploch aus Höflichkeit gesagt, tatsächlich interessierte ihn die Tätigkeit des Doktors nicht. Der kleine dicke Dr. Waldersee sprang jedoch behend vom Barhocker, drängte sich durch die Tanzenden und schüttelte Ploch herzlich die Hand.

„Wir vergrößern“, schrie er, um die Musik zu übertönen. „Sie sollten einmal zu uns nach Furth kommen und das Institut besichtigen.“

„Lieber nicht, Doktor“, sagte Ploch, „noch bin ich hier ganz richtig.“ Er deutete auf seinen Kopf.

„Erstens“, sagte der Doktor, „woher wissen Sie das?“ Er lachte meckernd. „Zweitens haben Sie falsche Vorstellungen über das Institut. Besuchen Sie uns. Es muß Sie als Kopfarbeiter doch interessieren, welche Säuren in Ihnen wirken. Sie glauben genial zu sein, dabei ist es vielleicht nur ein kleines Übermaß an Noradrenalin.“ Wieder ließ der Doktor sein meckerndes Lachen hören.

Ploch lächelte. Er kannte Waldersees Ansichten, der die gesamte Hirntätigkeit des Menschen auf irgendwelche Säuren zurückführte. Würde das nicht bedeuten, daß es reiner Zufall war, wenn er, Ploch, Intelligenz besaß, ein anderer dagegen blöde war?

„Das kommende Jahr sei glückhaft für Sie“, sagte Ploch und fügte hinzu: „Und betrinken Sie sich nicht wieder so unanständig.“

Ploch hatte noch niemals erlebt, daß sich Dr. Waldersee betrank. Aber es war beiden zur Gewohnheit geworden, in gröbster Form miteinander zu verkehren.

„O nein“, sagte der Doktor, „wenn mir schlecht werden soll, lese ich ein Buch von Ihnen.“

Er zog sich meckernd wieder an die Bar zurück. Wenzel Ploch überlegte, woher er Waldersee eigentlich kannte. Und er kam zu dem Schluß, daß sie sich immer nur an der Bar des „Gargantua“ gesehen hatten.

Plochs Gedanken kehrten in die Vergangenheit zurück.

Gieselheid!

Nach dem Vorfall in Dr. Gwochs Geschichtsstunde begleitete Wenzel sie täglich nach Hause. Sie sprachen nicht über den Kuß. Auch eine Wiederholung fand nicht statt. Ihre Gespräche waren unverfänglich. Schulaufgaben, Prüfungen, Wetter. Wenzel wußte nicht, woran er war, obwohl sie im Klassenzimmer seinen Kuß erwidert hatte. Er warf verstohlene Blicke auf ihr Gesicht, während er neben ihr ging. Es schien ihm unglaubhaft, daß er sie hatte küssen dürfen.

Manchmal lud Gieselheid ihn ein, mit in die Wohnung zu kommen. Einmal, an einem glühendheißen Sommertag, traf er Gieselheid allein in der Wohnung an. Sie saßen sich zuerst am Tisch gegenüber, den Kopf in die Hände gestützt. Sie schienen beide das gleiche zu denken. Es mußte endlich etwas geschehen.

Dann stand Gieselheid auf und verließ das Zimmer. Ploch hörte durch die geöffneten Türen Geräusche aus dem Badezimmer. Gieselheid brauste sich. Ploch hörte das leise Pfeifen des Wassers, wenn es sich durch die feinen Düsen preßte. Er hörte das Gluckern im Abfluß der Badewanne, den dumpfen Hall, wenn ihre Füße gegen die Emaillewände der Wanne stießen. Und er hörte ihre teils erschrockenen und teils wollüstigen Ausrufe.

Ploch zitterte vor Begierde, aufzustehen und sie so naß, wie sie war, zu nehmen. Aber er blieb auf seinem Stuhl wie angeklebt.

Ploch stand verloren in der Nähe der Tanzfläche und blickte hinauf zur Decke, wo über den Tanzenden die elektrische Beleuchtung vielfarbig flimmerte, aufflammte, erlosch und wieder flimmerte.

Dann vergaß er die lichttechnischen Raffinessen des Clubs „Gargantua“ und fand zurück zu Gieselheid.

Die Erinnerung an ein Oberschulfest nahm ihn gefangen. Als das Fest begann, das war der Zeitpunkt, an dem Theo Petzold, der Internatserzieher, die erste Flasche Apfelwein öffnete; an dem der Schüler Krüger mit Chefmiene die erste Fünfminutentanzplatte in die Grammophonanlage einführte, als die Mädchen in Festkleidern und mit Rouge aus dem Schminkkasten der Mama die Stühle von den Tischen rückten, um bereit zu sein, wenn sie zum Tanzen aufgefordert wurden; zu diesem Zeitpunkt also lag Wenzel noch bei bläulicher Nachtbeleuchtung auf der harten Matratze seines Internatsbettes, lediglich mit einer schwarzen Turnhose bekleidet. Wäsche-Anna, eine der guten Seelen des Internats, reinigte Wenzels Anzughose mit „Schneider's Fleckenwasser". Doch die Flecke traten nur deutlicher hervor.

Die Pinien von Palermo, die am linken Knie durch den kräftigen Eierwurf eines Bauern im Dorf Osero während Wenzels Rezitation des Gedichtes „Kleinbauerndreck" entstanden waren, nahmen öligen Glanz an. Der versunkene Kontinent Atlantis dagegen tauchte dicht am Hosenschlitz in neuer Pracht und diesmal mit Bewohnern auf. Der Kontinent war aus Wagenschmiere entstanden, als Wenzel einen Fuhrunternehmer zum Austritt aus der Rosenhimmel-Gemeinde bewegen wollte. Auch die Himmelsleiter, die sich vom Hosenumschlag auf der linken Seite der Hose bis hinauf zur Hosentasche emporwand, erneuerte sich unter Tante Annas Bügeleisen. Ein Erinnerungsstück an einen Sonntag, als er gemeinsam mit Hölicke, seinem Bettnachbarn aus dem Internat, die staatliche Schmalzreserve vor einer Überschwemmungskatastrophe retten half.

Widerstrebend zog Wenzel die Hose an. Er berief sich auf innere Werte. Doch am Eingang zum Festsaal gewannen die Pinien von Palermo, Atlantis und die Himmelsleiter die Oberhand. Er schaute von außen durch das Fenster in den Saal. Gieselheid saß fremd an einem Tisch und wartete. Wenzel wartete draußen. Endlich brach sie auf. Am Ausgang empfing er sie im Schutze der Dunkelheit. Gieselheid hörte seine gestammelten und erlogenen Erklärungen nicht an. Sie ging. Er folgte ihr, immer einen Schritt hinter ihr im Dunkeln, in Furcht vor Straßenlaternen. Sie verschwand ohne Gruß im Hausflur. Wenzel preßte sich gegen das gläserne Portal, als das Licht verlöschte. Er hatte sie verloren. Lange stand er so. Da regte sich's

GIESELHEID
DER
VERSUNKENE
KONTINENT
ATLANTIS

DIE PINIEN VON PALERMO
DIE HIMMELSLEITER
Schneiders Fleck-Wasser

im Dunkel, und Gieselheid preßte sich von innen gegen das Glas. Wenzel spürte ihren Herzschlag. Er drückte seine Lippen auf die Stelle, wo sich hinter dem Glas ihre Lippen befanden. Er glaubte ihren Atem zu schmekken. –

„Ploch", sagte jemand. Ploch holte seinen Blick von der flimmernden Deckenbeleuchtung des „Gargantua" zurück und schaute in das Gesicht des anderen.

„Vogel. Mensch, Vogel!" sagte er. Sie waren einst Klassenkameraden. „Welch ein Zufall. Ich dachte gerade an Gieselheid."

Vogel stutzte. „Gieselheid?"

„Na, Gieselheid", sagte Ploch. „Die bekannte Sängerin Gieselheid Fliedermann."

Vogel nickte. „Ja, richtig. Ihr seid euch einmal in Doktor Gwochs Stunde vor aller Augen in die Arme gefallen. Das war eine Sensation. Erzähltest du nicht später, sie hätte Grübchen an den Oberschenkeln?"

„Grübchen", sagte Ploch, „an den Oberschenkeln? Woher sollte ich das gewußt haben . . ."

Vogel lächelte. „Tu nicht so, Ploch, alter Schwede, du warst uns schon damals in allem voraus. Du warst es doch überhaupt, der mir den Ratschlag gab, sich hinterher mit Eau de Cologne zu desinfizieren."

„Wie?" sagte Ploch.

„Natürlich, wegen der Krankheiten. Hatte Gieselheid nicht mal eine Abtreibung? Natürlich, ich habe dir sogar noch irgendein Wunderkraut aus der Apotheke meiner Schwester besorgt."

„Weißt du, Vogel", sagte Ploch, „mir gefallen deine Zoten nicht!" Er drehte sich abrupt um und ging zum Ausgang.

„Du bist aber empfindlich", sagte Vogel hinter ihm.

Ploch schritt aus, als hätte er es eilig, dann verlangsamte er seine Schritte. Er zwang sich zu der Erkenntnis, daß Vogel die Wahrheit gesagt hatte. Ja, er hatte vor den anderen mit Gieselheid geprahlt.

Widerlich, dachte Ploch.

Es war doch nur sein Wunsch gewesen, Gieselheid zu besitzen. Wie anders hätte er sonst den Aufwand rechtfertigen sollen, mit dem er um sie warb! Der Kuß in Dr. Gwochs Geschichtsstunde war nur ein Auftakt gewesen. Ploch hatte begriffen, daß er sich aus der Masse der Mittelmäßigen hervorheben mußte, um Gieselheid zu imponieren.

Die Umtriebe gewisser Leute in der Stadt stachen dem jungen Ploch längst in die Augen. Da wagten es doch die kleinen Unternehmer und Handelsleute, sich mit den Symbolen der Gerechtigkeit zu schmücken. Sie hißten rote Flaggen.

Ploch wußte, daß diese Flaggen keine Bekenntnisse waren, sondern Angstzeugnisse: Man wollte sich gut stellen mit der Macht. In der Nacht vor dem Staatsfeiertag schnitt Ploch die Fahnen der Unwürdigen ab.

Ich hätte in Teufels Küche kommen können, dachte der Schriftsteller.

Es waren viele Meter Fahnentuch, die Ploch erbeutet hatte. Wohin damit? Die Polizei der ganzen Stadt suchte nach dem Täter.

Ein inneres Tabu verbot Ploch, das Tuch zu vernichten.

Er ging damals schon im Hause Prof. Fliedermanns ein und aus. Er wußte, daß Gieselheids Mutter eine Nähmaschine besaß. So kam es, daß Ploch auf dieser Maschine aus dem Fahnenstoff die roten Hemden nähte, die er nun trug und in denen er seine Feldzüge für Gerechtigkeit in Stadt und Land führte.

Gieselheid verspottete Ploch, der die Güter der Welt neu aufteilen wollte. Trotzdem bewunderte sie ihn auch. Und Ploch hätte sie erobern können, aber er war damals ein schüchterner Junge.

Heute, in der Silvesternacht, wußte Ploch nicht genau, was er von dem Zusammentreffen mit Gieselheid erwartete. Wollte er nachholen, was er damals versäumt hatte? Oder erhoffte er eine Wiederbegegnung mit der vergangenen Zeit und dem Ploch, der er einmal gewesen war?

Ploch schlenderte in den Garderobenvorraum.

„Frau Pimogel“, rief er.

Die Mäntel und Capes auf den langen Kleiderrechen begannen sich gespenstisch zu bewegen. Die Pimogel steckte kauend ihren Kopf aus dem Kleidermeer.

„Hat jemand nach mir gefragt, Frau Pimogel?“

„Nein, es ist aber ein Telegramm für Sie gekommen“, sagte sie.

Ploch riß es ihr aus der Hand.

„Bin verhindert. Frohes Neujahr. Gieselheid.“

„Frohes Neujahr“, wiederholte Ploch ironisch.

„Ihnen auch, Herr Ploch“, sagte der Kleiderberg.

## II

Auf der verschneiten Wiese des Parks errichteten die Kinder in der Dämmerung den Schneemann. Der Herr, der so viel Vergnügen beim Schlittern auf der abschüssigen Straße empfunden hatte, blieb fasziniert stehen.

Die Kinder versuchten eine Kugel aus Schnee auf eine andere zu heben. Es gelang nicht. Sie blickten ratlos auf die viel zu schweren Kugeln.

Der Mann umarmte die kleinere Schneekugel und setzte sie auf die größere.

„Mehr nach links“, sagte ein Junge.

Der Mann gehorchte diesem Befehl.

„Gut so“, sagte der Junge.

Die anderen begannen den Kopf zu formen.

„Die Arme“, sagte der Junge.

„Er könnte die Hände in die Taschen stecken.“

Als der Kopf auf dem Rumpf saß, markierte der Junge die Augen, den Mund und die Nase mit Kohlestücken.

„Eine Mütze brauchen wir.“

Ratsuchend blickten die Kinder auf den Mann. Der schaute von einem Parkbaum zum anderen, als bestünde dort eine Möglichkeit, die fehlende Kopfbedeckung zu finden. Doch die Äste ragten kahl hinauf in die Dämmerung. Nun entdeckte der Mann die Imbißhalle. Man konnte durch die Scheiben im Inneren Garderobenhaken sehen. Der Mann musterte die Kopfbedeckungen. – Mützen, Mützen, ein brauner Hut, ein schwarzer, dann ein grasgrüner mit Gamsbart.

„Einen Augenblick", sagte er und ging über die verschneite Wiese geradewegs auf die Imbißhalle zu. Die Kinder schauten ihm nach.

Er betrat durch die Glastür das Lokal.

Eine Welle von Lärm, den die Männer an der Bar verursachten, schlug ihm entgegen. Der Zigarettenrauch kitzelte in seiner Nase. Einen Moment fühlte er den prüfenden Blick des Mädchens an der Kaffeemaschine auf sich ruhen. Sie wandte sich jedoch sofort wieder ihrer Arbeit zu. Er starrte sie an.

Knallrote Lippen, blaugetuschte Lidschatten, rotbraun gefärbtes Haar, das nach hinten gesteckt war, ließen sie vulgär erscheinen. Ihr voller Busen, der das Kleid beinahe zum Bersten brachte, unterstützte noch den Eindruck, daß es sich um ein leichtfertiges Mädchen handelte.

Sie warf durch eine Dampfwolke, die aus den Ventilen der Kaffeemaschine drang, einen zweiten Blick auf den Mann. Er hielt ihm stand und griff dabei nach dem grünen Hut mit Gamsbart. Dann drehte er sich auf dem Absatz herum und verließ die Imbißstube.

Die Kinder umringten ihn begeistert.

Der grüne Hut wurde dem Schneemann auf den Kopf gestülpt.

„Hurra", riefen die Kinder und tanzten mit dem Mann um die Figur herum.

Das kleinste der Mädchen fragte: „In welche Schule gehst du?"

„Schule? Wieso Schule?“

„Jeder geht doch in irgendeine Schule!“

„Ich nicht“, sagte der Mann.

Angezogen war er wie jemand, der gut verdient und keine Schmutzarbeit verrichten muß. Sein Gesicht schien symmetrisch. Bis auf einen merkwürdig fragenden, den Betrachter zu ungewisser Anteilnahme herausfordernden Blick hatte er nichts Besonderes an sich.

Er betrat zum zweitenmal die Imbißhalle.

Die Situation hatte sich verändert. Die Männer fuchtelten aufgeregter als vorher mit den Händen in der Luft herum. Sie saßen nicht mehr wie vorher um die Bar. Man hatte sich um einen kleinen dicken Mann gruppiert, der immer wieder rief: „Ich will meinen Hut wiederhaben!“

„Sie sind ohne Hut gekommen!“ sagte das Mädchen hinter der Kaffeemaschine.

„Ich will meinen Hut“, wiederholte der kleine dicke Mann.

„Diebe am hellichten Tag“, sagte jemand, obwohl es draußen schon dunkel war.

„Ich sah, wie ein Herr Ihren Hut nahm“, sagte ein anderer Mann.

„Ich will meinen Hut wiederhaben.“

Der Fremde stand im Türrahmen. Jetzt traf ihn der verwunderte Blick des Mädchens hinter der Kaffeemaschine.

„Dort ist der Herr, der den Hut nahm“, sagte eine Stimme.

„Meinen Hut?“ schrie der kleine dicke Herr hochrot.

„Die Kinder benötigten Ihren Hut für den Schneemann“, sagte der Fremde ohne einen Hauch von Entschuldigung.

„Die Kinder ... meinen Hut!“

Der kleine dicke Herr drängte zum Ausgang.

Die Männer lachten. Es blieb unklar, ob sich das Lachen auf den Abgang des kleinen Dicken oder auf die Handlungsweise des Fremden bezog.

Das Mädchen blickte dem Fremden, der auf sie zuging, interessiert entgegen. Als nur der Tresen sie trennte, sog er den Duft ihres billigen Parfüms wie ein besonderes Aroma mit geschlossenen Augen ein.

„Was möchten Sie?"

„Wo ist Ploch?"

„Ploch?"

„Jawohl, Wenzel Ploch."

„Ploch", sagte sie langgezogen, dann spitz, „hat heute Besseres vor, als hier in der Kaschemme zu sitzen. Silvesterball im Club ‚Gargantua'."

„Danke, Fräulein."

„Zu mir sagen alle Eri."

Er verbeugte sich leicht.

„Kaffee?"

Da der Mann zögerte, sagte sie: „Der Kaffee geht auf Plochs Rechnung."

Der Mann erkletterte den Barhocker. Von dieser erhöhten Position konnte er Fräulein Eris ganze Gestalt betrachten. Ihre Kleidungsstücke waren sämtlich zu eng oder zu kurz. Ihre Beine vollführten tanzartige Wendungen bei den wenigen Schritten von der Kaffeemaschine zur Anrichte oder zu dem Gast. Sein Blick verfolgte teilnahmslos, wie sich der Rock über den Kniekehlen spannte und entspannte.

„Sie sind ein Freund von Wenzel?"

„Nicht direkt", antwortete der Mann.

Das Mädchen schaute ihn an.

„Sie sind ein guter Mensch."

Fräulein Eri sagte das aus tiefster Überzeugung. Erworben hatte sich der Fremde ihre Sympathie durch seinen merkwürdig fragenden Blick. Und auf Blicke vertraute Fräulein Eri, denn täglich mußte sie wütende, freundliche, abweisende, verachtende, fordernde, unterwürfige, geile, abschätzende, gleichgültige, Aufmerksamkeit fordernde Blicke parieren.

„Ich bin ein gerechter Mensch", sagte der Mann ohne falsche Bescheidenheit.

In diesem Augenblick wurde die Tür aufgerissen, und der kleine dicke Herr, jetzt mit dem grünen Gamsbarthut bedeckt, stürmte in die Imbißhalle. Ein Wachtmeister folgte ihm widerstrebend.

„Das ist er", sagte der kleine dicke Herr, indem er auf den Rücken des Fremden deutete.

Der Polizist legte seine Hand auf den Arm des Mannes.

„Sie tun das doch nicht wieder, Bürger?"

„Doch", sagte der Fremde.

Der Polizist überhörte das scheinbar.

„Damit ist wohl die Angelegenheit geklärt", sagte er und wollte gehen.

„Ich bestehe auf eine Anzeige", rief der Herr mit dem grünen Hut.

Der Polizist sah sich im Kreise der Männer Entschuldigung heischend um und zuckte kopfschüttelnd die Achseln. Er hatte Erfahrungen mit solchen kleinen, grünbehüteten Herren. Die ließen nicht locker, beschwerten sich womöglich „oben".

„Ihre Papiere", sagte er deshalb zu dem Fremden.

„Ich habe keine."

„Ach", sagte der Polizist.

Er ahnte, daß es sich hier um einen Intellektuellen handelte. Oh, er hatte mit Intellektuellen seine Erfahrungen! Das waren Menschen, die Kennkarten ohne Gewissensbisse verbummelten, die sich nicht einmal schämten, wenn sie die Ersatzkennkarte mit dem großaufgedruckten „verloren" vorzeigen mußten.

„Es tut mir leid, Bürger, Sie müssen mitkommen zur Wache."

Fräulein Eri kam mit schnellen Schritten um den Tresen der Kaffeebar herum und stellte sich dem Polizisten in den Weg.

„Ich bürge für den Mann", sagte sie.

Einen Moment geriet der Wachtmeister ins Schwanken. „Nein, es geht nicht, Fräulein Riedel", sagte er. „Gehen wir."

Fräulein Eri warf dem Fremden einen langen Blick voller Sympathie zu. „Auf Wiedersehen."

Bevor sie auf die Straße hinaustraten, legte der Wachtmeister eine Schelle um das Handgelenk des Mannes. Bei der gegenseitigen Berührung zuckten beide infolge eines elektrischen Schlages zusammen.

„Nanu!" sagte der Wachtmeister perplex.

## III

Im Club „Gargantua" schien die Stimmung ihrem Höhepunkt entgegenzugehen. Die Musiker gaben ihr Letztes. Der Saxophonist bog sich mit geschlossenen Augen weit rückwärts und entlockte seinem Instrument Töne, die sich wie prasselnder Regen über die Tanzenden ergossen. Der Mann am Flügel zappelte beim Spielen mit dem ganzen Körper. Ab und an sprang er auf und griff in die Saiten des Pianos, um neue Effekte zu erzielen. Ebenfalls ließ die Ekstase des Schlagzeugers aufmerken. Seine teils rasselnden, teils grollenden Perioden wurden durch das Klirren des Zentralheizungskörpers unterbrochen, über den er mit seinen Schlagstöcken herfiel. Nur der Mann am Baß arbeitete mit unbewegter Miene, gleichmäßig, ohne Anzeichen von Temperament. Die meisten der Tanzenden sprangen, sich durch abgerissene Rufe anfeuernd, Papierschlangen und Konfetti werfend, mit vollem Einsatz herum. Manche wiegten sich, aneinandergesunken, auf der Stelle. Die Bar verschwand in dichtem Zigarettenrauch. Von dorther drang dumpfes Gemurmel von Stimmen, aus denen sich das meckernde Lachen Dr. Waldersees abhob. Volkslieder des frühen Mittelalters erklangen vom anderen Saalende. Hier hatten sich die Schauspieler des „Mechanischen Theaters" auf dem Fußboden niedergelassen. Sie trugen übrigens alle unansehnliche graue Kleider und

Anzüge nach einheitlichem Schnitt. Nur Eingeweihte wußten, daß diese Kleidungsstücke durchweg aus den teuersten englischen Tuchen gefertigt waren.

Ploch saß nun doch an Clara Liebigs Tisch. Sie hatte auch den Schriftsteller Nettelmair durch irgendeinen Trick an ihre Seite dirigiert. Außerdem schmückte sie ihre Runde mit einer Anzahl von jüngeren Leuten, die an der Akademie realistischer Künste studierten. Die jungen Leute leisteten Clara Gesellschaft, weil sie ihnen Getränke gratis und die beiden Schriftsteller bot.

Ploch hatte sich von der Enttäuschung über Gieselheids Fernbleiben langsam wieder erholt. Eine zierliche Puppe mit langem blondem Haar, es war jenes Mädchen, das er mit Gieselheid verwechselt hatte, himmelte ihn an. Ploch sehnte sich nach Jugend. Es erfüllte ihn mit Genugtuung, daß die Kleine den Schriftsteller Nettelmair, obwohl dieser alles tat, um ihre Aufmerksamkeit zu erringen, kaum beachtete. In diesem Augenblick versuchte Nettelmair sich vor den Studenten zu produzieren, indem er den Oberkoch durch einen eilfertigen Kellner holen ließ. Der Oberkoch schleppte ein Tablett herbei, auf dem sich Schälchen mit verschiedenen Cremes befanden. Sie waren als Füllung für die Pasteten und Krapfen vorgesehen, die in jedem Jahr zu Silvester im Club „Gargantua" gereicht wurden. Nettelmair gab sich ganz als Grandseigneur. Jovial legte er den Arm um die Taille des Oberkochs und pries dessen Fähigkeiten. Er nötigte die kleine Blonde ebenfalls zum Kosten und tat so, als käme es gerade auf ihr Urteil an. Das Mädchen brachte vor Verlegenheit kein Wort heraus.

Ploch lehnte ab zu kosten. Nettelmair sagte: „Welch ein Frevel, mein Freund!"

Ploch war in diesem Augenblick unaufmerksam. Er hatte einen jungen Mann entdeckt, der allein am Nebentisch saß. Irgend etwas in seiner ebenmäßigen, nichtssagenden, aber zu innerer Anteilnahme herausfordernden Miene machte Ploch stutzig.

Nettelmair fuhr fort: „Ich habe nun den Beweis, daß mein hochverehrter Kollege Wenzel Ploch den Genuß verschmäht. Ich frage Sie, meine Gefährten, wie kann ein solcher Mensch Bücher schreiben? In der Tat kommt sich der Wanderer durch Plochs Literaturlandschaft wie ein verhungernder Ziegenbock vor, der den ganzen Tag in der Wüste nach Gräslein gesucht hat, aber nicht einen Halm fand..."

Heiterkeit brach aus. Ploch nickte dem Mann am Nebentisch zu. Dieser hatte nämlich Plochs Blick bemerkt, war aufgestanden und hatte mehrere Verbeugungen vollführt. Ploch konnte sich jedoch beim besten Willen nicht entsinnen, wo er den Menschen schon gesehen hatte.

Clara Liebig fühlte sich bemüßigt, dem Schriftsteller Nettelmair an Plochs Stelle zu antworten.

„Du glaubst wohl", sagte sie, „der Wanderer oder Ziegenbock würde ausgehungert zu den saftigen Wiesen deiner Phantasie eilen. Ich würde davon abraten, denn an schweinischer Phantasie kann man sich überfressen!"

Die erneute Heiterkeit ging zu Nettelmairs Lasten. Er machte sich nichts daraus, sondern lachte mit. Dabei spielte er nebenbei dem Oberkoch einen Geldschein in die Hand.

„Sie kommen doch bald?" fragte der Oberkoch und kniff ein Auge zu.

Nettelmair legte den Finger auf den Mund, als gelte es, ein Geheimnis zu hüten. In Wirklichkeit wußten beinahe alle, daß Nettelmair einige Krapfen mit einer üblen Spezialfüllung versah.

„Ach, Ploch", sagte Nettelmair, „was ist aus dir geworden – früher konntest du dich zumindest selbst verteidigen!"

Ploch mußte etwas erwidern. Es ging nicht nur um sein Prestige bei den Studenten, es ging auch um das blonde Püppchen, das er nach Mitternacht in sein Arbeitszimmer zu entführen gedachte.

„Ich gebe zu, daß ich mit deinem neuesten Roman ‚Casanova' nicht mithalten kann." Die Gesellschaft quietschte vor Vergnügen, denn das Buch hieß „Kassiopeia". Es war wegen seiner amourösen Auslassungen berüchtigt.

„Das Buch gibt das Faksimile von Nettelmairs miserabler Handschrift wieder. In der Eisenbahn schrieb er eine Episode teils auf einer Fernfahrkarte, teils auf dem Fahrplan. Und als er in den Speisewagen ging, schrieb er auf einer Serviette. Die Druckerei fand keine Möglichkeit, die Speisenflecke originalgetreu zu reproduzieren. Das beklagt er sehr, denn es gab sein Lieblingsgericht, Hecht in Sauce hollandaise."

Die Studenten und auch das Püppchen kicherten.

Ploch hatte sich in Feuer geredet. „Später", fuhr er fort, „fiel beim Schreiben im Friseursalon eine Locke seines Haares auf das Manuskript. Er hat sie natürlich sofort festgeklebt. Die Druckerei mußte dann Kunsthaare herstellen lassen. Denken Sie, er hätte darauf bestanden, seine eigenen zu verwenden. – Bei einer Auflage von fünfzehntausend!"

Die Studenten brüllten vor Lachen.

„Wußten Sie von Nettelmairs Prozeß gegen Verlag und Druckerei? Ja, er schrieb nämlich am Lenkrad seines Wagens ein oder zwei Zeilen, die ihm gerade eingefallen waren, und prallte dabei gegen einen mannsdicken Baum. Das Auto verwandelte sich in ein Wrack. Nun verlangte Nettelmair, daß entsprechende verformte Teile der Innenausstattung des Fahrzeuges dem Werk beigefügt würden, damit der Leser einen Eindruck von der Katastrophe bekäme."

Das Auditorium wieherte.

Das Püppchen lachte mit geschlossenen Augen gerade so viel, daß es nicht unvorteilhaft aussah. Ploch nutzte die Gelegenheit, die sich durch die allgemeine Heiterkeit bot, und legte seine Hand wie zufällig auf ihre Knie. Sie zuckte zusammen, wehrte sich jedoch nicht. Es ging voran mit ihnen beiden!

„Pardon“, sagte eine Stimme. Alle wandten sich um. Ploch zog erschrocken seine Hand zurück.

Es war der junge Mann vom Nebentisch, der sich höflich verbeugte.

„Ich liebe die Fröhlichkeit“, sagte er, „sie hat so etwas Unbändiges.“ Er setzte sich unaufgefordert in die Runde.

Ploch blickte zur Liebig, weil er überzeugt war, dieser junge Mann wäre einer von ihren Bekannten. Die Liebig zuckte jedoch mit den Schultern und starrte fragend auf Nettelmair. Der aber schien genauso ratlos.

„Sie kommen mir bekannt vor“, sagte Ploch, um die peinliche Situation zu überbrücken.

Der Fremde nickte dem Schriftsteller zu.

„Das will ich wohl meinen“, sagte er.

„Ja“, sagte die Liebig, im Glauben, es handele sich um eine Persönlichkeit von Rang und Namen, die der Zufall für sie bis heute aufgespart habe, „ich kenne Sie von Bildern aus der Zeitung.“

Nun wollten alle den Mann erkannt haben. Auch das Püppchen sagte, als erinnere sie sich jetzt: „Natürlich ..., aber ja doch ..., er ist es!“

Der Fremde schüttelte den Kopf.

„Sie sind im Irrtum“, sagte er zur Liebig. „Es scheint Ihnen nur so, als würden Sie mich kennen. Ich habe nämlich ein Dutzendgesicht.“

Das Püppchen lachte auf, schwieg dann aber betroffen, weil sie bemerkte, wie unpassend ihr Lachen war.

Clara entschloß sich, das Ganze für einen Witz zu halten.

„Sie verfügen über einen feinen Humor“, sagte sie.

„Ja“, bestätigte der Fremde mit großer Selbstverständlichkeit.

Nettelmair hob sein Glas. „Trinken wir auf die Bescheidenheit!“

Ploch ließ ein Lachen explodieren.

„Das sagst ausgerechnet du, Nettelmair!"

Er riß durch sein Lachen die anderen mit. Seine Hand landete mit Schwung auf dem Oberschenkel des Püppchens. Er tat so, als müßte er sich vor Lachen irgendwo festhalten, um nicht vom Stuhl zu fallen.

Inzwischen wurden die Gläser durch den eilfertigen Kellner gefüllt. Auch der Fremde wurde bedacht.

Clara hob ihr Glas und trank.

Der Fremde verzog beim Trinken keine Miene.

Wenzel Ploch flüsterte der Blondine ins Ohr: „Sollten wir beide nicht..." Dabei hakelte er seinen Arm unter den ihren und trank. Dann küßte er sie.

„Na, na, na", sagte Clara Liebig.

Ploch sagte: „Ich heiße Wenzel."

Das Mädchen errötete. „Maria", sagte es.

„Maria." Nettelmair ließ den Namen wie Butter auf der Zunge zergehen. „Was für ein Name!"

Das Püppchen schien größer zu werden.

„Ich bin Ihnen Dank schuldig", sagte Nettelmair.

„Wieso?"

„Ich habe eine Frauengestalt geschaffen, die voller Leidenschaft, voller Kraft ist."

„Ja?" sagte das Püppchen interessiert.

„Jetzt habe ich den Namen für sie gefunden – Maria!" Er nahm die Hand des Mädchens und küßte sie. „Ich danke Ihnen, Maria!" sagte er.

Ploch lächelte mokant und legte den Arm um das Püppchen. „Nettelmair", sagte er, „gestehe, du lügst das Blaue vom Himmel."

Nettelmair wurde durchaus nicht verlegen. „Ich habe gelogen", sagte er, „aber Maria war mir diese Lüge wert."

Das Mädchen verzog enttäuscht das Mündchen und wandte sich ganz offensichtlich von Nettelmair ab.

„Wenzel", sagte sie.

„Ja, Maria!" Ploch schickte dabei einen höhnischen Blick zu dem abgeschlagenen Nettelmair hinüber, der unverändert lächelte.

„Vielleicht gibt es in einem deiner Bücher eine Maria?"

Die Eitelkeit des Mädchens erschien Ploch lächerlich. Gewiß, wenn es sich einmal ergab, würde er eine Maria schreiben. Aber die würde kaum voller Leidenschaft, voller Kraft sein.

Er nickte.

Die Blondine küßte ihn auf die Wange.

Der ungebetene Gast schaute intensiv zu, so daß es Wenzel Ploch zu stören begann. Was für ein aufdringlicher Mensch, dachte er.

„Und wie würde Maria sein?" fragte das Mädchen.

„Schön", flüsterte Ploch.

„Und wie noch?"

„Klug, voller Leidenschaft, kraftvoll", sagte Ploch mit leichter Ironie in der Stimme.

Das Mädchen küßte ihn erneut auf die Wange.

„Herr Ploch", sagte der Fremde, „Sie versündigen sich!"

Er hatte das laut und bestimmt gesagt. Alle anderen Gespräche am Tisch verstummten für einen Moment.

Die Liebig sagte: „Sehr richtig, junger Mann!"

„Liebe ist eine schöne Sünde!" sagte Ploch.

„Aber Sie lügen genauso wie dieser Herr", sagte der Fremde. „Als Sie sagten ‚voller Leidenschaft', dachten Sie ‚ein Schluck Wasser'!"

Plochs Gesicht rötete sich.

„Und als Sie sagten ‚kraftvoll'", sagte der Fremde, „dachten Sie ‚sentimental und auf die Dauer langweilig'!"

Ploch sprang auf.

Der Fremde hatte seine Gedanken wörtlich ausgesprochen.

„Wer sind Sie", fauchte Ploch und packte den Fremden am Revers seiner Jacke.

Der Fremde wirkte plötzlich kläglich. „Aber ich bin doch Kaspar", sagte er. „Ihr lieber, gerechter Kaspar!"

Ploch ließ den Mann los und glitt auf seinen Stuhl.

Nettelmair griente. „Meine Freunde“, sagte er, „für Unterhaltung ist gesorgt. Ich aber muß meinen Pflichten nachgehen. Der Herr Oberkoch wartet.“ Er erhob sich, machte trotz seiner Korpulenz eine elegante Wendung und tänzelte mit drolligen Schritten durch den Saal zur Küche.

„Kaspar?“ sagte Clara, „höchst seltsam!“

Das Püppchen hockte schmollend auf seinem Stuhl. Niemand kümmerte sich um sie.

„Ich habe zuviel getrunken“, sagte Ploch.

Kaspar setzte sich still wieder auf den Stuhl. Sein Gesicht verriet keine Erregung. Wirklich, der Mann hatte ein Dutzendgesicht! Aber irgendwie war da auch etwas in den Zügen, das zu innerer Anteilnahme herausforderte.

„Nettelmair, das Schwein!“ sagte die Liebig, als erwache sie aus einem Traum. Sie wandte sich schroff an den Fremden: „Sie sind von Nettelmair gekauft. Schämen Sie sich, solche dummen Scherze mitzumachen.“

Auch Ploch war aus der Lethargie erwacht. Natürlich, diesen Mann hatte Nettelmair engagiert, um Spaß auf seine, Plochs, Kosten zu produzieren.

„Ich bin wahrhaftig Ihr Kaspar“, sagte der Fremde zu Ploch. „Unsere Begegnung ist für Sie ungewöhnlich. Für mich übrigens auch. Leider kann ich Ihnen keine Aufschlüsse geben, wieso ich hier bin, warum ich durch die Stadt wandere, oder besser, schlittere, warum ich für Schneemänner grüne Gamsbarthüte stehle, warum ich von der Polizei festgenommen werde...“ Ein Hauch von Glückseligkeit erschien auf dem Gesicht des Fremden. „Ich weiß nicht, wie alles kam, Herr Ploch. Ich schulde Ihnen Dank! Vor allem für das rote Hemd.“

In diesem Augenblick ertönte ein Tusch der Kapelle. Auf dem Podium hob ein graumelierter Herr feierlich das Glas.

„Prosit Neujahr“, sagte er.

Sofort entstand im ganzen Saal lautes Geschrei. Man prostete sich zu und wünschte einander Glück.

Gerade wollte das Püppchen ihr Glas heben, um mit Ploch anzustoßen, da schob die Liebig sie grob zur Seite und umarmte Ploch.

„Prosit Neujahr", sagte Kaspar, aber man beachtete ihn nicht.

Draußen auf der Straße explodierten Knallkörper. Alles stürzte durch die weitgeöffneten Flügeltüren hinaus auf die Balkone, um dem Feuerwerk zuzuschauen oder um selbst Raketen abzuschießen. Die Clubleitung des „Gargantua" hatte auch in dieser Hinsicht Überraschungen parat. Über den Köpfen der Gäste begannen feurige Sonnen zu rotieren. Unterhalb der Balkone rauschte ein flammender Wasserfall.

Kaspar war von Ploch und der Tischrunde um die Liebig abgedrängt worden. Jemand stieß ihn an. „Haben Sie Herrn Ploch gesehen?" Es war das Püppchen. „Nein", sagte Kaspar. Er hörte noch mehrmals an anderen Stellen das besorgte Stimmchen: „Haben Sie Herrn Ploch gesehen?"

Ploch hatte sich von Frau Pimogel seinen Mantel geben lassen und schritt, ohne noch einen Gedanken auf das Mädchen zu verwenden, unter den Balkonen auf und ab. Dabei atmete er kräftig durch. – Ich bin verrückt, dachte er.

„Wenzel!" sagte da ein Stimmchen, und jemand flog an Plochs Hals. „Ich bin so unglücklich!"

Ploch erkannte seine Aufgabe. Ihm oblag es zu trösten, so gut es ging.

Während er die Tränen des Püppchens trocknete, schüttelte er die Beklemmung ab, die durch das Erscheinen des merkwürdigen jungen Mannes namens Kaspar von ihm Besitz ergriffen hatte. Die Liebe ist eine schöne Sünde, erinnerte er sich, gesagt zu haben. Er war bereit, sich dieser Sünde voll und ganz hinzugeben. Er lenkte seine Schritte zum vornehmen Viertel, wo sich sein Arbeitszimmer befand. Maria ließ sich willig führen.

Von weißem Mondlicht übergossen, hielt der Schneemann in der Parkanlage Wacht. Merkwürdig, er trug wieder den grünen Hut mit Gamsbart. Ploch bog in eine Straße ab, die bergauf führte. In den Häusern brannte fast überall Licht. Noch hatte man nicht ausgiebig genug vom alten Jahr Abschied genommen.

Bald stand Ploch mit Maria in seinem Arbeitszimmer.

„So lebst du also!" sagte sie, denn offensichtlich entsprach der Raum nicht ihren Vorstellungen von einer Poetenstube.

Die Wände waren schmucklos weiß getüncht. Lange Streifen aneinandergeklebten Schreibmaschinenpapiers in verschiedenen Farben hingen von der Decke bis auf den Fußboden herab. Die Karte der Welt lag auf dem Schreibtisch unter Glas. Auf Großbritannien stand ein Monstrum von Schreibmaschine.

Außer dem altertümlichen Kleiderschrank, der Kaffeemaschine, der quadratischen Liege und ein paar Büchern gab es nichts Besonderes in Plochs Wohnung.

„Das Badezimmer befindet sich links."

Maria blickte Ploch befremdet an.

„Gut", sagte sie dann.

„Du kannst die Türen auflassen, wenn du unter der Brause stehst", sagte Ploch. Und weil sie wieder stutzte, fügte er hinzu: „Damit ich dich die ganze Zeit über in meiner Nähe habe."

Sie küßte ihn. Ploch schob sie sanft hinaus. Dann setzte er sich auf die Liege und stützte den Kopf in die Hände. Bald hörte er das Wasser durch die Düsen der Dusche pfeifen. Er hörte das Gluckern des Wassers im Abfluß der Badewanne, den dumpfen Hall, wenn Maria gegen die Emaillewände der Wanne stieß. Irgend etwas vermißte Ploch. Ja, das hatte er bei seinen Erinnerungen immer vergessen. – In Gieselheids

Wohnung hatte es Blumentöpfe gegeben, in denen Halmpflanzen wuchsen. Von diesen Gewächsen oder von dem feuchten Boden in den Töpfen war ein säuerlicher Geruch ausgegangen. Dieser Geruch fehlte ihm jetzt. Er schloß die Augen. Und nun wußte er, daß auch die Geräusche damals ganz anders gewesen sein mußten. Im Sommer standen ja die Fenster offen. Der Lärm der Straße war hereingeflutet. Außerdem hatte Ploch damals kurze Lederhosen getragen, die an den Schenkeln scheuerten.

Maria kam wieder ins Zimmer. Sie hatte sich in ein Badetuch gehüllt und versuchte aufreizend zu lachen. Es wurde dann aber nur ein schüchternes Gekecker. Ploch, gerührt von ihrer Unbeholfenheit, nahm sie in die Arme und zog sie auf die Liege. Das Badetuch verrutschte. Ploch musterte ihren Körper. Vom Hals herab bis zur Brust war die Haut von roten Flecken übersät.

„Das bekomme ich immer bei den Prüfungen", sagte Maria.

Ploch küßte sie auf die gerötete Haut. Dabei spürte er, wie sie zitterte.

„Ich habe so große Angst, etwas falsch zu machen", flüsterte sie.

„Wir sind hier doch nicht zur Prüfung", sagte Ploch. Dabei strich er sehr sanft über ihre Stirn. „Sprich jetzt nicht!"

Ploch preßte sein Gesicht zwischen ihre Brüste. Nach und nach beruhigte sich das Püppchen. Ploch fand es jetzt angezeigt, Maria leidenschaftlich zu küssen. Er legte seine Hand zwischen ihre Schenkel. Und schließlich kam der Augenblick, da es nun endlich passieren sollte. Aber ein merkwürdiges Rascheln ließ das Paar aufschrecken. Von der Wand hatte sich eine der langen Bahnen aus zusammengeklebten Manuskriptseiten gelöst und wand sich mit Schlangenbewegungen in der Luft. Nachdem das Papier einige pittoreske Schleifen freischwebend über der Liege

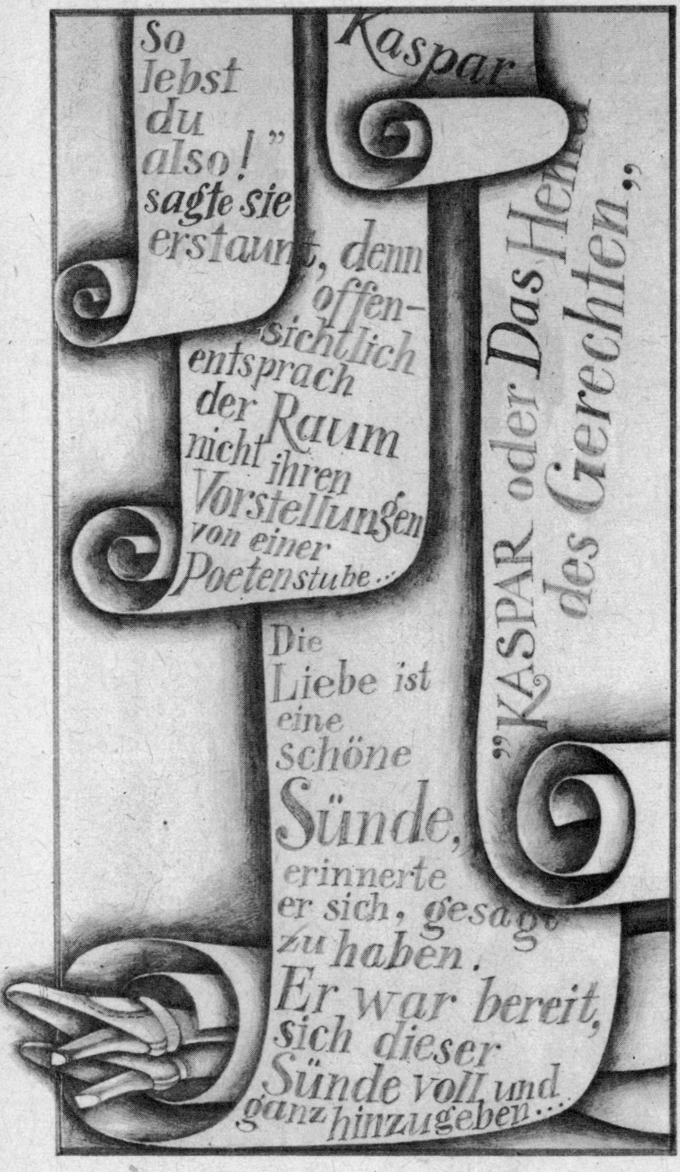
Kaspar
So lebst du also!" sagte sie erstaunt, denn offensichtlich entsprach der Raum nicht ihren Vorstellungen von einer Poetenstube...
"KASPAR oder Das Her des Gerechten"
Die Liebe ist eine schöne Sünde, erinnerte er sich, gesagt zu haben. Er war bereit, sich dieser Sünde voll und ganz hinzugeben...

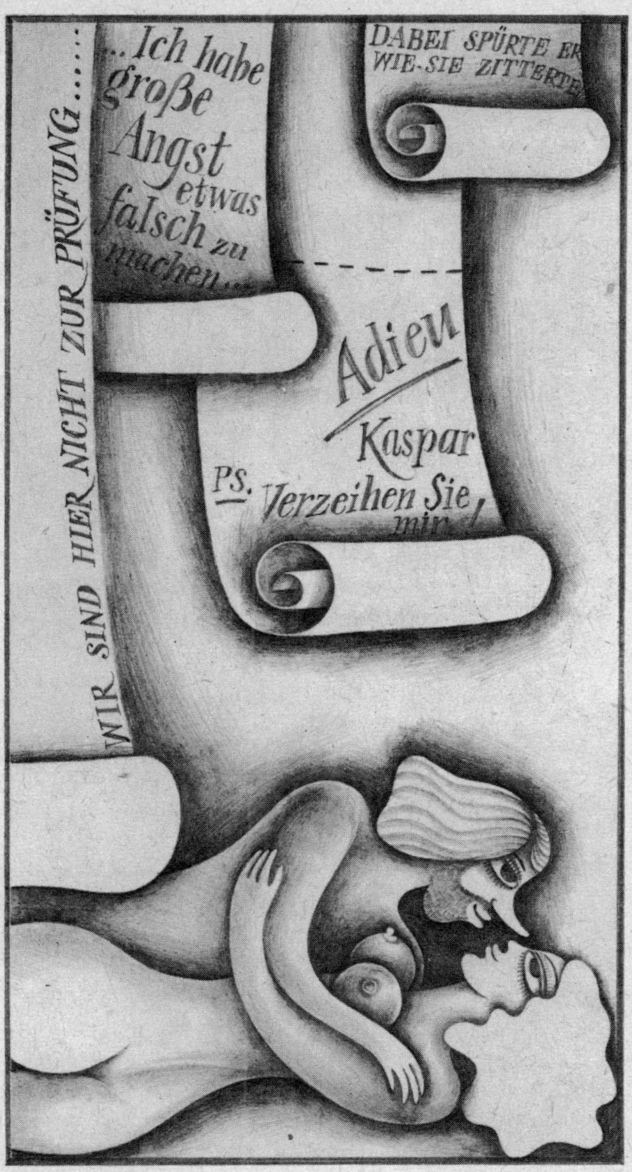

WIR SIND HIER NICHT ZUR PRÜFUNG.....
...Ich habe große Angst etwas falsch zu machen...
DABEI SPÜRTE ER WIE SIE ZITTERTE
Adieu
Kaspar
PS. Verzeihen Sie mir!

vollführt hatte, stieß es wie ein Habicht hernieder und kringelte sich malerisch um die Liebenden.

Maria kicherte.

Ploch versuchte wütend, die Papierschlange von der Liegestatt zu verscheuchen. Sein Blick blieb zufällig an einer Manuskriptseite haften, über die mit rotem Filzstift geschrieben war: „Adieu!" Darunter fand Ploch auch eine Unterschrift: „Kaspar". Und dann noch: „PS. Verzeihen Sie mir, aber ich muß kämpfen!" Ploch sprang abrupt von der Liege auf.

Während seiner Abwesenheit mußte jemand die Zeilen in sein Manuskript geschrieben haben. Aber wer? Und außerdem, wie? Ploch besaß nur einen einzigen Schlüssel zur Wohnung, den er stets bei sich trug.

„Wenzel!" Maria griff nach seiner Hand.

„Steh auf, zieh dich an", sagte Ploch, „wir gehen zurück in den Club."

Maria verzog das Mündchen. Ploch fürchtete, sie könne zu weinen beginnen. „Was habe ich falsch gemacht?" jammerte sie.

„Nichts, nichts", sagte Ploch. „Nur, es ist etwas Außerordentliches geschehen."

Das Mädchen griff nach der Papierschlange, die auf dem Fußboden lag, und las einige Zeilen. „‚Das Hemd des Gerechten', dein neues Buch?"

„Ja", sagte Ploch, „bitte, beeile dich."

Unwillig zog sich Maria an. Ploch zitterte vor Ungeduld. Er ahnte, daß der junge Mann mit dem merkwürdig fragenden, zur inneren Anteilnahme herausfordernden Blick irgend etwas mit dem Manuskriptfrevel zu tun hatte. – Ploch verspürte Unruhe. Es gibt keine Gespenster, versuchte er sich zu beruhigen. Diesen jungen Mann hat Nettelmair engagiert! Aber wie kamen Nettelmair oder sein Helfer in die verschlossene Wohnung? Und außerdem, woher sollte Nettelmair überhaupt etwas über Kaspar und „Das Hemd des Gerechten" wissen? Ploch hatte bisher nur mit Clara über das neue Buch gesprochen. Ihr durfte er vertrauen, das wußte er.

Als Ploch zusammen mit dem Püppchen wieder die Clubräume des „Gargantua“ betrat, war der Tanz noch immer in vollem Gange. Die Studenten der Liebig hatten endlich den Mut gefunden, sich auf dem Parkett zu vergnügen. Sie selbst saß mit dem jungen Mann namens Kaspar allein am Tisch und erzählte diesem ihr verpfuschtes Leben. Sie war an einem dramatischen Höhepunkt angekommen, nämlich als ihr dritter Mann sie verließ. Darum schien sie nicht übermäßig erfreut, Ploch und das Püppchen zurückkehren zu sehen. Sie warf Ploch und Maria einen scheelen Blick zu und sagte: „Ich war weiß Gott kein Engel. Aber ich habe doch immer darauf geachtet, daß sich mein Liebhaber die Hosen wieder zuknöpfte!“

Maria errötete über und über. Ploch ordnete dezent seine Kleidung. „Wir sind spazierengegangen, falls es interessiert.“

Kaspar wandte sich Ploch zu. „Aber Sie waren auch in Ihrem Arbeitszimmer, Herr Ploch. Sonst hätten Sie doch die Nachricht von mir nicht erhalten.“

Ploch erstarrte. „Welche Nachricht?“

„Nun, ich schrieb einige Worte mit rotem Filzstift auf das Manuskript.“

„Adieu?“

„Ja“, sagte der junge Mann. „Ich wußte nicht, ob ich Sie noch sehe, und man geht nicht ohne Abschied.“

„Wie sind Sie in meine Wohnung gekommen?“ sagte Ploch, „woher haben Sie den Nachschlüssel?“

„Nachschlüssel“, sagte Kaspar entrüstet. „Sie sollten mich besser kennen, Herr Ploch. Ich bin kein Einbrecher.“

„Sie sind also wirklich Kaspar?“ sagte Ploch. Er lachte unfroh. – „Sieh an, Clara, das Großartige ist gelungen. Eine meiner literarischen Gestalten ist lebendig geworden!“

Die Liebig wurde unruhig.

„Sie haben mir viel gegeben, mein verehrter Hervorbringer. Schauen Sie sich nur mein Gesicht an. – Dieses Dutzendgesicht!" Der Fremde bewegte den Kopf wie ein Mannequin hin und her. – „Sie haben mir ein allgemeingültiges Antlitz verliehen."

Ploch hielt die Worte des Fremden für bösartigen Spott, obwohl dieser erstaunlich Richtiges gesagt hatte. Er versuchte seinen heiteren Gesichtsausdruck beizubehalten.

Der Fremde öffnete sein Oberhemd und ließ ein rotes Kattununterhemd sehen. – „Sie haben mir das Hemd des Gerechten angezogen. Aber Ihre Gerechtigkeit, Herr Ploch, ist mir nicht radikal genug. Sie, verehrter Hervorbringer, sind ein Privilegierter. Sie profitieren von der Ungerechtigkeit. Wenn Sie Mißfallen bei Ihren Förderern erregen, könnte auch Ihre Bevorzugung enden!"

„Ach", sagte Maria. Sie war ehrlich erstaunt.

Clara fuhr auf. „Amüsier dich gefälligst und sitz hier nicht herum!"

Maria wollte aufstehen, aber Ploch bedeutete ihr, sitzen zu bleiben. Das brachte die Liebig noch mehr in Rage.

„Was reden Sie von Bevorzugungen, von Privilegien, junger Mann", sagte sie. „Ich dulde solche Reden nicht! Ich werde Sie vom Clubrat rausschmeißen lassen. Da könnte ja jeder kommen."

In diesem Augenblick trat Nettelmair mit einem Tablett voller Pfannkuchen und Krapfen an den Tisch.

„Da ist mir wieder einmal Göttliches gelungen", sagte er. „Ploch, du mußt sie versuchen. Hier, nimm den Pfannkuchen mit der französischen Füllung, der ist allen überlegen ... Oder hier diesen mit Creme à la Pückler. Warum greift ihr nicht zu, meine Freunde?"

„In Gottes Namen", sagte Ploch, weil sich der gleiche Spaß jedes Jahr wiederholte, griff aber einen Pfannkuchen, den Nettelmair nicht ausdrücklich empfahl.

„Warum gerade diesen?“ rief Nettelmair und nötigte Clara zuzugreifen. Sie nahm ebenfalls wohlweislich keinen der empfohlenen.

„Was für Banausen! Ihr habt keinen Geschmack!“ sagte Nettelmair.

Das Püppchen griff eines der empfohlenen Stücke. Nettelmair aber riß ihr den Krapfen wieder aus der Hand. „Nein, nicht diesen, nehmen Sie diesen.“ Er reichte ihr einen anderen. „Aber Sie, junger Mann“, sagte er zu Kaspar. Er schob ihm den Krapfen mit der französischen Füllung beinahe in den Mund. Kaspar biß aus Höflichkeit hinein. Nettelmair starrte ihm voller Erwartung ins Gesicht. Seine Augenwinkel zuckten vor Vergnügen. Dann breitete sich Enttäuschung auf seinem Engelsgesicht aus. Er begann sich theatralisch das wellige Haar zu raufen, riß den Mund mit den schlechten Zähnen auf und rief dröhnend: „Nein! Das ist nicht möglich!“ Er nahm Kaspar den Rest der Pastete aus der Hand und stopfte ihn sich selbst in den Mund. Sofort verwandelte sich sein Engelsgesicht in eine Teufelsfratze. Er spie auf den Fußboden und hustete. Kaspar betrachtete dieses Gebaren ohne Anteilnahme. „Diese Füllung besteht aus dem widerlichsten französischen Senf, gemischt mit Schmierseife!“ stieß Nettelmair hervor. „Junger Mann, obwohl Sie mir den Spaß verdorben haben, bewundere ich Ihre Selbstbeherrschung!“

Das Püppchen hatte ihren Krapfen ohne Zwischenfall aufgegessen. „Ich danke Ihnen, Herr Nettelmair“, sagte sie. Nettelmair quittierte es, indem er über ihre Hand strich.

Kaspar sagte: „Ich konnte nichts Besonderes an dem Gebäck bemerken.“

Clara sah Kaspar merkwürdig starr ins Gesicht. „Kommen Sie zu mir“, sagte sie. Kaspar trat näher an sie heran. „Geben Sie mir Ihre Hand.“

Kaspar zögerte. „Entschuldigen Sie, aber Sie werden einen elektrischen Schlag bekommen.“

Die Liebig griff resolut nach seiner Hand. Sie zuckte zusammen, ließ aber nicht los. „Es sind nur ein paar Volt", sagte sie beruhigt und fühlte mit der anderen Hand den Puls des jungen Mannes. Schließlich ließ sie ihn wieder los. „Armer Mann", sagte sie.

„Bedauern Sie mich nicht"; sagte Kaspar. „Alles, was ich benötige, habe ich. Sehen Sie doch dieses hervorragende Hemd." Kaspar knöpfte das Oberhemd auf und ließ sein rotes Unterhemd sehen.

„Wir tanzen", sagte Nettelmair und führte das Püppchen zum Parkett. Die Liebig stand auf und packte ihre verkramte Handtasche.

„Laß mich jetzt nicht allein", jammerte Ploch.

„Doch!" sagte die Liebig. „Diese Suppe mußt du allein auslöffeln. Ich trage keinerlei Verantwortung." Sie stampfte davon, ohne Ploch noch eines Blickes zu würdigen.

Kaspar legte seine Hand auf die Schulter des Schriftstellers. „Ich bin bei Ihnen, Herr Ploch."

Die Kapelle hatte ihre lärmende Tätigkeit eingestellt. Die Musiker packten die Instrumente zusammen. Doch die Tanzlustigen protestierten. Sie standen jetzt ineinandergehakt in einer Reihe vor dem Podium und riefen im Chor: „Musik! Musik!"

Auf dem Podium bemühte sich ein Herr, der vor einigen Stunden das neue Jahr ausgerufen hatte, um Gehör. Endlich ebbte der Lärm etwas ab. Der Herr breitete die Arme aus und sagte: „Wer, wenn nicht ich, liebe Gäste, kann Ihre Lebensfreude mitempfinden ..."

„Bravo!" riefen einige.

Auch Ploch und Kaspar starrten nun zum Podium.

„Aber ...", sagte der Redner und rang die Hände, „Sie wissen, daß am heutigen Vormittag Herr Adam Alboretti durch seine Rezitationen – Lyrik modern – das neue Jahr künstlerisch einleitet."

„Buh!" riefen einige.

„Unser Personal muß in drei Stunden wieder wohlauf sein ..., begreifen Sie doch ..."

Seine Rede ging im Protestlärm unter.

Eine schrille Stimme, es war die von Frau Pimogel, übertönte den Lärm.

„Meine Herrschaften...“, sagte die dienstbare Frau, „an der Garderobe hat einer der Herren eine Dame zurückgelassen...“

Zuerst ertönte Dr. Waldersees meckerndes Lachen. Dann fiel der Chor ein.

Verzweifelt warf der Herr auf dem Podium die Hände in die Luft. Der Baßgeiger verschwand als letzter der Musikanten eilig durch eine Tapetentür.

„Musik“, rief jemand.

Und nun war der Chor nicht mehr zu halten. „Musik, Musik“, rief man wider jede Vernunft.

Kaspar wühlte sich durch das Gedränge zum Podium und erklomm es mit einem einzigen Schritt. Vorwurfsvoll starrte er hinab auf die tobende Menge. Und merkwürdigerweise verebbte der Lärm auf dem Parkett. Immer mehr Gäste wurden auf den jungen Mann mit dem nichtssagenden, aber doch irgendwie zu innerer Anteilnahme herausfordernden Gesichtsausdruck aufmerksam.

Dann herrschte Totenstille.

Ploch hatte sich erhoben.

Mit leiser, aber sehr resoluter Stimme sagte Kaspar: „Es war ein schönes Fest, und wir haben zu danken.“ Er verneigte sich vor dem Herrn neben ihm. „Wie ich errate, haben Sie maßgeblich daran mitgetan.“

Der Herr wurde durch diese Würdigung verlegen und stammelte: „Aber, nicht der Rede wert...“

Kaspar wies mit der Hand in Frau Pimogels Richtung und verbeugte sich wiederum. „Dank auch Ihnen, die Sie unsere Kleider so gut bewahrten.“

„Und unseren Frauen“, sagte Dr. Waldersee. Aber niemand lachte.

Kaspar verbeugte sich jetzt in eine andere Richtung. Dort standen die Köche und Küchenfrauen neugierig in den halbgeöffneten Klapptüren.

„Dank unseren Freunden des kulinarischen Zweigs."

Beifall brandete auf.

„Und meine Herren Serviermeister ...", sagte Kaspar.

Die Kellner, die beim Abräumen waren, blieben wie versteinert, mit einem fleckigen Tischtuch in der Hand oder einem Berg schmutzigen Geschirrs auf dem Tablett, stehen.

„... Dank auch Ihnen! – Und nun, meine Zuhörer, sollten wir uns nicht als Parasiten erzeigen." Er deutete auf den Herrn neben sich. „Jetzt nehmen Sie Ihre fleißigen Mitarbeiter und gehen nach Hause, damit Sie am Morgen wieder frisch sind ..."

„Aber nein", sagte der Herr. „Es muß doch erst alles wieder hergerichtet werden."

„Das übernehmen wir", sagte Kaspar und schob den widerstrebenden Mann durch die Tapetentür hinaus. Die Menge schwieg betroffen. Kaspar deutete vom Podium herunter auf einen beleibten Herrn mit Glatze. „Bitte, sorgen Sie doch dafür, daß unser wertes Personal das Haus verläßt!"

„Jawohl", rief der Herr, den Kaspar mit sicherem Blick als Reserveoffizier identifiziert hatte.

„Alle, die zur Linken von mir stehen", sagte Kaspar, „begeben sich in die Küche zum Abwasch! Alle, die sich zur Rechten von mir befinden, räumen die Tische und beginnen dann den Fußboden zu säubern."

Nettelmair sagte aus einer Ecke des Saales: „Einen goldenen Humor hat dieser Mann!"

„Ich meine das durchaus ernst", sagte Kaspar.

Vom Parkett wurden verschiedene Stimmen laut, die das Für und Wider der außergewöhnlichen Situation erörterten.

„Hören Sie, Sie Neunmalkluger", sagte eine der Sängerinnen vom Opernhaus, „Sie wollen uns lächerlich machen. Aber jeder von uns hat schließlich seinen Beruf. Was kann ich dafür, daß es manche nur zum Kellner bringen und nun den Dreck der anderen wegräumen müssen."

Sie wandte sich um und ging.

Ploch fühlte sich instinktiv verpflichtet, für Kaspar Partei zu ergreifen. „Sie haben nicht recht, verehrte Kammersängerin“, sagte er, stockte dann aber, da er Kaspars dankbaren Blick auf sich ruhen fühlte.

Nettelmair sagte fröhlich: „Freunde, laßt uns an die Arbeit gehen! Ich verspreche euch, so einen Spaß erleben wir nicht wieder! Mir nach, zur Küche!“

Randalierend brach ein großer Teil der Gäste auf und folgte Nettelmair zur Küche. Der andere Teil begann ebenso geräuschvoll mit dem Aufräumen des Speisesaals.

Nettelmair hatte das Jackett ausgezogen und die Hemdsärmel emporgestreift. Er wusch die Teller auf eine Art, die vermuten ließ, daß er diese Tätigkeit nicht zum erstenmal ausübte. Die abgewaschenen Stücke warf er mit Schwung dem Püppchen zu, das sie kreischend auffing und abtrocknete. Manches Geschirr ging entzwei. Die Scherben wurden weggeräumt.

Wenzel Ploch schob mit einem überbreiten Besen die Überbleibsel der Lebensfreude, Konfetti und Papierschlangen, zusammen. Einige Schauspieler des „Mechanischen Theaters“ stellten vereint mit den Studenten der Liebig die Stühle pyramidenartig auf die Tische. Die Mädchen vom Ballett bohnerten das Parkett. Dr. Waldersee spielte am Piano ein stimmungsvolles Potpourri der gängigen Salonmusiken. Kaspar gab überall nützliche Hinweise.

Ploch wurde beim Fegen von zwiespältigen Gefühlen hin und her gerissen. Wieso hatte er der Kammersängerin widersprochen? Denn auch er kam sich degradiert vor. Es bewegte ihn, was diesen seltsamen Kaspar dazu veranlaßt hatte, die Ballgesellschaft in eine Putzkolonne umzuwandeln. Ploch konnte seine Empfindungen nicht ergründen, aber irgendwie war sein ganzes Wesen in einen Alarmzustand versetzt worden. Es schien ihm, als lauerten unbekannte Gefahren auf ihn. Soviel er auch nachdachte, er fand nichts faßbar

Verdächtiges hinter dem Treiben des unbekannten jungen Mannes. – Hatte er, Wenzel Ploch, nicht selbst in seiner Studienzeit ähnlich gehandelt!

Gieselheid studierte damals Gesang, während er die journalistischen Seminare besuchte. Ploch hatte Gieselheid damals noch nicht aufgegeben. Die Umstände hatten sich allerdings ungünstig verändert. – Denn nach der Reifeprüfung hatte Gieselheid damit begonnen, ihn zu siezen. Die kleinen Erlebnisse, die sie miteinander gehabt hatten, wurden auf diese Weise in ihre Vorgeschichte, in ihre Kindheit, zurückgerückt. Damals haßte Ploch das Mädchen zeitweilig. Sie hatte es leicht gehabt, alle Prüfungen zu bestehen. Der Vater, Prof. Fliedermann, hatte ihr die Wege geebnet, hatte seine Tochter an Kunst und Wissenschaft herangeführt. Es spielte schon eine Rolle, ob daheim in richtigen Sätzen oder wie bei Ploch im Internat in einem Jargon gesprochen wurde, der seine eigene Grammatik besaß und die Hochsprache verballhornisierte. Ploch hatte es als ungerecht empfunden, daß er ein so viel schlechteres Reifezeugnis als Gieselheid erhielt und vor allem erst ein Jahr später. Er trug damals noch immer eines der roten Hemden. Die Frage nach der Gerechtigkeit beschäftigte ihn nach wie vor. Wieso war der Hausmeister des journalistischen Instituts zum Beispiel dazu verdammt, Kohlen in den Keller zu schaufeln, während die Studenten lernten! Ploch hatte unter den Studenten Gleichgesinnte gefunden. Sie kämpften für die ausgleichende Gerechtigkeit mit Streikandrohung und Vorlesungsboykott. Der Senat gab nach. Das Verwaltungspersonal durfte an den Vorlesungen teilnehmen. Die Studenten übernahmen Arbeiten, die zur Weiterführung des Studienbetriebes notwendig waren.

Die Aktion scheiterte an einer Knoblauchstulle, die die Putzfrau Lemke in der Ästhetikvorlesung aß, und am Überdruck der Heizung, die von den Studenten bedient wurde.

Und Gieselheid hatte über all das gelacht!

Ploch schreckte aus seinen Gedanken empor, als eine Stuhlpyramide mit dem Tisch, auf dem sie errichtet war, krachend zusammenbrach.

Trotzdem, die Arbeit der Ballgäste trug schnelle Früchte. Der Saal war bald aufgeräumt. Und in der Küche verschwanden die letzten abgetrockneten Teller in den Borden. Unter Nettelmairs Führung, der eine große Flasche hochprozentigen Alkohols in der ausgestreckten Hand hielt, marschierte die Küchenkolonne mit einem frischen Lied auf den Lippen im Gänsemarsch in den Saal. Selbstverständlich war das Püppchen in Nettelmairs Nähe.

„Freunde", sagte Nettelmair, „ich präsentiere euch einen Anblick!" Mit diesen Worten öffnete er die Balkontüren weit und trat in die frische Morgenluft hinaus. Man drängte ihm nach. Alle schwiegen beim Anblick des sternübersäten Firmaments. Ein merkwürdiges Bild bot die Silvestergesellschaft des Clubs „Gargantua"! Die Festkleider waren teilweise ramponiert, die Frisuren der Damen befanden sich in Auflösung, manchem lag noch das Geschirrtuch überm Arm. Ploch hielt den Besen in der Hand.

Nettelmair trank und ließ die Flasche kreisen. Zu Kaspar sagte er: „Mein Freund, Sie haben diesem Abend und diesem Morgen eine wunderbare Garnierung hinzugefügt durch den Spaß, den Sie arrangierten!"

Kaspar wollte protestieren. Aber Nettelmair ließ ihn nicht zu Worte kommen. „Ich weiß, Sie stören sich an dem Wort ‚Garnierung'! Mein Lieber, ich habe an vielen Tafeln gespeist, und Sie können mir glauben, mancher weniger gelungene Braten wurde durch die raffinierte Garnierung mit feinsten Würzkräutern, mit Krebsschwänzen und gedünsteten Weinbergschnecken erst zu einem Erlebnis! Das Leben, lieber Freund, geben wir es doch zu, ist nicht so schön, daß es ohne Garnierung genießbar wäre..."

„Doch“, sagte Kaspar, „doch ...“

„... Wenn ich es recht betrachte, sind es gerade die Garnierungen, die es überhaupt lebenswert machen. Ja, ich gehe sogar so weit, daß ich behaupte, unser Leben ist eine einzigartige Garnierung aller unserer Ideen!“ Nettelmair schwieg einen Augenblick betroffen über das Ausmaß seiner Weisheit. „Sie, Herr Kaspar, haben mir zu dieser Erkenntnis verholfen, dafür danke ich Ihnen!“ Er streckte Kaspar seine Hand hin. Kaspar weigerte sich einzuschlagen. Da ergriff Nettelmair einfach die Hand des jungen Mannes. Er zuckte jedoch sofort zusammen. Und weil die meisten auf dem engen Balkon einander berührten, zuckten auch sie unter der Einwirkung eines elektrischen Schlages zusammen.

„Ich verachte Sie, mein Herr“, sagte Kaspar. Aber Nettelmair lachte dröhnend. Er umarmte das Püppchen und wandte sich mit ihr zum Gehen. „Komm, meine Garnierung.“

## IV

Die Schritte auf den morgendlichen Straßen verhallten. Das verzweigte Straßennetz schluckte das Lachen der Gäste des „Gargantua“.
Noch war der Himmel grau. Noch brannten die Laternen.

Kaspar, der junge Mann mit dem Dutzendgesicht, ging neben Wenzel Ploch. Sie schwiegen zunächst. Ploch überlegte, wie er den aufdringlichen Menschen loswerden könnte.

Am Konradsplatz, auf dem der Schneemann mit Hut Wache stand, sagte Ploch: „Leben Sie wohl, mein Weg führt jetzt nach links.“

„Sie wollen nach Hause?“

„Ja“, sagte Ploch. In Wirklichkeit wollte er den Heimweg nur zum Schein einschlagen und nach wenigen Schritten kehrtmachen, um durch eine Toreinfahrt in Eris Haus zu gelangen.

Ploch ging also. Kaspar sagte: „Übrigens, Herr Ploch ..."

Ploch versuchte es zu überhören. Kaspar fuhr fort: „Es hat keinen Zweck, mich täuschen zu wollen. Sie beabsichtigen, noch Fräulein Erika Riedel aufzusuchen. Ich schließe mich an."

Er kann tatsächlich Gedanken lesen, dachte Ploch, gab sein Täuschungsmanöver auf und ging geradewegs auf den Torweg zu.

„Nicht grundsätzlich", sagte Kaspar, „nur *Ihre* Gedanken kann ich lesen, Herr Ploch!"

Ploch blieb stehen. „Nun hören Sie gut zu", rief er, „es ist mir wirklich egal, wessen Gedanken Sie lesen können. Und wenn Sie die meinen lesen könnten, dann würden Sie sich endlich zum Teufel scheren, denn ich wünsche Ihre Begleitung nicht."

Aus dem Hausflur trat überraschend der Wachtmeister. Jener, mit dem Kaspar bereits Bekanntschaft gemacht hatte. Ploch stutzte, sagte dann höflich: „Ein frohes und schönes neues Jahr, Genosse Wachtmeister."

„Ich danke", sagte der Wachtmeister, „auch Ihnen, Genosse Schriftsteller!"

Ploch wollte in das Haus gehen, da berührte ihn der Wachtmeister am Arm. – „Ich muß Sie sprechen, Genosse Schriftsteller", sagte er mit einem Seitenblick auf Kaspar. „Es geht um dieses Phantom."

„Phantom?"

„Nun ja", sagte der Wachtmeister, „ich meine das ganz und gar außerdienstlich. Ich versichere Ihnen, Genosse Schriftsteller, daß ich durch und durch materialistisch eingestellt bin. Sehen Sie, ich nehme, soweit es mein Dienst erlaubt, immer an den philosophischen Belehrungsstunden meiner Dienststelle teil. Aber dieser, dieser ...", er suchte verzweifelt nach einer passenden Bezeichnung für Kaspar. Mensch, Individuum,

Herr, Person schienen ihm Begriffe, die auf Kaspar nicht zutrafen, „Dokumentlose", fiel ihm schließlich ein, „dieser Dokumentlose hat uns vor unfaßbare Rätsel gestellt. Er entwich nämlich aus der Sammelzelle, ohne die geringste Spur von Gewaltanwendung am Schloß und an den Eisenstäben zu hinterlassen. Außerdem ist er elektrisch ..."

„Wenn es gegen die Gesetze verstößt, elektrisch zu sein", sagte Ploch, „dann verhaften Sie ihn doch."

„Das hätte überhaupt keinen Zweck", sagte der Wachtmeister. „Er würde wieder entkommen. Sehen Sie, und es ist noch niemals vorgekommen, daß jemand als eingeliefert ins Wachbuch eingeschrieben, aber ohne Auslieferungsvermerk entlassen wurde. Denken Sie, was werden die leitenden Genossen sagen, wenn sie das Wachbuch inspizieren! Wir benötigen eine handfeste Erklärung. Ich habe zusätzlich die Frühwache übernommen, um Sie, Genosse Ploch, abzufangen. Und da Sie gewohnheitsmäßig Fräulein Riedel aufsuchen ..." Er stockte. „Das äußere ich natürlich ohne jede Wertung, sozusagen außerdienstlich ..." Mein Gott, diese Schriftsteller! Wie schnell fühlten sie sich in der Freiheit bedroht, beschwerten sich ...

„Was erlauben Sie sich!" sagte Ploch, „und was geht mich dieser Mann an!"

„Aber lieber Genosse! Er beruft sich doch auf Sie. Es steht doch in unserem Protokoll! Er gibt Sie als Vater oder Vormund oder so etwas an ..."

Ploch war außer sich. „Lüge!"

„Pardon", mischte sich Kaspar in das Gespräch, „ich bin doch wohl bei dieser Unterhaltung überflüssig?"

„Vollkommen", sagte der Wachtmeister.

„Herr Ploch, in welchem Stockwerk wohnt Fräulein Erika Riedel? Ich möchte schon vorgehen."

Ploch konzentrierte sich darauf, zu zählen. Er zählte, um nicht durch seine Gedanken Eris Adresse zu verraten.

Aber Kaspar verbeugte sich leicht und sagte: „Aha,

also im Gartenhaus, dritter Stock links." Er verschwand im Hausflur.

„Doch ein Phantom!" sagte der Wachtmeister, der begriffen hatte, was geschehen war. „Aber das sage ich ganz außerdienstlich. Jetzt sollten wir gemeinsam zur Wache gehen."

„Ich komme nicht mit auf Ihre lausige Wache..."

„Wir kochen Ihnen einen hervorragenden Kaffee, Genosse Schriftsteller..."

Ploch wollte Kaspar nacheilen. Der Wachtmeister griff jedoch schnell zu und packte ihn beim Arm.

„Das werden Sie büßen! Mißbrauch der Dienstgewalt!"

Doch der Wachtmeister packte ihn fester und zog ihn mit sich. „Aber, aber, Genosse Schriftsteller, niemand zwingt Sie. Sehen Sie, wir sind gleich da. Dort ist es schön warm. Und denken Sie an den Kaffee!"

Kaspar stieg ohne Anstrengung steile, morsche Treppen hinan. Die Stufen wiesen in ihrem Mittelteil Mulden auf. Frauen und Kinder waren täglich treppauf, treppab gegangen. Ziehleute hatten an die hundertmal, mit schweren Möbelstücken beladen, die Stufen abgewetzt. Auch kohletragende Männer, pietätvolle Herren vom Beerdigungsinstitut, Polizisten, die jemanden hoppnahmen, Zeitungsfrauen, Energiekassierer, Kaminkehrer hatten von den Stufen immer ein wenig an den Sohlen davongetragen.

An Kaspars Sohlen blieb nichts haften.

Auf den Podesten der Treppenabsätze luden alte Stühle die Steigenden zum Verschnaufen ein. Kaspar stürmte daran vorbei. Der üble Geruch der Aborte stieg ihm ätzend in die Nase. An den Wohnungstüren des freudlosen Gebäudes befanden sich Emailleschilder und andere aus Messing mit Namen. Sonnabends wurden sie geputzt. Auch Fräulein Erika Riedel hielt das Schild rein.

Kaspar betätigte ein unhandliches Ding, das im

Inneren der Wohnung ein unfrohes Rasseln erzeugte. Kaum eine Sekunde verging, da stand Erika Riedel im Türrahmen, als hätte sie auf der Lauer gelegen.

Trotz der frühen Morgenstunde war Erika frisiert und auf ihre Weise, leicht schlampig, geschminkt. Allerdings sah es nicht so aus, als hätte sie einen Fremden erwartet. Soweit es ihr nützlich erschien, war ihr Körper in einen grünen Kimono mit chinesischen Motiven gehüllt. Papageien flogen dort vor nebligen Tälern um Liebeslauben aus Bambus, in denen sich Pärchen in ebensolchen Kimonos Gutes taten. Aus dem Schlitz des fernöstlichen Kleidungsstückes schaute ein wohlgeformtes, mäßig behaartes Bein mit schlanker Fessel und langem Schenkel hervor.

„Sie?“ sagte Erika Riedel. Das Bein verkroch sich hinter chinesischer Seide. Ratlosigkeit zeichnete sich auf ihrem Gesicht ab. „Und? Was wollen Sie?“

Kaspar verbeugte sich und sog beim Aufrichten den Duft des ihm bereits bekannten Parfüms ein. „Pardon. Ich habe Sie wohl aus dem Schlaf gerissen?“

„Nein“, sagte sie, „aber ich erwarte jeden Augenblick eine Freundin.“

„Vielleicht erwarten Sie Herrn Ploch“, sagte Kaspar. „Er ist derzeit verhindert. Nehmen Sie doch vorläufig mit meiner Wenigkeit vorlieb.“ Er war im Begriff, die Wohnung zu betreten. Fräulein Erika blockierte jedoch demonstrativ den Eingang.

„Sie können nicht eintreten“, sagte sie.

„Das irritiert mich. Ich glaubte Ihnen angemerkt zu haben, daß ich Ihnen sympathisch bin. Vielleicht habe ich mich geirrt.“

„Bitte, verstehen Sie mich“, sagte Erika. „Sie ahnen nicht, was die Leute in diesem Haus klatschen! Hinter den Gucklöchern lauern sie, um einander auszuspionieren.“

„Ich will mich nicht aufdrängen.“

Erika Riedel war unentschlossen.

Es war in der ganzen Stadt herum, daß Ploch sie oft

besuchte. Man redete davon, daß der Schriftsteller sie aushielt. Das entsprach nicht der Wahrheit. Ploch hatte versucht, ihr Geschenke zu machen, aber sie hatte nichts von ihm angenommen. Erika liebte Ploch, und sie litt unter dieser Liebe, weil sie ahnte, daß Ploch sich nie ganz zu ihr bekennen würde. Sie hatte Ploch ein Ultimatum gestellt: Entweder du trennst dich von deiner Frau, oder ich lasse dich nicht mehr in meine Wohnung! Aber Ploch war nach wie vor mit Dora verheiratet und besuchte Erika ab und zu.

Sie hoffte auf eine höhere Gewalt, die ihr Verhältnis mit Ploch beendete. Vielleicht war dieser Mensch mit dem zu unbestimmter Anteilnahme herausfordernden Gesichtsausdruck jene höhere Gewalt! Doch im Grunde wünschte sie sich kein Ende mit Ploch.

„Sie sehen ja, ich bin im Negligé", sagte sie.

Von unten ertönte der Gesang einer öligen Männerstimme. Die Flurbeleuchtung verlöschte. Polternde Schritte näherten sich schwerfällig.

„Schnell, kommen Sie herein", sagte Erika Riedel. Leise schloß sie hinter Kaspar die Tür und lauschte am Briefschlitz.

Der Gesang wollte nicht enden.

Kaspar sah sich um. Es war eine Küche mit durchgetretenem Linoleum und unsäglich alten Möbeln. Der Putz an den Wänden war von der Feuchtigkeit zerfressen. Trotzdem machte die Sitzecke mit dem blaukarierten Tischtuch einen gemütlichen Eindruck.

„Schön haben Sie es hier", sagte Kaspar.

„Pst, man könnte uns hören."

Der Betrunkene schien auf der Treppe Anker geworfen zu haben. Er sang noch immer. Erika Riedel war auch jetzt noch mit sich uneins. Schließlich bat sie Kaspar doch, ins Wohnzimmer zu treten. Der Raum schien unbenutzt. Die Möbel aus dem Bausatz „Happy-End" waren Erikas ganzer Stolz. Sie wurden zum größten Teil für das Ausland hergestellt. Ploch hatte seine Verbindungen spielen lassen. Und eines Tages, als Erika jede Hoffnung auf diese Kostbarkeit schon aufgegeben hatte, war der Prokurist des Möbelhauses bei ihr erschienen und hatte die Sendung übergeben. Der Prokurist hatte versucht, sie auszuforschen, welchen der Ratsherren sie persönlich kannte, denn dies war der erste Satz „Happy-End", der jemals bis in das Möbelhaus gelangt war.

Allerdings waren die Möbel wegen der Feuchtigkeit ein wenig von den Wänden abgerückt worden. Die vielen Kissen, die gestickten und geklöppelten Deckchen, die Sammeltassen, die Kristallvasen, die bauschigen Stores und die geblümte Übergardine machten zusätzlich etwas her.

Unaufgefordert setzte sich Kaspar in einen Sessel.

„Ich möchte Ihnen, um gleich zur Sache zu kommen, eine wichtige Frage stellen."

„Ja", sagte Erika und überlegte dabei, wie sie sich verhalten sollte, wenn Ploch plötzlich auftauchte.

„Wären Sie einverstanden, meine Geliebte zu werden?"

Erika Riedel wich einen Schritt zurück. Dunkles Rot überzog ihr Gesicht. „Ich, Ihre Geliebte!" sagte sie. „Schämen Sie sich!" Erst nach einer Weile kam ihr die Ungeheuerlichkeit seines Ansinnens ganz zum Bewußtsein.

„Sie Ferkel", rief sie, „Sie Ehrenräuber, Sie Bruder Liederlich, Sie Galan, Sie Landru, Sie Bock, Sie Roué, Sie Schweinigel, Sie Lotterbube, Sie Lüstling."

Kaspar hatte dieser Aufzählung interessiert zugehört. „Jetzt werden Sie ungerecht, Fräulein Erika."

Ein Blick traf sie, der sie abermals zu unbestimmter Anteilnahme animierte.

„Sie selbst haben mir gestern zu diesem Angebot Mut gemacht", sagte Kaspar. „Ihr Blick war so begierig."

„Begierig? Niemals!"

„Sie sind mir sehr angenehm, Fräulein Erika. – Allein Ihr Geruch." Er beugte sich vor und sog ihren Duft ein. „Und Sie haben etwas wunderbar Schlampiges an sich."

„Sie beleidigen mich", sagte Erika und stellte fest, daß ihr etwas an der Meinung dieses Menschen lag.

„Aber", sagte Kaspar, „Schlamperei, das ist doch der Gegensatz zu spießbürgerlicher Enge."

Erika begriff, daß für diesen Kauz schlampig ein Lob war. Es machte sie ein wenig glücklich.

„Sie passen zu mir weit besser als zu Ploch", sagte Kaspar.

Erika versuchte seinem Blick auszuweichen. Warum nahm sie die Chance nicht wahr, von dem Schriftsteller loszukommen? Aber vielleicht hatte sie zu lange auf ihn gehofft. Sie mußte diesen Fremden vor den Kopf stoßen, dann würde er gehen.

„Sie wissen nichts von mir", sagte sie. „Ich habe die Männer gewechselt wie die Hemden."

„Man sollte niemals das Hemd wechseln", sagte Kaspar. Er öffnete einen Knopf seines Oberhemds und ließ das rote Kattununterhemd sehen. „Ich trage es seit meiner Geburt. – Was aber die Partner anbetrifft, da sollte man häufig wechseln, damit es zu keinem geistigen Stillstand kommt."

Erika versuchte Kaspars Miene zu deuten. Scherzte er? Sein Gesicht blieb ernst.

„Ich bin einfach unanständig", sagte Erika. „Ich kann mich nicht beherrschen. Es überkam mich schon, als ich dreizehn Jahre alt war. Besonders in der Zeit der Heuernte begannen mir die Finger so sonderbar zu zittern. Ich konnte dem Lehrer nicht folgen, weil ich ihn nackt vor mir sah, wenn er etwas an die Tafel schrieb."

„Das ist allerdings merkwürdig, aber doch wohl kaum schädlich", sagte Kaspar.

„Die Zahlen in der Algebrastunde nahmen für mich obszöne Bedeutungen an."

„Das war gewiß sehr spaßig?"

Wollte dieser Mann nicht verstehen?

Warum kam Ploch nicht endlich!

„Jedenfalls kam ich schon in jungen Jahren auf eine

schlüpfrige Bahn. Ich verführte damals alte Kerle, die schon Enkel hatten, und auch die Enkel. Ich verführte einen Bräutigam an seinem Hochzeitstag und einen geistlichen Herrn während der Messe. Ich bin das, was man ein liederliches Frauenzimmer nennt! Und nun sollten Sie gehen!"

„Sie sammelten sozusagen Lebenserfahrung", sagte Kaspar. „Das schärft den Blick für die Ungerechtigkeit. Ausgezeichnet! – Aber solche Momente des wahren Gefühls, wie zum Beispiel den, als wir uns gestern in die Augen schauten, haben Sie wohl selten oder nie erlebt?"

„Wenn Sie wüßten, wie viele Momente dieser Art ich erlebt habe!"

„O nein", sagte Kaspar, „jetzt übertreiben Sie."

Er sah Erika Riedel fest in die Augen.

„Sie verunsichern mich", sagte sie und versuchte seinem Blick auszuweichen.

„Die Unsicherheit ist der Sauerteig des Lebens!"

Der letzte Blick hatte Erika benommen gemacht. Ihre Abwehr wurde schwächer.

„Ich brauche Sicherheiten."

„Schade", sagte Kaspar. „Dann wollen wir unser Gespräch vergessen. Ich bin gegen eheliche Bindungen, weil sie rein rechtliche Bedeutung haben. Das heutige Recht aber schützt lediglich die unterschiedlichen Besitzverhältnisse der Bürger. Es tut mir leid!"

Kaspar erhob sich.

Erika war erschrocken.

„Bleiben Sie. Ich verstehe Sie nicht ganz, aber wahrscheinlich hat alles seine Richtigkeit."

Sie hatte Ploch unter dem Eindruck von Kaspars Blick vergessen.

„Ihre Finger zittern", sagte er. „Die Heuernte ist doch wohl vorüber!"

Erika wollte Kaspars Gesicht streicheln.

„Nein", sagte Kaspar, „berühre mich nicht, ich bin elektrisch."

„Was du für dummes Zeug redest.“ Erika küßte ihn auf die Wange, ohne einen elektrischen Schlag zu erhalten.

„Deine Haut ist kalt“, sagte sie. Sie ließ den Kimono mit den chinesischen Motiven von der Schulter rutschen und stand nackt vor Kaspar.

„Niemand kann mich wärmen“, sagte er.

Sie warf sich mit Heftigkeit auf ihn. Kaspar wurde in den Sessel gedrückt, von heißen Küssen und anderen Zärtlichkeiten überschüttet und büßte dabei einige seiner Kleidungsstücke vorübergehend ein.

Als sich Erika Riedel eine halbe Stunde vergeblich um den nach wie vor kühlen Gast bemüht hatte, ließ sie von ihm ab und sagte: „Du Unglücklicher!“

Aber Kaspar lachte.

„Ich bin glücklich“, sagte er. „Ich trage das Hemd des Gerechten.“ Er wies auf sein Hemd aus rotem Kattun, das ihm außer den Strümpfen noch am Leibe verblieben war.

„Und du hast niemals das Zittern in den Händen verspürt?“

„Nein, niemals!“

„Vielleicht drückt es sich bei dir nur anders aus“, sagte Erika. „Vielleicht beginnen dir die Augen zu tränen ...“

„Ganz unmöglich!“

„Oder du hast einen Blutandrang im Kopf.“

Kaspar verneinte.

Erika stützte, noch immer nackt auf Kaspars Knien sitzend, den Kopf in die Hände und begann nachzudenken. Nach einer Weile sagte sie: „Du hast keinen Trieb.“

„Es muß wohl so sein“, sagte Kaspar.

„Da du keinen Trieb besitzt, bist du der einzige Mann, der mich um meiner selbst willen liebt ...“

Kaspar schien ein wenig verwirrt. „Du sprachst vorhin von diesen Zuständen, vom Zittern deiner Hände ...“

„Das alles unterdrücke ich. Wie anständig werde ich vor den Leuten und vor mir selber dastehen."

In diesem Augenblick öffnete sich die Tür zur Küche, und Wenzel Ploch trat in Hut und Mantel, den Wohnungsschlüssel in der Hand, ins Zimmer. Er blieb stehen. Der Anblick traf ihn. Er fühlte sich verraten.

Damals, vor einigen Jahren, als er Eri kennenlernte, glaubte sich Ploch auf dem Gipfel seines Erfolges. Damals hatte er seine Unzufriedenheit überwunden, die ihn jahrelang getrieben hatte, überall Unruhe zu verbreiten. Endlich hatte er Reife gewonnen, die es ihm ermöglichte, lächelnd auf seine Jugendstreiche zurückzublicken. Es trieb seinen Zuhörern im „Gargantua" Lachtränen in die Augen, wenn er berichtete, wie ein gewisser Wenzel Ploch Flaggen stahl und sich daraus rote Hemden nähte; wie dieser etwas verrückte Halbwüchsige auszog, die Güter neu zu verteilen.

Damals, als Ploch Eri kennenlernte, eröffnete er gerade neue Bankkonten, die größere Summen aus den zahlreichen Förderungsfonds fassen sollten.

In dieser Zeit war es auch, daß Ploch seine Vierzimmerwohnung im schönsten Stadtviertel als beengend empfand. Er reiste in der Welt herum. Und er fühlte sich persönlich gekränkt, wenn man ihm das Ausreisevisum nicht sofort erteilte.

Als seine Söhne ausgewählt wurden, die Hochschulreife zu erwerben, empfand Ploch das als ganz natürlich, obwohl viele genauso intelligente Kinder von der Schule abgehen mußten.

Dann lernte Ploch am Tresen der Imbißstube Fräulein Erika Riedel kennen.

Die stark erotische Ausstrahlung Eris, die Lässigkeit ihrer Bewegungen, die leicht schlampige Art, wie sie sich kleidete und zurechtmachte, erregten Plochs Begierde. Als er sie dann besaß, fiel es ihm schwer, wieder von ihr loszukommen. Gegen seinen Willen wuchsen in Eri Gefühle, und er war nicht Manns genug, dankend zu gehen. Ploch wurde in die Empfindungswelt, in die Denkweise, in die Lebensumstände der Kaffeeverkäuferin hineingezogen. Zuerst bedauerte Ploch Erika. Er hielt sie für eine vom Leben Benachteiligte. Nach und nach erfaßte er, daß sie so lebte und dachte wie viele andere – nur er, Ploch, hatte größere Ideale, war durch sein Talent und durch seine vielen Beziehungen zu einflußreichen Persönlichkeiten ein Bevorzugter.

Wenn Erika leichthin sagte: „Ich bin ja nur eine einfache Frau", brauste Ploch auf. „Es gibt keine einfachen Leute, genauso wie es keine besonderen Leute gibt, diese Unterschiede, Erika, sind, gottlob, beseitigt!"

„Ach, Wenzel", sagte Erika, „du bist zu bescheiden! Du hast doch etwas im Hinterhalt: dein Geld. Deine Wohnung. Dein Auto. Und du bist doch auch wer! Darauf kannst du stolz sein!"

„Nein", sagte Ploch, „worauf sollte ich mir etwas einbilden. Ich bin nicht mehr als du, Erika."

Erika Riedel hatte aber ihren eigenen Kopf. „Erinnere dich, Wenzel, als du die schwere Grippe hattest. – Da kam extra aus der Hauptstadt ein Professor angereist. Und dann brachte man dich in das Diplomaten-Sanatorium, wo doch sonst kein Sterblicher hineinkommt."

„Auch du, Erika, wirst kostenlos behandelt, wenn du krank bist", sagte Ploch.

„Ja", sagte Erika, „als ich Lungenentzündung hatte, lag ich auch im Krankenhaus. Bei mir im Zimmer lagen noch neun andere Frauen. – Und du hattest ein eigenes Zimmer."

Vielleicht war es nicht ganz so einfach, wie es Eri sah. Sie hatte zuwenig Bildung. Irgendwie aber, das spürte Ploch, hatte sie auch wieder recht. Vielleicht war seine Sprache im Laufe der Jahre undeutlich geworden. Er sagte nicht „arm" und „reich". Er sprach nur von niedrigen und höheren Einkommen. Er sprach auch nicht von der „Obrigkeit", sondern nur von der „Leitung". Ploch erinnerte sich an den merkwürdigen Burschen, der sich aus rotem Fahnentuch Hemden geschneidert hatte. Und so lächerlich kam ihm dieser nicht mehr vor.

Er wollte schreiben. Das neue Buch sollte „Das Hemd des Gerechten" heißen. Bei der Arbeit dachte Ploch viel über Erika Riedel nach. Manchmal hatte er das Gefühl, er schriebe das Buch eigentlich für sie.

Und nun hatte sie ihn verraten! – Oder hatte er in seinem neuen Manuskript wieder nur die Oberfläche gestreift?

Erika war aus der Erstarrung erwacht. Sie hüllte sich in den Kimono und huschte zur Tür hinaus in die Küche.

Kaspar zeigte sich keineswegs verlegen.

„Gut, daß man Sie freigelassen hat, Herr Ploch. Würden Sie mir bitte die Hose reichen, die Ihnen zu Füßen liegt!"

Ploch empfand das als den Gipfel der Unverschämtheit. Er war jedoch so verblüfft, daß er sich tatsächlich nach dem Kleidungsstück bückte.

Kaspar schlüpfte hinein.

Ploch entdeckte nun erst das rote Kattunhemd auf Kaspars Leib. Der junge Mann lächelte. – „Ja, Herr Ploch, es ist tatsächlich dieses bewußte Hemd. Ich ziehe es niemals aus. Es macht mich so unsagbar glücklich."

Er streifte sein schneeweißes Oberhemd über den Kopf und streckte Ploch seine Hemdsärmel auffordernd hin, damit dieser ihm die Manschetten schlösse. Plötzlich hielt er im Ankleiden inne.

„Pardon, Herr Ploch, vielleicht möchten Sie das rote Hemd einmal anprobieren. Es läutert ungemein."

Ploch hatte sich an der Vorstellung berauscht, wie er diesen aufdringlichen Kerl mit dem Kopf gegen die Wand schlug, wie er ihn dann durch das geschlossene

Fenster schleuderte und mit welcher Wonne er dem Aufprall des blutüberströmten Körpers im Hof lauschte.

„Nun ist es aber genug!“ rief er. Er war weniger wütend als verlegen.

„Natürlich“, sagte der junge Mann, „ich bin Ihnen ja eine Erklärung schuldig. – Es ist nun so gekommen: Fräulein Erika Riedel mag mich.“ Er ging langsam zum Spiegel und band sich sorgsam die Krawatte. Unvermittelt lachte er. – „Sie wundern sich, was das Fräulein Eri gerade an mir finden mag?“

„Das kann ich mir denken“, sagte Ploch. „Sie ist die Begierde selbst.“

„Im Gegenteil“, sagte Kaspar. „Übrigens konnten Sie mir keinen größeren Gefallen tun, als daß Sie es versäumten, meine Triebsituation zu bedenken. Der Trieb ist ein Mangel am Menschen. Sie sehen ja, selbst die Philosophen, die sich ganze Gesellschaftssysteme erdenken, erleiden stets Rückschläge, weil der Trieb eine unberechenbare Größe ist. Mit mir dagegen hat die Gesellschaft keine Schwierigkeiten.“

„Natürlich“, sagte Ploch, „wer so aufdringlich ist wie Sie, kann ja nur mit grenzenloser Selbstüberschätzung geschlagen sein!“

Kaspar drohte schelmisch mit dem Finger. – „Lieber Herr Ploch, Sie werden doch wohl nicht eifersüchtig! Waren Sie nicht des Fräuleins Eri überdrüssig? Lagen Sie nicht bereits mit einer anderen im Bett! – Seien Sie vernünftig. Es ist nichts weiter geschehen. Die Gunst des Fräuleins Eri ist von Ihnen zu mir übergegangen. – Und sind wir nicht beinahe verwandt?“

In diesem Augenblick betrat Erika das Zimmer wieder. Sie hatte sich vollständig angekleidet. Gefaßt betrachtete sie die Herren.

Kaspar sah Erika an.

„Sehen Sie ihre Augen, Herr Ploch, sie ist glücklich.“

Tatsächlich glänzten Erikas Augen ein wenig.

„Es macht auch glücklich, das Glück anderer zu

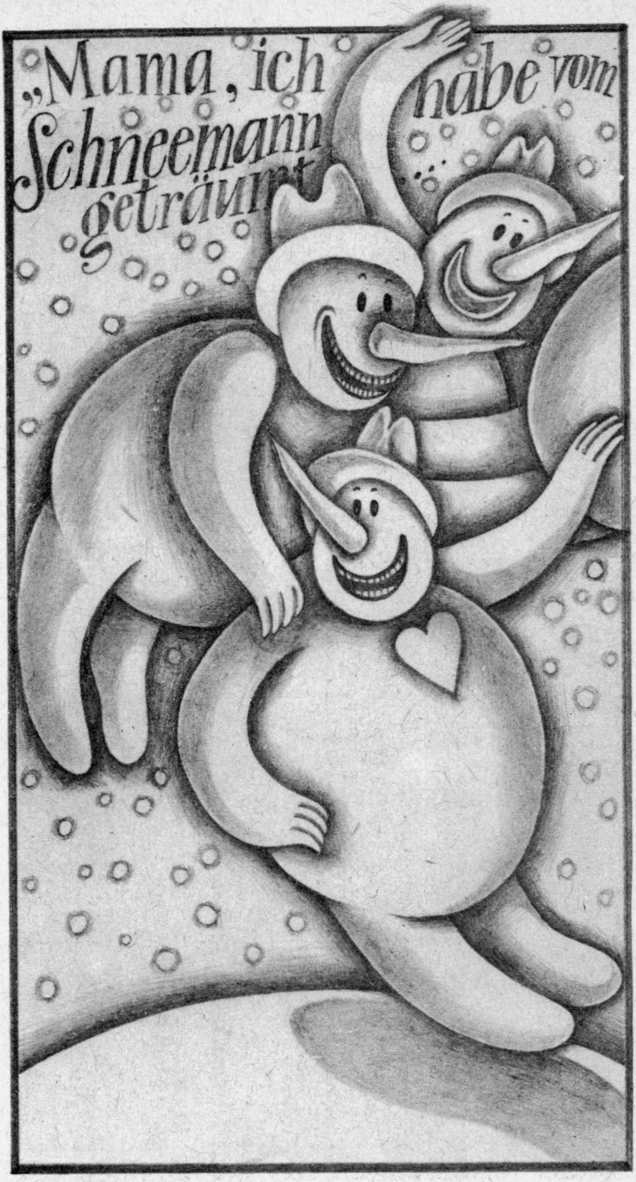
„Mama, ich habe vom
Schneemann
geträumt"

Ich hatte den Schneemann lieb, und plötzlich wurde der Schneemann lebendig...

erleben", sagte Kaspar. „Besuchen Sie uns, wann immer Sie Zeit haben!"

Ploch riß eine Vase vom Schrank und warf sie Kaspar vor die Füße. Die Glassplitter spritzten nach allen Seiten auseinander.

„Sie können mich mal...", schrie Ploch, schluckte aber den letzten Teil des Satzes hinunter.

„Pfui", sagte Kaspar, „so etwas denkt man nicht."

Ploch wollte sich umdrehen und davongehen. Er spürte das Bedürfnis nach frischer Luft. Da fiel ihm noch etwas ein. „Melden Sie sich mit zwei Paßbildern auf dem Polizeirevier. Man wird Ihnen ein Ausweispapier geben!"

Ploch warf die Tür hinter sich zu.

Kaspar schüttelte mißbilligend den Kopf.

„Ich glaube, wir beide werden sehr glücklich, Kaspar", sagte Eri und warf sich in seine Arme.

Als sie von ihm abließ, stand ein kleines Mädchen in geblümtem Nachthemd mitten im Zimmer und blinzelte verschlafen.

„Josepha", rief Kaspar.

Es war das kleine Mädchen, das Kaspar gefragt hatte, in welche Schule er ginge.

Erika stürzte zu dem Kind, nahm es auf den Arm und schwenkte es wild im Kreise. Sie lachte dabei und weinte beinahe vor Freude. „Josepha, Josepha", rief sie, „das neue Jahr hat begonnen!" Sie setzte das Kind nach geraumer Weile wieder auf den Fußboden und warf sich übermütig auf das Liegemöbel. Erschrocken über den Frevel an dem guten Stück, richtete sie sich jedoch sofort wieder auf und strich glättend über den Bezugsstoff.

„Mama", sagte Josepha, „ich habe von unserem Schneemann geträumt. Ich hatte den Schneemann lieb, und plötzlich wurde der Schneemann lebendig wie ein richtiger Mensch. Er begann zu tanzen und zu springen. Seine Augen blinkerten, die Nase wackelte. – Das Merkwürdige war nur, daß er sofort wieder zu Eis und

Schnee wurde, wenn ich mich einen Moment nicht um ihn kümmerte."

„Das ist überhaupt nicht merkwürdig", sagte Kaspar, „du mußt ihn immer liebhaben."

„Ja", sagte Josepha, „ich will weiter vom Schneemann träumen." Ohne ein weiteres Wort schlenderte das Kind in seine Kammer zurück.

## V

Frostklar grüßte der Neujahrsmorgen die zahlreichen Spaziergänger „Auf dem Wall". Es wehte ein scharfer Nordost. Plochs Gesicht war gerötet. Er fühlte sich trotz des wenigen Schlafs wieder wohlauf. Es war ihm eingefallen, daß er am Vortage mehrere Kopfschmerztabletten geschluckt hatte. Diese Medikamente sollten, wenn man sie zusammen mit Alkohol zu sich nahm, zeitweilig eine berauschende Wirkung hervorbringen. Nur so waren schließlich die merkwürdigen Begebenheiten in der Neujahrsnacht zu verstehen.

Links und rechts neben Ploch schritten die Zwillinge Jörg und Jens. Sie glichen einander aufs Haar. Sie waren siebzehn Jahre alt. Auf ihren Oberlippen zeigte sich dunkler Flaum. Ploch störte, daß sich die beiden völlig gleichartig gekleidet hatten. – Karierte Sportjacketts und violette Krawatten. Jens hatte seine Schnürsenkel liederlich gebunden. Daran konnte man sie allenfalls auseinanderhalten.

Der Promenadenring, der sich „Auf dem Wall" nannte, war hoch gelegen und umschloß das Stadtzentrum. Bis auf das Kanonenplateau und die Reitlinger Messe hatten sich kaum Befestigungsanlagen aus dem Mittelalter herüberretten können.

Ploch und die Zwillinge blieben stehen und genossen den Blick über die Vorstadt hinaus auf die weite Landschaft.

„Sieh an, Papa", rief Jörg, „man erblickt heute in der Ferne sogar die Jakobshagener Alpen!"

„Ja", rief nun auch Jens, „ist das nicht der Gasthof ‚Mariannenlust'?"

Die Alpen bestanden aus kläglichen Sandhügeln. Es ist üblich, im Flachland zu übertreiben.

Ploch wurde ab und zu von Bekannten gegrüßt. Einige alte Leute blieben stehen und sahen der Gruppe nach. „Habt ihr diese reizenden Zwillinge gesehen?" sagte jemand. Der Obermeister des Straßenbahndepots sagte zu seiner Frau: „Das ist der Schriftsteller, von dem wir das Buch haben. Seinen Bengels trau ich zu, daß sie zu denen gehören, die unsere Waggons demolieren."

Ploch legte seine Arme auf die Schultern der Jungen. „Bisher führten wir am Neujahrsmorgen immer ein Gespräch unter Männern. Wir sollten es auch heute so halten."

Die Gesichter der Jungen zeigten den notwendigen Ernst. „Sprechen wir über die Zukunft. Ihr werdet euch ja bald entscheiden müssen, welche Fakultät ihr wählt."

Die Jungen warfen sich verstohlene Blicke zu.

„Papa", sagte Jörg, „du hast wahrscheinlich vergessen, daß wir unsere Wünsche bereits vor zwei Jahren schriftlich fixieren mußten."

Ploch hatte es wirklich vergessen.

„Nun, Jörg", sagte er und streifte dabei die Schuhe beider mit einem schnellen Blick, um sich zu überzeugen, daß er mit dem richtigen sprach, „es ist wohl nicht allzu schwer zu erraten, welche Studienrichtung du einschlägst. Ich werde dich bei Gelegenheit im Automobil in die Hauptstadt mitnehmen, damit du dem Direktor des Naturkundemuseums deine Käfersammlung zeigen kannst. Vielleicht ist sie sogar von wissenschaftlichem Interesse."

Ploch wandte sich zu seinem zweiten Sohn. „Bei dir allerdings, Jens, bin ich immer noch im Zweifel. –

Willst du dich nun der Malerei oder der Musik zuwenden? Meiner Ansicht nach bist du auf beiden Gebieten gleich stark."

Die beiden Jungen nickten sich unauffällig zu. „Papa", sagte Jörg, „wir trugen uns doch beide für die Chemie ein."

„Was", rief Ploch, „Chemie?" Dann lachte er plötzlich laut. „Ach, ihr Schlauberger! An der Nase wollt ihr mich herumführen. Ich entsinne mich ganz genau, daß ihr für den Chemieunterricht niemals Begeisterung aufbrachtet."

Wieder schwiegen die Jungen ein Weilchen.

„Sieh einmal", sagte Jörg schließlich, „sie bauen in den nächsten Jahren das Chemiekombinat in der Stadtheide. Man hat eine gute Straßenbahnverbindung dorthin."

„Wir werden zu den ersten Fachleuten in diesem Betrieb gehören. Du weißt doch, Papa, wie sehr es darauf ankommt, von Anfang an dabeizusein."

„Es ist unsere große Chance", nahm Jörg wieder das Wort, „in den altansässigen Fabriken gibt es eine langstämmige Belegschaft. Die Abteilungsleiter, die Hauptingenieure und Direktoren sitzen auf ihren Posten, bis sie in Pension gehen."

„Oder vorzeitig sterben", fügte Jens hinzu. Er bückte sich und band sich den Schnürsenkel neu.

Jörg links, dachte Ploch, Jens rechts!

„Unsere Zukunft liegt also beim Zello-Kombinat", sagte der linke Sohn. „Obwohl der Grundstein erst in drei Jahren gelegt wird, haben sie bereits ein Personalbüro. Wir beide sind ihnen schon aktenmäßig bekannt. Sie registrieren in jedem Halbjahr unsere Leistungen in der Schule und unser Verhalten in der Gesellschaft."

„Selbstverständlich haben sie sich auch ein Bild von unserem Gesundheitszustand gemacht", sagte der rechte Sohn.

In diesem Moment wehte ein heftiger Windstoß

Plochs Hut davon. Die beiden Jungen stürzten hinterher. Einer von beiden erwischte den Hut, bevor er in den Mühlgraben geweht werden konnte.

„Danke", sagte Ploch. Er wußte jetzt nicht mehr, wer links und wer rechts ging.

„Ja, sie beobachten uns", sagte der rechte Sohn. „Sie haben ein Auge auf uns geworfen."

„Sie haben Pläne mit uns", ergänzte der andere schmunzelnd. „Sie wissen natürlich schon jetzt, welchen Posten jeder von uns beiden in zehn Jahren übernehmen soll."

„Sie haben unser Gehalt bereits eingeplant."

„Die Wohnhäuser, in die wir ziehen, sind projektiert."

„Der Platz für die Urlaubsbungalows an der See ist reserviert."

„Sogar an einen Betriebskindergarten ist gedacht."

Ploch hatte während des Gesprächs Unbehagen empfunden. Er wußte nicht, weshalb. Jetzt sah er die Gelegenheit gekommen, durch einen Scherz seiner Bedrückung zu entfliehen.

„Und ihr, meine Herren Söhne", rief er, „habt ihr denn bereits die Anzahl eurer Kinder kalkuliert?"

Die Jungen blieben ernst.

„Weißt du, Papa, ein Kind wird zu sehr verzogen. Darum bin ich für zwei", sagte der rechte Sohn.

„Ich bin für drei", sagte der linke. „Sieh mal, du hast zwei Kinder. Plötzlich stößt einem was zu. Denk doch daran, als ich mit der Blutvergiftung auf den Tod lag."

Jens links, stellte Ploch sehr erleichtert fest, da er sich erinnerte, wer von den beiden Söhnen die Blutvergiftung erlitten hatte.

„Ich sehe, ihr wißt, was ihr wollt", rief er mit ätzender Ironie in der Stimme.

Die Jungen schienen es nicht zu bemerken.

„Man sagt, die Menschen werden heute früher reif als in vergangenen Zeiten. – Ich war ein Narr in eurem Alter."

Ploch lachte selbstzerstörerisch. „Ich las in eurem Alter die Berichte eines * * * in der Zeitung. Dieser * * * kroch durch den vietnamesischen Dschungel und berichtete über den Kampf gegen die Franzosen. Kurze Zeit später meldete er sich aus dem Zentrum der indischen Bauernaufstände, der Stadt Telengana. Dort entging er knapp der Verhaftung. Dann schickte er Depeschen aus Athen und rief zur Solidarität mit Belojannis auf, der zum Tode verurteilt war. In Enugu legte er Blumen auf die Gräber der Bergarbeiter, die beim Streik erschossen wurden. Ich war begeistert von diesem * * *, dessen Name nicht genannt wurde, um seine Arbeit nicht zu gefährden. Natürlich wollte ich so einer werden wie * * *. Seht ihr, das war die Narrheit, die mich dazu trieb, Publizistik zu studieren."

Ploch hatte sich seine Bitterkeit von der Seele geredet. Er wurde ruhiger.

„Es ist nicht recht, daß du dir deshalb Vorwürfe machst, Vater", sagte Jörg, oder sagte es Jens? „Damals waren andere Zeiten. Ihr lebtet sozusagen von der Hand in den Mund. Spontan."

„Wir wären dumm", fügte der andere Sohn hinzu, „wenn wir zum Beispiel die Menschen verlachten, weil sie das Telefon noch nicht kannten."

„Wenn du einmal in Not sein solltest, Vater", sagte der eine Sohn, „kannst du dich auf mich verlassen."

„Auch auf mich kannst du dich stützen", sagte der andere. „Bei deinen unregelmäßigen Einkünften könnte so ein Notfall schnell eintreten."

Ploch begriff, daß er von seinen Söhnen bedauert wurde. Bisher hatte er geglaubt, sie seien stolz auf ihn.

„Verdammt", rief Ploch, „warum, zum Teufel, zieht ihr euch so an, wenn ihr schon einander gleicht wie eine Schraube der anderen!"

Die Zwillinge warfen sich belustigte Blicke zu. „Papa, wir wollten dich verwirren", sagte der eine. „Übrigens, ich bin Jörg!"

„Danke! Sehr freundlich."
„Papa, wir sind erstaunt, wie überzeugt du von deinen Ansichten bist."
„Ach!"
„Nimm es uns nicht übel. Aber die Platte von diesem rasenden Reporter hast du uns schon oft vorgespielt."
„Natürlich, auch die, als du dir die roten Hemden nähtest. Wirklich, Papa, wir wissen, daß du ein Gerechtigkeitsfan warst."
„Tatsächlich?" sagte Ploch. Ihn ärgerte dieses Wort „Gerechtigkeitsfan".
„Manches", sagte Jörg, „hast du vergessen zu erzählen."
„Ja", sagte Jens, „aber wir haben es doch erfahren. Wie geht es übrigens Fräulein Erika Riedel? Man sagt, sie wäre früher auf den Strich gegangen."
Ploch packte beide an den Jackenrevers. „Wer gibt euch das Recht, so über Menschen zu sprechen!"
Der Schriftsteller ließ die Zwillinge los. Er gab auf. Die Angelegenheit schien ihm zu verfahren.
Jörg brach das Schweigen. – „Wir wollten dich nicht kränken!"
„Er hat uns mit diesem Fräulein Riedel auch gekränkt", sagte Jens.
Ploch fühlte sich schuldig. – „Was wißt ihr vom Leben! Man tut so häufig Dinge, die unwürdig sind; man weiß es. Und man tut sie doch!"
Die Jungen hörten aufmerksam zu.
„Du willst sagen, daß du inkonsequent bist."
„Ja, mein lieber Jens. Ich bin inkonsequent. Wer ist es nicht?"
„Wir hatten einen Großvater."
„Er gehört zu den Ausnahmen."
Jörg wollte den Vater trösten. – „Man weiß zuwenig über ihn."
„Nein, er ist über jeden Zweifel erhaben."
„Der hatte es gut", sagte Jens, „der wußte, warum er lebte. Aber wir? Wir sterben vor Langeweile."

„Redet nicht so“, sagte Ploch.

„Dann sag uns, wofür wir leben sollen!“ sagte Jens.

Ploch wich aus. Er wollte nicht in Phrasen verfallen. – „Ihr müßt es selbst herausfinden.“

Ein Schluchzen lenkte Plochs Aufmerksamkeit in eine andere Richtung. Es näherte sich ein Herr in mittlerem Alter mit schlohweißer, bis auf die Schultern herabreichender Mähne. Über das zarte, äußerst sensible Gesicht des Mannes im schwarzen, bis zum Hals zugeknöpften Mantel rollten große Zähren.

Auch die Spaziergänger reagierten.

Man schaute sich nach dem Herrn um, kicherte oder wandte sich peinlich berührt ab.

Ploch, die Hände ausgestreckt, als wollte er den Mann vor einem Sturz bewahren, ging auf ihn zu. – „Ist Ihnen nicht gut, Herr Alboretti?“

Der Angesprochene blieb stehen und stieß erneut einen zittrigen Schluchzer aus.

„Kann ich Ihnen irgendwie helfen?“ Ploch wandte sich zu seinen Söhnen um. „Stützt den Herrn!“ rief er. Alboretti wehrte jedoch mit einer kurzen Handbewegung ab.

„Mir kann niemand mehr helfen.“ Seine Stimme klang, als käme sie aus einer Gruft. „Ich bin am Ende meines Weges.“

„Mein Gott, Alboretti, so reden Sie doch. Wir finden einen Ausweg!“

Der Herr schüttelte müde den Kopf.

„Ein Sterbefall?“ fragte Ploch sanft.

Alboretti zog statt der Antwort eine längliche Rolle aus der Brusttasche seines Mantels, trat drei Schritte zurück und entfaltete das Papier so, daß Ploch und die Zwillinge es lesen konnten.

„ADAM ALBORETTI rezitiert zum Jahresbeginn LYRIK – MODERN“

Der Künstler rollte das Plakat wieder sorgsam ein und verstaute es in der Brusttasche. Er schluchzte wieder.

„Die Veranstaltung fiel aus wegen mangelnder Beteiligung?“ sagte Ploch. Es berührte ihn unangenehm. Er selbst war ja auch der Matinee ferngeblieben. Moderne Lyrik oder Lyrik modern, wie es auf dem Plakat hieß, war nicht jedermanns Sache.

„Der Saal war überfüllt. Es mußten Stühle herbeigeschafft werden“, sagte der Rezitator. Seine Stirn krauste sich. – Ein Zeichen intensiver Konzentration.

„Ich betrete das Podium. Der Lärm im Saal verebbt. Die Saalbeleuchtung geht aus. Nur ein Scheinwerfer ist auf mich gerichtet. Plötzlich – tosender Beifall. Ich denke: Das ist der Durchbruch!“ Der Rezitator senkte seine Stimme. „Noch ahnte ich nicht – daß es ein Ikarussturz würde; ein Sturz aus dem lichten Tag in die Finsternis des Orkus.“

„Wie das?“

„Das Publikum.“

Der Rezitator stieß einen Seufzer aus.

„Man hatte, wie ich leider zu spät erfuhr, um den halbleeren Saal des ‚Gargantua‘ aufzufüllen, auf Vorschlag eines gewissen Herrn, von dem noch zu reden sein wird, die Straßenbahnfahrer, die Weichensteller, die Waggonwäscher und ähnliche Leute, welche zur Stunde gerade die Arbeit beendeten, direkt vom Depot herbeigeholt ...“

„Tatsächlich einmal etwas Neues!“

„... ins ‚Gargantua‘ geholt“, sagte der Rezitator anklagend. „Man hat ferner die Gäste des Platzkonzertes der Feuerwehrkapelle hereingebeten.“

„Ins ‚Gargantua‘“, sagten die Zwillinge im Chor.

„Ins ‚Gargantua‘“, sagte der Rezitator.

Inzwischen hatte sich ein kleiner Auflauf von Neugierigen gebildet. Die Leute hielten höflich Abstand. Ploch war diese Schaustellung unangenehm. Der Rezitator schien erst jetzt richtig in Stimmung zu kommen.

„Ich stehe also auf dem Podium und lasse den Beifall verrauschen. – Stille. – Ich höre meinen eigenen Atem. – ‚Hans Heinz Hinze, Ambrosia ...‘, die Worte stehen wie der menschliche Odem am kalten Wintertag im Saal. Während ich spreche, gehen mir Lichter auf – ich entdecke verborgene Schönheiten in den Versen, die mir bisher nicht aufgegangen... Ich endige..., mäßiger Beifall..., nun, man nimmt sich das ja nicht zu Herzen..., unter uns, ‚Ambrosia' ist auch Hinzes bestes Stück nicht! – Ich fahre also fort im Programm, setze statt Kunkels ‚Zentaur', der ursprünglich hier vorgesehen war, sein viel stärkeres ‚Peloponnesisches Relief'..."

Alboretti legte die Hände flach auf seine Brust und hob den Blick zum Himmel. „Strahl... endloser... aus Ismenes Haupt – Isokephalie Liebender..."

Der Rezitator schrie plötzlich: „Halt!"

Ploch und die Zwillinge zuckten erschrocken zusammen.

„Ich wußte", sagte der Künstler zu Ploch und den herumstehenden Spaziergängern, „es würde Sie ebenso wie mich schockieren, dieses ‚Halt!', das aus dem Saal kam..."

Alboretti blickte triumphierend über den gelungenen Effekt auf sein Publikum. – Der Kreis war größer geworden.

„Ich versuche dieses ‚Halt!' zu überhören. Da wird wieder ‚Halt!' gerufen. Ein junger Mensch, es war der nämliche, welcher den Vorschlag gemacht hatte, die Arbeiter des Depots und die Zuhörer der Feuerwehrkapelle in den Saal zu holen, erklettert das Podium. – ‚Bitte, Genosse Vortragender', sagt er, ‚erklären Sie uns das Wort Isokephalie. Und wer, zum Teufel, ist diese Ismene?'"

„Sagte er wirklich – ‚wer, zum Teufel'?" fragte Ploch.

Der Künstler bedachte Ploch mit einem strafenden Blick. „Nicht wörtlich..."

Bevor er weitersprechen konnte, fragte Ploch: „Wie sah dieser junge Mensch aus?"

„Er hatte ein Dutzendgesicht", sagte Alboretti. „Ich antwortete also dem Menschen folgendermaßen:

‚Mein Herr, offensichtlich haben Sie sich im Lokal geirrt. Die Quizveranstaltung geht in der Stadthalle über die Bühne. Besucher, die hierher ins ›Gargantua‹ zu kommen pflegen, wissen, was Isokephalie bedeutet, und sie kennen auch Ismene!‘ – Im Saal erhebt sich Gemurmel. Jemand ruft: ‚Können Sie nicht, verdammt noch mal, was Anständiges aufsagen?‘ – Und das im ‚Gargantua‘!“

Einige der Zuhörer auf der Promenade schüttelten zustimmend die Köpfe. Es lachte aber auch jemand.

„Dieser Mensch, der das Podium erklommen hatte, bittet nun, Höhepunkt der Blasphemie, den Zwischenrufer auf die Bühne. – Es war natürlich auch einer von der Straßenbahn. – ‚Mein Herr, wenn Sie etwas Schönes parat haben, so tragen Sie es bitte vor...‘“ Der Rezitator schlug sich an die Stirn. „Im ‚Gargantua‘...“

Plötzlich schüttelte sich Alboretti unter einem lautlosen, aber äußerst heftigen Lachkrampf. Unter großer Anstrengung, vor Lachen gurgelnd, krächzte er: „Urahne, Großmutter, Mutter und Kind in dumpfer Stube beisammen sind...“

Unvermittelt brach Alboretti ab. Sein Lachen verschwand schlagartig. Mit der Stimme eines großen Tragöden rief er: „Das ist mein Abschied von der Kunst. Der Mohr hat seine Schuldigkeit getan!“

Alboretti ließ die Arme herabhängen und schluchzte wieder.

„Dieser junge Mann“, sagte Ploch ahnungsvoll, „der ‚Halt!‘ rief, hatte der vielleicht einen zu unbestimmter Anteilnahme herausfordernden Blick?“

„Ja, das hatte er allerdings“, sagte der Rezitator, „aber mich pflegen die Blicke von Ruhestörern weniger zu interessieren! Guten Tag, mein Herr.“

Er ließ Ploch stehen und bahnte sich hoheitsvoll einen Weg durch die Neugierigen.

Erst außer Sichtweite schluchzte Adam Alboretti wieder.

„Was du für Bekannte hast, Papa“, sagte Jörg.

Ploch kannte den Herrn Alboretti schon seit fünfzehn Jahren. Er hatte ihn im Laienkabarett der Vereinigten Gaswerke entdeckt. – Damals ein sympathischer Junge. Die Verse, die er vortrug, waren schroff und voller Satire. Bei den alteingesessenen Kritikern konnte dieser Mensch nicht auf Beifall hoffen. Ploch lobte ihn in seiner Rezension. Er empfahl ihn der Schauspielfakultät. – Wo war der Idealismus dieses sympathischen Jungen geblieben, der sich heute Alboretti nannte? Ploch wußte, daß die Rezitationen des Herrn Alboretti leer und unverbindlich waren, weil dieser für nichts mehr stritt als für sein Image.

„Ja", sagte Ploch, „es verkleckert sich der Elan in der täglichen Eitelkeit."

Auch die Zwillinge verstanden, daß Ploch sich selbst meinte.

„Wißt ihr noch, früher waren wir drei die besten Freunde. Warum ist das heute nicht mehr so?"

Die Jungen zuckten die Achseln.

„Es war schön", sagte Jörg, „besonders, als wir sonntags mit den Rädern zur Tongrube fuhren."

Jens blinkerte dem Vater zu. Ploch lächelte.

„Wir fanden beim Tauchen einen Schatz, den Napoleon bei seinem Rückzug versenkt hatte."

Jens und Ploch lachten laut.

„Was habt ihr denn?"

„Wollen wir es ihm sagen, Papa?"

Ploch nickte.

„Bist du wirklich so schwer von Begriff, du Dummkopf", sagte Jens. „Wir fanden doch jeden Sonntag den gleichen Löffel aus dem Eßbesteck von zu Hause."

„Die Löffel waren nicht von Napoleon?"

„Ich war Napoleon", sagte Ploch. „Und ein Löffel muß noch immer dort liegen. Jedenfalls hatte ich beträchtlichen Ärger mit eurer Mutter."

„Ihr hättet es mir niemals erzählen sollen!" sagte Jörg.

Sie näherten sich wieder der Innenstadt.

„Seht mal, wie die Fahne auf dem Rathausturm weht", sagte Jens. „Sie ergäbe doch bestimmt zwei schöne Hemden."

„Drei", sagte Ploch, „ihr wißt, ich habe Erfahrungen."

Sie lachten. Der Schriftsteller dachte einen Augenblick an Kaspar.

Jens sagte zu Jörg: „Glaubst du, unser Vater würde so ein Hemd heute noch anziehen?"

„Doch", sagte Jörg, „wenn's nach neuestem Schnitt gefertigt wäre."

Ploch wußte nicht genau, wie er das deuten sollte.

Dora erwartete Ploch und die Buben zur Mittagszeit.

Die grünen Klöße schwammen im Topf bereits obenauf. Der Schweinebraten lugte appetitanregend, bräunlich glänzend aus der Sauce. Das Sauerkraut verströmte seinen charakteristischen Duft. Es war ein Mittagsmahl, von dem Dora glaubte, daß es Wenzel wohltun würde. Nach einer durchzechten Nacht brauchte der Körper etwas Handfestes. – Davon war sie überzeugt.

Natürlich würde Ploch nur mit Mühe sein Unbehagen über den Sauerkrautgeruch verbergen können. Wahrscheinlich würde er sich nach der Mahlzeit, angewidert vom fetten Schweinefleisch, vom Tisch erheben, würde vielleicht nach der Flasche Portwein verlangen – aber Dora wußte besser, was dem Körper guttat. Sie hielt eine Flasche hochprozentigen Kümmel bereit, den Ploch nicht ausstehen konnte, der aber wie nichts anderes geeignet war, die Fette im Magen zu zersetzen.

Dora war keine häßliche Frau. Hätte sie ihr Haar nicht so streng nach hinten gekämmt, hätte sie dem natürlichen Braunblond vor dem gefärbten nuancenlosen Schwarz den Vorzug gegeben; hätte sie die klobige Hornbrille gegen eine feingliedrige, vielleicht in dünnen Goldrand gefaßte eingetauscht; hätte sie statt der zweifellos praktischen, handgestrickten Jacke etwa eine Polobluse angezogen; und wäre sie statt in karierte Kamelhaarlatschen in die roten, gerade in Mode gekommenen Puschelpantoffeln geschlüpft, dann wäre Dora nicht gerade eine Schönheit, aber dennoch eine ansehnliche Frau gewesen.

Ploch rümpfte die Nase schon an der Wohnungstür wegen des Sauerkrautgeruchs. Aber er faßte sich schnell.

„Dora", sagte er, „ich wünsche dir ein glückliches neues Jahr!"

„Beeilt euch", sagte Dora, mit Tellern und Töpfen hantierend, „der Braten wird ja kalt."

„Ich wünsche dir", fuhr Ploch fort, während er sich des Mantels entledigte, „ein Jahr, in dem der Winter wirklich eiskalt und voller Schnee ist, in dem der Frühling die wahrhaftige Wiedergeburt des Lebens bedeutet; ein Jahr, in dem der Sommer heiß und voller Gewitter über uns kommt; ein Jahr, in dem der Herbst übersättigt herankriecht und später stürmisch endet!"

Ploch umarmte seine Frau von hinten und küßte ihr Haar.

„Die Hauptsache ist", sagte sie, ohne sich von der Kochmaschine umzuwenden, „wir bleiben alle gesund!"

Sie setzten sich zu Tisch. Ploch unterdrückte seinen Widerwillen beim Anblick des Schweinebratens.

Später verlangte er Portwein. Dora schenkte ihm und sich die Gläser mit Kümmel voll.

Die Jungen baten darum, sich in ihre Zimmer zurückziehen zu dürfen.

Ploch setzte sich satt in den Schaukelstuhl, seine Frau, die auf dem Sofa Platz nahm, im Gesichtswinkel.

„Ach, Dora", sagte Ploch, „warum kränkst du mich?"

„Ich sollte dich kränken, Wenzel", sagte sie.

„Ja, du hast die ganzen letzten zwei Monate keinen Skudo vom Konto abgehoben. Dabei waren die Festtage mit all dem Backen, Brutzeln und Geschenkemachen doch gewiß teuer."

Dora zuckte lächelnd die Achseln. „Übertreib nicht, Wenzel."

„Dora", sagte Ploch sanft, „ich arbeite seit Monaten wie ein Tragesel. Ich verdiene mehr Geld, als ich je glaubte, verdienen zu können. Wozu? Ich will kein Haus bauen, ich möchte mir kein zweites Automobil kaufen. Es liegt mir auch fern, eine Bank zu gründen."

„Eine Bank gründen", wiederholte sie lachend, „das würde dir, gottlob, in diesem Lande auch nicht glücken."

„Ich verdiene das Geld, damit es uns gut geht. Du sollst dir neue, schöne Kleider kaufen, Dorchen. Du sollst dir und den Buben das Leben angenehm gestalten! Warum verreist ihr nicht? An der Adria ist es schön oder im Kaukasus ..."

„Aber ich verdiene ja ...", sagte Dora. „Wie ist es nun, willst du dich scheiden lassen?"

Ploch dachte an Perlau, die Stadt, in der vor Jahren die Hochschulen ihren philosophischen Sommerkursus veranstalteten. Ploch war von den journalistischen Seminaren delegiert worden, obwohl er gerade erst das zweite Semester absolviert hatte. –

Eine Ehre also! – Solinger und er bewohnten ein Zimmer. Ploch entsann sich, daß Solinger, der mindestens fünf Jahre älter war als er, Dora und noch drei andere Schwesternschülerinnen zum ersten bunten Abend des Sommerkursus herbeigeholt hatte, sozusagen als Einstand. Ploch dagegen hatte sich überhaupt nicht bemüht, jemanden einzuladen. Ihn beschäftigte Gieselheid. Angeblich hielt sie sich mit ihren Eltern in den Ferien in Grünwalde auf. Solinger behielt die Mädchen nicht für sich. Er war ein Mensch, der sich immer um das Wohl anderer bemühte. Er verteilte die Mädchen und sah zu, daß sie in gute Obhut kamen. Ploch bekam Dora zugewiesen. Er fand sie sympathisch.

Irgendwie hatte Ploch das Gefühl, der Zug, in dem Gieselheid saß, würde abfahren, wenn er sich nicht um eine sofortige Entscheidung bemühte. Seine Aufmerksamkeit bei den Lehrveranstaltungen ließ immer mehr nach. Eines Tages verließ er den Saal während eines Vortrages, lieh sich von Dora ein Fahrrad und fuhr nach Grünwalde. Zwei Tage verbrachte er dort, sah Gieselheid und den Professor in der Ferne, wagte es nicht, sie anzusprechen. In einem letzten Verzweiflungsakt radelte er die Kneippsche Promenade entlang, simulierte einen Sturz und kam direkt zu Füßen des Professors zu liegen.

Gieselheid verband seine Wunden. Der Professor forderte ihn auf, zu bleiben. – „In meinem Sommerhause ist genug Platz." Ploch aber spiegelte falsche Tatsachen vor, indem er von einem Eilauftrag für den Sommerkursus sprach, der ihn rein zufällig zur Fahrt durch die Ortschaft Grünwalde gezwungen hätte. „In diesem Fall will ich Sie nicht von Ihren Pflichten abhalten!" sagte der Professor und nahm eigenhändig die Luftpumpe, um das Rad wieder in fahrbereiten Zustand zu bringen.

In Perlau erwartete Ploch ein Strafgericht wegen seines Fehlens. Man wollte ihn fortschicken. Das hätte für Ploch auch den Abschied von den journalistischen Seminaren bedeutet.

Solinger, der großes Ansehen genoß, legte für Ploch viele Worte ein. Und das gab den Ausschlag. Ploch durfte weiter am Kursus teilnehmen.

Ploch faßte Vertrauen zu Solinger. Er erzählte ihm von Gieselheid. „Ploch", sagte Solinger, der, ohne zu unterbrechen, ein und eine halbe Stunde zugehört hatte, „ich verstehe dich! Natürlich habe ich selbst derartiges durchgemacht. Ich möchte dich nur daran erinnern, daß der Studienplatz, den du jetzt einnimmst, von zehn anderen ebenfalls begehrt wurde. Du hast also bei den Eignungsprüfungen zehn Konkurrenten ausgestochen. – Waren die anderen wirklich so viel schlechter? Zufälle, Tageskondition, Launen der Prüfer und so weiter spielen immer eine Rolle. Denk also daran, du vertrittst diese zehn Abgewiesenen! Jede Stunde, die du an einer Lehranstalt versäumst, Ploch, die fehlt nicht allein dir, die fehlt auch den zehn anderen. – Du kennst die Weltlage, mein Lieber. Täglich noch gehen Menschen an Hunger zugrunde. Ploch, stell dir bitte die Frage, hast du eigentlich Zeit für individuelle Tragödien?"

Dann kam Solinger auf Gieselheid zu sprechen. Und merkwürdig, er sagte nichts anderes als das, was Ploch ihm vorher berichtet hatte. Aber durch Solingers Darstellung veränderte sich Gieselheid vor Plochs Augen.

„Gib es zu, sie ist ein wenig von Hause aus verhätschelt."

„Ja", sagte Ploch.

„Und wenn sie dir die Familienalben zeigte, in denen du einen bürgerlichen Wissenschaftler neben dem anderen findest, dann war das doch nicht nur eine Zeitüberbrückung, dann war das dünkelhafte Eitelkeit!"

Ploch nickte. – Allein die hochmütige Art, „Papa" zu sagen, bezeugte Solingers Worte.

„Und nun muß ich dir noch etwas sagen, Wenzel. – Sie interessiert sich für dich, gewiß. Woher aber weißt du eigentlich, ob das nicht vielmehr auch Eitelkeit ist, die sie dazu veranlaßt. Vielleicht findet sie es ganz schick, vor ihren Professorentochterfreundinnen zu prahlen, daß sie mit einem verkehrt, dessen Vater Arbeiter war."

„Das kann gut sein", sagte Ploch.

„Und der feine Herr Professor", sagte Solinger, „wo war der eigentlich, als dein Vater wegen seiner politischen Haltung hinterrücks erschossen wurde?"

Ploch wußte es nicht.

„Er lehrte an der Universität", antwortete Solinger, „obwohl alle anständigen Professoren gegangen waren." Diese Nachricht machte Ploch besonders zu schaffen.

„So ganz rein steht der Herr Professor also auch heute noch nicht da. So einen Schwiegersohn wie dich wünscht man sich vielleicht nicht ganz uneigennützig."

Solinger merkte erst jetzt, wie sehr Ploch von dem Gehörten beeindruckt war. „Wenzel, alter Schwede, was ich sagte, sind natürlich Hypothesen. Es kann auch ganz anders sein." – Aber da war es schon zu spät.

„Ich glaube, du hast recht", sagte Ploch.

Er fühlte sich sogar ein wenig erleichtert.

Dora, mit der er während der Wochen des philosophischen Sommerkurses die Abende verbrachte, bewies ihm durch ihre Art, wie sehr ihn seine Liebe zu Gieselheid erniedrigt hatte. Dora machte aus ihrem Wesen kein Geheimnis. Man wußte, woran man bei ihr war. Deutlich ließ sie Ploch spüren, daß sie ihn mochte. Auch Launen gab es bei ihr nicht. Dora war in allem zuverlässig. Auch in ihren Neigungen.

„Solinger, was würdest du sagen, wenn Dora und ich heiraten würden?"

Solinger nahm es gefaßt auf.

„Ich sehe keinen Hinderungsgrund", sagte er, „sie kommt genauso wie du aus einer Arbeiterfamilie, eure Meinungen weichen nicht viel voneinander ab. Gesund seid ihr beide doch auch!"

„Dora", sagte Ploch, und das war wieder an jenem Neujahrstag, nach grünen Klößen, Sauerkraut, Schweinebraten und Kümmel, „warum sollte ich mich scheiden lassen."

„Ich weiß", sagte Dora, „daß ich schuld bin, wenn du mich mit anderen Frauen betrügst. Ich nehme es dir nicht übel, obwohl es mir manchmal weh tut. Ein Mann braucht wahrscheinlich eine Frau, die ständig bereit ist, mit ihm ins Bett zu gehen. Ich weiß, ich bin schuld."

Ploch ergriff Doras Hand und drückte sie sich an die Wange. „Ich brauche deine Hilfe."

„Du siehst angegriffen aus, Wenzel. Vielleicht trinkst du zuviel.“

„Nein“, sagte Ploch, „ich trinke selten etwas anderes als Kaffee.“

„Ich werde einen Termin mit unserem Chefarzt ausmachen. Er wird dich gründlich untersuchen.“

„Nein, organisch ist alles in Ordnung.“

„Das sagen alle“, erwiderte Dora. „Vor fünf Tagen kam ein Mann auf unsere Station. Er sah alles doppelt. Manchmal hatte er Kopfschmerzen. Aber das hinderte ihn nicht, mit Schwester Gerti anzubändeln. Er hat ihr sogar während der wenigen Tage seines Aufenthaltes bei uns einen Heiratsantrag gemacht. Heute nacht, kurz vor zwölf Uhr, ging er ex.“

Ploch ließ Doras Hand los und sprang auf. Der Schaukelstuhl hinter ihm wippte leer hin und her.

„Dora, du redest darüber, als hätte sich jemand in den Finger geritzt oder seinen Hausschlüssel verloren.“

„Es sterben in jedem Monat ungefähr drei oder vier auf unserer Station. In den meisten Fällen bin ich die letzten Stunden bei ihnen.“

Ploch setzte sich wieder. Er hatte seine Entrüstung gebändigt.

„Dora, ich glaube, irgend etwas stimmt mit mir nicht.“

„Vielleicht war das Mittagessen doch zu fett. Möchtest du noch einen Kümmel?“

Ploch wehrte ab.

„Ich bin verrückt. Ich fühle mich verfolgt.“

„Wenzel, sei nicht albern! Ich muß dir nicht erst nachschleichen, um herauszubekommen, daß du regelmäßig zu diesem Fräulein Riedel aus der Imbißhalle gehst. Nein, das habe ich nicht nötig. Übrigens gefällt sie mir ganz gut, bis auf dieses leicht Schlampige.“

Ploch winkte ab.

„Du verstehst mich nicht, Dora. Ich werde von einem Mann verfolgt. Der hat sich auch bei Erika Riedel eingeschmeichelt...“

Dora lachte laut.

Da empfand Ploch erst die Komik seiner Lage.

„Dieser Mann ist ein Phantom. – Kein Mensch. Ein Kerl aus dem Roman, den ich schreibe ..."

„Ach, Wenzel", sagte Dora, „ich wüßte ein feines Mittel, wie du dieses Phantom los wirst. Übernimm einen Tag lang meinen Dienst. Patienten waschen, umbetten, verbinden, Spritzen verabreichen, Klistiere zurechtmachen, Exkremente beseitigen. Achteinhalb Stunden lang. Wenzel, ich garantiere dir, du gehst nach Hause, fällst ins Bett, hast keine anderen Bedürfnisse als Schlaf ... Du träumst dann nicht mal im Schlaf von einem Phantom."

Dora und Ploch lachten.

Ploch fühlte sich für einen Augenblick sehr wohl. Sie gab ihm Sicherheit. Beinahe hatte er wirklich an die Existenz dieses Kaspar geglaubt. In Doras Nähe gab es kein Phantom. – Seltsam, wie oft hatte es ihn gestört, daß sie so real war!

Die Türglocke schellte, sie sahen einander fragend an.

„Es muß im Krankenhaus etwas vorgefallen sein", sagte sie, bereits zur Tür eilend.

„Natürlich im Krankenhaus", sagte Ploch leicht verstimmt. – Daß ihn vielleicht jemand benötigte, kam ihr nicht in den Sinn!

Ploch ließ sich in den Schaukelstuhl zurückgleiten. Er lächelte über seine Reizbarkeit. Er fühlte sich wohl in dieser Wohnung mit Dora. Lange würde er es aber hier nicht aushalten, dann würde er Doras reale Haltung zu den Dingen wieder als Phantasiearmut empfinden. Dann würde er ihren Arbeitseifer für einen Vorwand halten, der ihre Gefühlskälte verdecken sollte.

Dora ließ einen kleinen Herrn im Lodenmantel und mit grünem Gamsbarthut eintreten.

„Sie sind das also", sagte der Herr zu Ploch. „Sie haben mich um meine Ruhe und um die Silvesterfeier gebracht!"

„Ich entsinne mich nicht, bereits die Ehre gehabt zu haben."

„Pagode", sagte der kleine Herr, „Alexander Pagode. Viktualienhändler und Vorstandsmitglied der Jagdgesellschaft ‚Halali'."

„Möchten Sie nicht ablegen, Herr Pagode?" fragte Dora.

„Ablegen?"

Der Herr drehte sich im Halbkreis und bedachte Dora und Ploch mit einem empörten Blick.

„Wenn ich ablegen könnte, meine Herrschaften, dann wäre ich nicht hier, sondern ich hielte mich im Eckernforst zum Verbellen auf."

Ploch runzelte die Stirn, da er nichts begriff.

„Sie, mein Herr, sind schuld an diesem Gespenst, das mir gestern meinen Hut stahl und ihn einem Schneemann aufstülpte."

„Kaspar", sagte Ploch.

„Ja, das ist der Name dieser infamen Gestalt, die ich gestern verhaften ließ."

„Gut, gut", sagte Ploch, „ich hörte davon. Aber Sie haben ja Ihren Hut wieder."

„Ha", rief der kleine Herr und setzte sich in Hut und Mantel, „die Sache ist keineswegs erledigt. – Denn wenn ich den Hut ablege, verschwindet er, ich finde ihn dann auf dem Kopf des Schneemannes wieder. Als es das drittemal passierte, habe ich den Schneemann zerstört, aber es nutzte nichts. Er wurde wieder neu errichtet. Schließlich habe ich mit dem Hut sitzend im Bett geschlafen, mein Herr!"

Ploch lachte.

„Herr, mir ist nicht zum Spaßen!"

Dora nahm dem Mann mit einer resoluten Bewegung den Hut ab und legte die Kopfbedeckung auf den Tisch. Herr Pagode versuchte den Hut zu greifen.

„Aber, aber", sagte Dora und klopfte dem Mann scherzhaft auf die Finger, „wir müssen uns ein wenig zusammennehmen, sonst gehen uns die Nerven durch."

Pagode versuchte etwas zu entgegnen. Dora ließ ihn jedoch vorerst nicht zu Worte kommen.

„Am besten, wir atmen erst einmal ordentlich durch! So, und nun schauen wir uns den Hut an. – Sehen Sie, er liegt ganz ruhig da!"

Der Hut rührte sich tatsächlich nicht.

Ploch fragte, nachdem er den Hut wie ein seltsames Tier belustigt betrachtet hatte: „Ich möchte wissen, was Ihnen an diesem albernen Ding liegt?"

„Herr", sagte Pagode, „solch eine Frage kann nur bedeuten, daß Sie selbst keinen Hut besitzen. Aus Ihnen spricht der Neid! Wahrscheinlich gehören Sie zu denen, die über unsereins lächeln, weil es einen Hut besitzt. Sehr wahrscheinlich glauben Sie, ohne Hut auszukommen. Ich kenne die Redensarten: Wir hängen nicht an so profanen Gegenständen. Wir lehnen Hüte ab, weil sie uns unfrei machen, weil sie uns zu Sklaven eines seelenlosen Gegenstandes erniedrigen!"

Pagode hob die Hände beschwörend.

„Glauben Sie mir, mein Herr, Ihre Einstellung ändert sich sofort, wenn Sie selbst einmal Besitzer eines kleinkrempigen Hutes sind. Es kann sogar ein bereits getragener sein. Zwar werden Sie in der ersten Zeit behaupten, man hätte Ihnen den Hut aufgezwungen; Sie benutzten ihn nur, weil sein praktischer Wert nicht zu leugnen sei. Wer mit der Zeit lebt, trägt eben Hüte. – Aber schon zu diesem Zeitpunkt, mein Herr, werden Sie begehrend unter der schmalen Krempe Ihres eigenen Vehikels hinüber zu den breitkrempigen Sombreros anderer schauen. Und beinahe, ohne daß Sie es merken, werden Sie den Besitzern von Sombreros beweisen wollen, wie leistungsfähig gerade die kleinkrempigen Hüte sind. Zuerst, mein Herr, bürsten Sie Ihren neuerworbenen Hut heimlich im Klosett. Später dann treten Sie auf den Balkon hinaus, um zu zeigen, daß Sie jetzt kein Außenseiter mehr sind, daß Sie auch dazugehören, zum Heer der Kleinkrempigen! – Übrigens wird sich auch das Verhältnis

IMBISS
BAR

Ruhe sanft gut und behütet...
Wer mit der Zeit lebt, trägt eben Hüte.....

zu Ihrer Familie ändern. Ich kenne Sie zuwenig, Herr Ploch, um mir ein Urteil erlauben zu dürfen, aber ich nehme doch an, daß Sie von Natur aus gütig sind. Das ändert sich, wenn Sie einen Hut besitzen! Ergriffen Sie bisher erzieherische Maßnahmen, wenn Ihr Kind ein kleines Unheil angerichtet hatte, dann werden Sie plötzlich zu einem verwundeten Eber, weil Ihr Kind rein zufällig Ihren Hut berührte. Sie prüfen sofort, ob die Berührung nachteilige Folgen an Ihrer Kopfbedeckung hervorgebracht hat. Und tatsächlich finden Sie Deformationen, Flecke et cetera. Es wird Streit mit Ihrer Frau geben, weil sie Ihre spezielle Art, den Hut zu tragen, kritisiert. Sie werden sich anbrüllen, weil sie behaupten wird, der Ast eines Baumes hätte infolge Ihrer Unachtsamkeit den Hut gestreift... Sie dagegen werden den Baum beschuldigen... Mein Herr, Sie werden in Gesellschaften gehen, wo man vielleicht über Literatur spricht. Gestern noch interessierte Sie das Thema. Heute jedoch, als Hutbesitzer, werden Sie es als Vorgeplänkel betrachten. Ungeduldig werden Sie darauf warten, daß jemand das Gespräch auf Hüte bringt. Und es wird wie eine Erlösung für alle sein, wenn endlich einer das Stichwort gibt. Sie werden danach trachten, das Wort an sich zu reißen, um zu erzählen, welche Methode Sie gefunden haben, Ihren Hut wasserdicht zu präparieren, oder welche gewirkten Bänder Sie benutzen, um Ihren Hut windbeständig zu trimmen. – Mein Herr, selbst wenn über Weltpolitik gesprochen wird, werden Sie den Lebensstandard eines Landes an der Zahl der Hutträger in diesem Lande messen!"

Herr Pagode erhob sich höchst erregt.

„Mein Herr", sagte er, „und an mich wagen Sie die Frage zu stellen, was mir an diesem Hut liegt?"

Pagodes Gesicht bekam plötzlich einen irrsinnigen Zug.

„Da... sehen... Sie...", sagte er und deutete auf den Tisch.

Der Hut war verschwunden.

Ploch bemerkte, wie seine eigenen Hände zitterten.

Schallendes Lachen erklang. Dora lachte wie ein Kind. Sogar in die Hände klatschte sie vor Begeisterung. – „Ein schöner Spaß, wahrhaftig!"

Pagode hatte die Sprache wiedergefunden.

„Wenn Sie mir das Hutübel nicht vom Leibe schaffen, dann verklage ich Sie!"

Dora sagte: „Na, na, Sie regen sich viel zu sehr auf." Sie ging in den Flur hinaus und kam mit Plochs Hut wieder.

„Da, nehmen Sie", sagte sie gut gelaunt und warf ihn dem kleinen Herrn zu.

Pagode betrachtete den Hut von allen Seiten und brummte etwas vor sich hin. Er schien zufriedengestellt, denn es war ein Hut bester Qualität. Beim Aufsetzen wurde offenbar, daß der Hut zu groß war.

Ploch sagte: „So können Sie unmöglich auf die Straße."

Aber der kleine Pagode sprang behend auf die Füße und eilte aus dem Zimmer, als hätte er Angst, man könnte es sich anders überlegen. Das Klappen der Flurtür verkündete, daß er die Wohnung verlassen hatte.

„Dora", sagte Ploch und umarmte seine Frau, „du bist zauberhaft."

## VI

Erika Riedel kehrte, ermüdet von ihrer Tätigkeit in der Imbißstube, heim. Schon im dritten Stock des Treppenhauses hörte sie das Anfahren, Rollen, Bremsen und Läuten der Straßenbahnen aus dem vierten Stock. Ihre Befürchtungen bestätigten sich, nachdem sie die Wohnungstür geöffnet hatte. –

Kaspar und etwa zehn bis zwölf Kinder aus dem Hause hielten das Verkehrsnetz in Gang. Josepha hob den Befehlsstab mit grüner und roter Scheibe, betätigte auch die Trillerpfeife am unteren Ende des Stabes. Die Linie Nummer sieben, es war Kaspar, setzte sich in Richtung Taubau in Bewegung. Als der Triebwagen der Linie Nummer sechs die Thomasiusbrücke überquerte, hier handelte es sich in Wirklichkeit um die Liege aus dem Bausatz „Happy-End", gab Erika Riedel schrille Schreie von sich. Ihr unerwartetes Auftreten und die Schreie hatten zur Folge, daß sich sämtliche Triebwagen aller Linien an Erika vorbeischoben und im Treppenhaus ihr Heil suchten. Der Arbeitswagen allerdings rollte noch ahnungslos aus der Halle des Depots, hierzu diente Erikas Kleiderschrank, bevor auch er die Flucht ergriff.

„Meine Liege!" sagte Erika Riedel und beeilte sich, das Möbelstück nach eventuellen Schäden zu untersuchen. Sie fand zunächst nichts. Schon wollte sie erleichtert aufatmen, da fiel ihr Blick auf etwas Schreckliches. – „Stockflecke", sagte sie und begann zu schluchzen. Kaspar legte seinen Arm tröstend um sie. Erika befreite sich jedoch.

„Diese Wände", sagte sie. „Warum reißt man diese Wände, die alle Feuchtigkeit der letzten fünfzig Jahre in sich aufgesogen haben, nicht nieder! Warum macht man diesen Stadtteil, der die Menschen bedrückt, nicht dem Erdboden gleich!"

„Aber, aber ...", sagte Kaspar, „man wird die Wände eines Tages niederreißen ..."

„Warum sind die Wände in Plochs Wohnung trokken", sagte sie. „Warum verfaulen seine Möbel nicht. Diese hier sind noch nicht bezahlt."

„Mama", sagte Josepha, „in drei oder vier Jahren werden wir in ein neues Haus ziehen. Es wird ein Haus sein, das rund ist und auf einer Drehscheibe steht. Das Haus wird sich mit der Sonne drehen. Wenn der Himmel voller Wolken ist, dann wird sich das Haus vom Erdboden erheben, und es wird sich einen Platz über den Wolken suchen ..."

„Unsinn!" sagte Erika, aber es klang nicht zornig.

„Außerdem verbiete ich euch das Straßenbahnspielen."

Kaspar widersprach nicht, aber seine Miene zeigte keine Reue.

Später brachte Kaspar Josepha zu Bett. Auf ihrem Gesicht lag noch der Abglanz des Spielens.

„Ich möchte dir etwas schenken, Kaspar." Sie steckte ihm den Befehlsstab mit grün-roter Scheibe zu.

Kaspar ließ das Spielzeug in der Brusttasche seines Anzuges verschwinden.

An einem der Januartage erhielt Kaspar eine vorgedruckte Karte mit der Aufforderung, sich bei der Polizeibehörde einzufinden. Dort, in der Namensregistratur, traf er neben einem ältlichen Fräulein in Zivil auch jenen bereits bekannten Wachtmeister wieder.

„Ich beglückwünsche Sie, Bürger", sagte dieser zu Kaspar, „denn von nun an werden Sie in unserer Kartei geführt."

Kaspar nickte dankend.

„Ich darf Ihnen die freudige Mitteilung machen, daß Sie einen Paß erhalten."

Der Wachtmeister hielt es für angebracht, seiner Stimme einen persönlichen Klang zu geben. Er drohte schelmisch mit dem Finger. „Freundchen, aber sauberhalten das Dokument. Vermeiden Sie Fettflecke und so weiter..."

„Gewiß", sagte Kaspar.

„Wie wünschen Sie zu heißen?" fragte das ältliche Fräulein hinter der Barriere, den Federhalter im Anschlag.

„Kaspar."

Die Dame legte ihren Federhalter fort und nahm eine amtliche Druckschrift zur Hand. – „Ich lese Ihnen einige Auszüge aus dem Merkblatt für das Namenswesen vor. – Jeder Bürger hat mindestens einen, höchstens sechs Vornamen zu führen."

„Der Vorname steht fest“, sagte der Wachtmeister, „lesen Sie weiter.“

„Jeder Bürger hat mindestens einen, höchstens jedoch zwei Nachnamen zu führen. Diese Namen müssen aus Vokalen und Konsonanten so zusammengesetzt sein, daß sie gut sprechbar sind ... Unzulässig sind Namen, die nicht durch die landesüblichen Schriftzeichen ausgedrückt werden können ..., die der Würde der Person, der Gemeinde, der Stadt, des Gebietes, des Landes entgegenstehen.“

„Gut, er ist jetzt belehrt“, sagte der Wachtmeister.

„Es wird empfohlen“, sagte die Beamtin, „keine Namen zu benutzen, die ihrer Häufigkeit wegen zu Verwechslungen führen könnten, wie zum Beispiel die in unserem Lande häufig vorkommenden Namen Aabaac, Lewerenz, Dingelstädt und Pekunewsky.“

„Na, da wäre er schön dumm“, sagte der Wachtmeister.

„Ferner wird empfohlen, auf die schönen Traditionen, die unser Volk von jeher bei der Namenswahl entwickelt hat, zurückzugreifen und sie weiterzuentwickeln. Besonders hervorzuheben sind dabei jene Namen, die von einer Tätigkeit abgeleitet sind. Hierbei sollte der Antragsteller jedoch beachten, daß es nicht zweckmäßig ist, solche Namen zu wählen, die ihrem Inhalt nach rückwärtsgerichtet sind, weil bestimmte Berufe durch den technischen und gesellschaftlichen Fortschritt ausgestorben sind. Beispiele: Bäcker, Müller, Ackerknecht et cetera. Die letztgenannten Namen können leicht in zeitgemäßere umgewandelt werden wie: Backwerker, Mühlmeister, Landmann et cetera.“

„Pardon“, sagte Kaspar, „wird das Merkblatt für das Namenswesen häufig zu Rate gezogen?“

Die Dame hinter der Barriere blickte kurz auf. „In den letzten dreißig Jahren war das nicht nötig.“ Ein leichter Vorwurf klang in ihrer Stimme mit.

„Zeigen Sie ihm die Liste der Namensvorschläge.“

Zögernd reichte die Dame Kaspar die amtliche Druckschrift. „Wir sind zwar erst am Anfang der Belehrung..."

Der Wachtmeister winkte ab.

Kaspar vertiefte sich in das Blatt. Er fand viele Namen, die er sofort ablehnte, zum Beispiel: Käsemodel oder Ziegenfleisch. Auch die Namen Fuchs, Bär, Hase mißfielen ihm. Er war sich bewußt, kein Tier zu sein! Schlagetot, Schreck und Furchtbar verwarf er auf Anhieb. Redlich, Ehrlich, Mutig kamen seinen Ansichten schon näher. Allerdings enthielten sie ebenfalls nicht umfassend, was ihn bewegte.

Etwa nach einer Stunde hob er den Blick von der Liste. Der Wachtmeister, der die ganze Zeit über im Amtszimmer auf und ab gewandert war, blieb stehen. Das ältliche Fräulein nahm den Federhalter wieder in die Hand.

„Ich habe mich entschlossen", sage Kaspar. „Künftig werde ich mich Kaspar Gerecht nennen."

„Na also", sagte der Wachtmeister.

„Steht dieser Name in der Liste?" fragte die Dame.

„Nein", sagte Kaspar, „aber er wäre sehr passend."

„Es sind nur Namen zulässig, die in der Liste enthalten sind."

„Herrgott, Genossin", sagte der Wachtmeister, „gehaben Sie sich nicht so bürokratisch! Mein Dienst ist seit einer Stunde beendet!"

Die Beamtin verzog mokant den Mund. „Auf Ihre Verantwortung, Genosse", sagte sie.

Als Kaspar mit dem Dokument heimkehrte, sagte Erika Riedel: „Wie nützlich, daß ich so einflußreiche Menschen wie Ploch kenne."

Da erst begriff Kaspar. „Ich will keine Protektion", sagte er. Ein Anflug von Zorn zeichnete sich auf seinem sonst so gleichmütigen Gesicht ab. Erika beachtete ihn nicht. Sie blätterte im Dokument. „Gerecht..., ein wunderlicher Name..., aber in der Zusammenstellung ‚Erika Gerecht' klingt er gut."

„Mir scheint, Erika Riedel klingt weit besser", sagte Kaspar.

Dann und wann neigte Erika Riedel dazu, sich einen unterhaltenden Abend im Lichtspieltheater zu gönnen. Dort im dunklen Zuschauerraum, beim Betrachten des bunten Bildes auf der Leinwand fühlte sie sich ihrer Arbeit, ihrer feuchten Wohnung und anderen Dingen des Alltags entrückt. – Ja, der Strand von Nizza, die reichen Leute, chromblitzende Kraftfahrzeuge und weiße Fracks . . ., das alles bereitete ihr beim Betrachten Vergnügen. Unmut empfand sie, wenn die Filmkünstler das Leben trist und grausam darstellten. Sie kannte doch das Leben! Darum wählte sie nur Filme aus, die sie in eine heitere Stimmung versetzen konnten. Zwar gaben sich die Filmkünstler große Mühe, den wahren Gehalt ihrer Filme hinter harmlosen Titeln zu verbergen. Erika kam ihnen jedoch beim Betrachten der Standbilder auf die Schliche und entlarvte zum Beispiel den verheißungsvoll angekündigten Streifen „Diamantengeflüster" als ein Werk, das sich mit dem Elend belgischer Bergwerksarbeiter befaßte.

Mit Kaspar hatte sie im Kino Schwierigkeiten. Er nahm das Geschehen auf der Leinwand ernst. Als ein Kriminalfilm gezeigt wurde, rief er dem verzweifelten Detektiv auf der Leinwand zu: „Herr Kommissar, der Mörder befindet sich in der Apotheke!" – Beim Auftreten eines Großindustriellen rief Kaspar das Publikum zum Generalstreik auf. Selbstverständlich ärgerten solche Störungen die anderen Kinobesucher. Erika Riedel litt unter derartigen Zurschaustellungen.

Die Lichtspieltheater boten neben dem Hauptfilm mehrere Vorfilme und ein ausführliches Werbeprogramm. Eingestreut zwischen Aufforderungen, unbedingt eine Brille zu tragen, die Waldmäuse-Baude aufzusuchen, das Violinspiel zu erlernen, an den Tankstellen nicht zu rauchen, die Gehwege bei Glatteis mit Sand zu bestreuen, flimmerte ein Kurzfilm über die

Leinwand, der für Kaspar Anlaß zu größerer Aktivität wurde. –

Ein Triebwagen der Straßenbahn rollte durch blumenbestandene Wiesen, vorüber an sprudelnden Bächen, an Badeanstalten. Schließlich rollte der Wagen direkt auf die Zuschauer im Kinosaal zu, drohte von der Leinwand abzustürzen. Kaspar wartete auf fürchterliches Krachen und Bersten. – Statt dessen entstieg dem Triebwagen der Fahrer, machte eine Verbeugung zum Publikum und sagte: „Ich bin Franz... und arbeite bei der Straßenbahn... Die Straßenbahn ist das wichtigste Horizontalverkehrsmittel unserer Stadt. Wir befördern jährlich über zehn Millionen Personen. Das macht mich so stolz, verstehen Sie!"

Kaspar nickte zustimmend.

„Hören Sie gut zu", sagte Franz, „vor drei Wochen habe ich erst in diesem Betrieb begonnen – jetzt bin ich schon Triebwagenführer. Bezahlung, Sie werden staunen, nach Tarif römisch vier. In wenigen Monaten kann ich Streckenleiter sein – dann werde ich nach römisch fünf bezahlt. Mir stehen alle Wege offen – vielleicht bin ich im nächsten Jahr bereits Koordinator im Fahrbereich – da wird nach römisch sieben bezahlt. Na, überlegen Sie es sich einmal. – Vielleicht kommen Sie zu uns und helfen uns, den Horizontalverkehr zu relaxieren."

Kaspar beugte sich zu Erika hinüber und sagte: „Mein Entschluß steht fest!"

„Aber, Kaspar", sagte Erika, „du bist von so zarter Konstitution..."

In diesem Augenblick erschien Herr Pagode mit einem Jagdhorn in Übergröße auf der Bildfläche. „Werden Sie Halali-Freund."

„Nein!" sagte Kaspar laut und erhob sich vom Sitz.

„Wohin willst du?"

„Mit diesem Mann kann ich mich nicht im gleichen Raum aufhalten."

Erikas Proteste waren vergeblich.

Kaspar drängte zum Ausgang. Und Erika Riedel folgte ihm. Sie liebte Kaspar!

Die Quecksilbersäule zeigte um sechs Uhr in der Frühe fünfundzwanzig Grad Celsius unter dem Nullpunkt. Gekrümmt vor Kälte, mit Zigaretten im Mund, eilten die Männer zu den Haltestellen der Straßenbahn. Die Frauen kamen in der Regel nicht so schnell voran. Sie schleppten kleine Kinder, die sie an den Händen hielten, hinter sich her. Einige schoben Kinderwagen.

Kaspar ging barhäuptig und ohne Handschuhe. Sein Atem verursachte keine nebligen Schwaden in der Luft wie der Atem der anderen. Geduldig gesellte er sich zu den Wartenden an der Haltestelle Gebelius-, Ecke Permelsheimer Straße. Einige Männer wärmten sich die Hände an den Feuerkörben, die für die Gleisarbeiter aufgestellt waren. Die Weichen froren an diesem Morgen jeden Augenblick fest.

Endlich rollte der Triebwagen der Linie Nummer sieben heran.

Kaum daß der Wagen zum Halten gekommen war, stürmten ihn die Wartenden. Kaspar, der sich inmitten der Menschenmenge befand, wurde ohne sein Zutun in den Waggon gepreßt, obwohl dieser schon übervoll war. Mit großer Anstrengung gelangte er zu einer der Zahlboxen. Er hielt sein Ticket einem älteren Mann unter die Nase, der neben der Box einen Sitzplatz gefunden hatte.

„Prüfen Sie mein Ticket auf seine Gültigkeit“, sagte Kaspar.

„Er ist plemplem“, sagte der Mann laut zu den übrigen Fahrgästen.

„Bürger“, sagte Kaspar, „Sie sollten sich des Sitzplatzes würdig erweisen.“ Er deutete auf ein Schild mit der Aufschrift: „Wer hier Platz nimmt, hat die ehrenvolle Aufgabe, die Gültigkeit der in die Zahlbox eingeworfenen Tickets zu überprüfen.“

„Ich werde nicht fürs Kontrollieren bezahlt", sagte der Mann. „Außerdem mach ich so dreckige Arbeiten nicht. Meinetwegen kannst du einen alten Hosenknopf einwerfen."

Kaspar setzte dazu an, etwas zu entgegnen, da läutete die Abfahrtsklingel. Alarmlampen flammten rot auf. Niemand durfte mehr ein- oder aussteigen. Der Triebwagen ruckte an. Eine schrille Frauenstimme schrie: „Halt!" Gleichzeitig bediente jemand die Notglocke. Mit einem Ruck stand der Wagen wieder. Ein Kinderwagen mit schreiendem Säugling befand sich halb im Innern des Waggons, halb draußen. Der Triebwagenführer sah nach dem Rechten. – „Raus mit dem Kinderwagen", sagte er. „Die nächste Bahn kommt schon in vierzehn Minuten."

Die Mutter des Kindes hatte sich vom Schreck erholt. „Ich muß unbedingt mit dieser Bahn fahren, sonst komme ich zu spät zur Arbeit!"

„In vierzehn Minuten", sagte der Triebwagenfahrer und hob den Kinderwagen auf die Straße.

„Freiwillige mit mir", sagte jetzt Kaspar. „Ich verzichte zugunsten der Dame mit dem Kinderwagen auf meinen Platz!"

Niemand gedachte Kaspars Beispiel zu folgen.

„Plemplem", sagte der Mann auf dem Platz neben der Zahlbox.

Die Geräusche der anfahrenden Straßenbahn übertönten Kaspars Proteste.

Am Norddepot stieg er aus.

Kaspar schritt über die Rangiergleise auf dem Hof und lief dem Obermeister direkt in die Arme.

„Was suchen Sie hier? Sie wollen wohl überfahren werden, he!"

„Im Gegenteil", sagte Kaspar, „ich suche einen Triebwagenführer namens Franz."

„Franz?" Der Obermeister schob die Mütze ins Genick. „Ich kenne keinen Franz."

„Es muß ein sehr stolzer Mensch sein", sagte Kaspar.

„Vielleicht auch ein bißchen geldgierig. Er sprach so viel von Tarifen."

Der Obermeister lachte. „Ein Triebwagenführer verdient kein Königreich, das müssen Sie verstehen ..."

„Aufs Geld kommt es mir nicht an", sagte Kaspar, „ein Beruf muß den Menschen ausfüllen. Er muß nützlich sein ..."

Der Obermeister nickte so obenhin. Nur nicht auf Diskussionen einlassen, dachte er. So etwas verwirrt einen nur. „Dort in dem kleinen Flachbau befindet sich das Personalbüro. Vielleicht helfen die Ihnen weiter. Gehen Sie gleich zur Kollegin Zahlbaum. Aber Vorsicht, die will jeden gleich anwerben ..."

„Ausgezeichnet", sagte Kaspar.

Frau Zahlbaum war eine kleine Person in mittlerem Alter, die schon auf den ersten Blick hin vertrauenswürdig erschien. Ihr Gesicht war voller Güte, und die kleinen fettgepolsterten Hände schienen wie zum Tätscheln geschaffen.

„Setzen Sie sich", sagte sie, als Kaspar das Zimmer betrat, „wie ist Ihr werter Name?"

„Kaspar", sagte er und fügte schnell hinzu, „Gerecht."

„Ach so, Gerecht", sagte Frau Zahlbaum, als bedeute schon allein der Name etwas für sie. „Wo drückt Sie der Schuh?"

„Ich suche Franz."

„Franz? Welchen Franz meinen Sie, lieber Kollege Gerecht?"

„Nun ja", sagte Kaspar, „seinen Familiennamen kenne ich leider nicht. Ich traf ihn im Kino. Er war so stolz, bei der Straßenbahn zu arbeiten."

Frau Zahlbaum lächelte. „Sie spielen gewiß auf unseren kleinen Werbefilm an. Den Text habe ich verfaßt. Ja, aber diesen Franz werden Sie hier nicht finden. Er ist am Stadttheater tätig. Ein wunderbarer

Othello. Wir bieten allen Kollegen monatlich eine Gemeinschaftsvorstellung..."

„Franz nicht bei der Straßenbahn", sagte Kaspar. Es klang, als wäre in seinem Inneren etwas zerbrochen. „Er sprach so überzeugend..."

„Ein hervorragender Schauspieler!"

„Ich bin dennoch entschlossen. Wann kann ich mit der Arbeit bei Ihnen als Triebwagenführer beginnen?"

„Sobald Ihre Akte vom vorherigen Betrieb bei uns eingetroffen ist."

„Ich war niemals in einem Betrieb, und ich besitze keine Akte."

Frau Zahlbaum mußte über so viel Naivität schmunzeln. „Sie sind also nicht beim Militär gewesen? Sie sind auch niemals geimpft worden?" Ohne eine Antwort abzuwarten, fuhr sie fort: „Sehen Sie, und all diese Fakten befinden sich in Ihrer Akte."

„Ich war weder beim Militär, noch habe ich mich einer Impfung unterzogen."

„Ich verstehe, ich verstehe." Frau Zahlbaum kannte sich mit den Menschen aus. Da konnte so vieles geschehen! – „Kaspar", sagte sie, ihn unbewußt beim Vornamen nennend, „was auch in Ihrer Vergangenheit geschehen sein mag, wir werden Ihnen Verständnis entgegenbringen. Und ganz persönlich sage ich Ihnen, bisher hat uns keiner der ehemaligen Strafgefangenen enttäuscht. Wir haben sogar einen wegen Totschlags verurteilten Kollegen. In puncto Fahrplantreue ist er noch heute unser bester Mann. Und wenn ich Ihnen so ins Gesicht schaue, Kaspar, dann bin ich fest davon überzeugt, so schlimm kann Ihr Vergehen nicht gewesen sein. – Sie haben so etwas zur Anteilnahme Herausforderndes..."

„Sie sollen wissen", sagte Kaspar, „ich habe niemals bewußt gegen die Gesetze verstoßen. Ich habe nur keine Akte."

Frau Zahlbaum schwieg verstimmt. Schließlich stand sie auf und zog sich die Uniformjacke der

Straßenbahner an. – „Entschuldigen Sie, aber ich muß selbst mit einspringen. Achtunddreißig Prozent der Kollegen sind krank.“

„Ja, aber ...“, sagte Kaspar.

„Kommen Sie wieder, wenn sich das mit Ihrer Akte geklärt hat“, sagte sie. „Ohne Akte sind Sie ein Wunder, das sich im Wanderzirkus sehen lassen kann.“

„Wie denn“, rief Kaspar, „Sie messen einer Sammlung von Schriftstücken, die vielleicht sogar willkürlich verfaßt worden sind, eine größere Bedeutung zu als der wirklichen Person!“

Nun wurde Frau Zahlbaum wütend. Es ging um Grundsätzliches. – „Von Willkür kann keine Rede sein! Und die wirkliche Person, wo ist diese denn? Sie, Herr Gerecht, sind doch nur die äußere Form Ihrer Person. Das Wesen Ihrer selbst ist in den Akten festgehalten. Ohne Akten, Herr Gerecht, würden nicht einmal die Kinder in der Schule einen echten Ansporn haben. Was nutzt es, die Eins zu erringen, wenn diese nicht festgehalten wird. – Unter Umständen würde der Faule, der stets nur die Fünfen bekommen hat, später eine höhere Stellung einnehmen als der Fleißige. – Nur wer etwas zu verbergen hat, ist gegen Akten.“ Sie knöpfte sich die Uniformjacke zu. – „Unser Gespräch dürfte damit beendet sein. In drei Minuten muß ich mit der Linie fünf auf die Strecke hinaus.“

Um elf fand sich Kaspar im alten Schlachthaus ein. Die geräumige Halle wurde seit mehreren Jahren nicht mehr ihrem Zweck entsprechend genutzt. In der Mitte der Halle befand sich eine Arena, von einem kreisrunden Sitzreihenring umgeben, der nach außen zu anstieg. In der kalten Jahreszeit gab hier Abend für Abend Circus „Pelican“ seine Vorstellungen. An diesem Vormittag allerdings tagte die Kommission zur Förderung des Artistennachwuchses.

Die Sägespäne in der Arena waren zu diesem Anlaß teilweise von einem grünen Teppich verdeckt. Am

Rande des Teppichs war ein Präsidium aufgebaut worden.

Der international bekannte Clown Filiputzli, der nach Jahren der Stagnation erstmalig wieder eine komplizierte Schweinedressur zeigte, führte den Vorsitz. Man hatte mehrere Kissen auf seinen Stuhl gelegt. Trotzdem schaute sein großer, greiser Kopf nur knapp über den Präsidiumstisch.

Manuela, im Abendkleid, das in seltsamem Widerspruch zu ihren stark muskulösen Oberarmen stand, saß wie eine Statue an ihrem Platz. Sie hatte europäisches Format als Schlangenbeschwörerin. Herkules, der Gewichtheber und Todesfahrer, trug seinen guten Anzug in Schwarz. Er machte den Eindruck eines gezähmten Löwen. Monzini dagegen wirkte im gelben Anzug mit legerem Halstuch im Hemd sehr elegant. – Es war jener Monzini, dem es mit Hilfe von Spiegeln und schwarzen Vorhängen gelungen war, anläßlich eines Volksfestes die Dorfkirche zu Wesnar verschwinden zu lassen.

Die Kandidaten für den Artistennachwuchs hockten mit zur Schau gestellter Gelassenheit im Zuschauerrund. Wirklich innerlich ruhig war nur Kaspar.

Soeben betrat als erster ein junger Mann die Manege und verbeugte sich nach Artistenart vor dem Präsidiumstisch.

„Tiefer, tiefer“, sagte Clown Filiputzli. Ihn brachte nichts mehr auf als die Anmaßung jüngerer Kollegen.

Der junge Mann verbeugte sich tiefer.

„Er hat wohl einen Stock verschluckt“, sagte Filiputzli.

Die Schlangenbeschwörerin Manuela erhob sich und verbeugte sich graziös auf dem grünen Teppich nach mehreren Seiten, so daß ihr schwarzes Haar den Boden berührte. Dabei lächelte sie starr. „Das ist die Kunst des Verneigens“, sagte sie mit ausländischem Akzent.

Der junge Mann verlor bei seinem neuen Versuch beinahe das Gleichgewicht.

Die Mitglieder der Kommission schüttelten mißbilligend die Köpfe.

„Manege frei!“ sagte Filiputzli. „Sie können das Einfachste nicht.“

Schon sprang ein junges Mädchen in rotem Dirndl in die Manege und verbeugte sich.

Der Clown klatschte dreimal in die Hände und lächelte. – „Das ist Rosi Pagode“, sagte er. „Dem ehrenwerten Papa geht es doch hoffentlich gut?“

Rosi nickte.

Kaspar hatte sich halb emporgereckt. – „Pa-go-de“, sagte er. „Aber was kann die Tochter dafür?“

„Fräulein Pagode, was möchten Sie uns als erstes darbieten?“ fragte Monzini. Seine schneeweißen Zähne waren tadellos.

„Zuerst die Lerche“, sagte Rosi. Sie konzentrierte sich, wartete, bis vollkommene Ruhe in der Halle herrschte. Dann spitzte sie komisch den Mund. Das Trillern einer Lerche erklang nun so echt, daß sich mehrere der Kandidaten nach dem Vogel umsahen, der diesen schönen Gesang hervorbrachte. Rosi Pagode stolzierte zwitschernd in der Arena umher, bewegte wohl auch andeutungsweise die Arme, Vogelflügel vortäuschend, und nickte possierlich, als wollte sie Futter picken. Es war eine Lust, ihr zuzusehen und zuzuhören. Als sie geendet hatte, brach Monzini in Beifall aus. Die anderen im Präsidium und auch das Auditorium schlossen sich an.

Kaspar regte sich nicht.

„Hat Ihnen die Darbietung nicht gefallen?“ fragte sein Nebenmann, der mit einer Feuerfressernummer aufzuwarten gedachte.

„Doch, doch“, sagte Kaspar, „aber bedenken Sie, was für ein Lärm es wäre, würde man jeder Lerche so viel Beifall spenden.“

„Das Wildschwein“, sagte Rosi Pagode mit ihrer kindlichen Stimme, „der Komiker unter unseren heimischen Waldbewohnern.“

Das Mädchen ließ sich vornüber auf die Hände fallen, sprang grunzend und quiekend auf allen vieren durch die Manege, überrannte den gefransten Saum des Teppichs und wühlte mit der Nase Sägespäne auf. Auch diese Darbietung fand den Beifall der Prüfungskommission und der Kandidaten.

Nicht genug. – Rosi Pagode nahm erneut Aufstellung.

„Unser stolzer Hirsch – der König der Tiere."

Majestätisch schritt sie, das Geweih durch die Hände andeutend, bis zur Mitte des grünen Teppichs, warf den Kopf in den Nacken und ließ ein langgezogenes Röhren hören. Es wurde auch bei dieser Darbietung nicht mit Beifall gegeizt. Ohne Zweifel war dies Rosis reifste Leistung.

„Damit stehen Ihnen schon jetzt alle Manegen dieses Landes offen", sagte der Clown Filiputzli. „Wir werden Sie der Artistenhochschule wärmstens anempfehlen. Und grüßen Sie den Herrn Vater."

Der Clown mühte sich, Rosi das kurze Ärmchen über den Präsidiumstisch hinzustrecken. Es gelang mit einiger Mühe. Rosi ging knicksend ab.

„Da haben Sie gesehen", sagte der Clown, an die Kandidaten gewandt, „was durch Fleiß und Disziplin zu erreichen ist! Aber nicht allein dadurch. – Der Kunst Fräulein Pagodes liegt nicht einfach körperliche Behendigkeit und große Beherrschung der Stimme zugrunde. Nein, es ist auch das tief in der Volksseele verwurzelte Naturempfinden, die Liebe zum Heimatwald und das Bewußtsein des Menschen, Beherrscher der Natur zu sein, die hier miteinander verschmelzen." Der Clown machte eine Pause. „Nun, bitte der nächste."

Kaspar sprang in die Manege. Er praktizierte eine vorbildliche Verbeugung in die Richtung der Kandidaten.

„Die Musik ist hier", sagte Filiputzli.

Kaspar verbeugte sich nun auch vor dem Prüfungsgremium.

„Mein Name ist Kaspar Gerecht.“ Er zog sich langsam die Schuhe aus und zeigte, daß sie nichts enthielten.

„Soll das eine Täuschungsnummer werden?“ fragte Monzini. Seine Züge zeigten Skepsis.

„Nein, eine Zaubernummer.“

Monzini kicherte und tuschelte mit den anderen im Präsidium. Schließlich lachten alle.

Kaspar reichte Monzini und der Schlangenbeschwörerin je einen Schuh.

„Würden Sie so freundlich sein“, sagte er, „und diese Schuhe einen Augenblick für mich aufbewahren?“ Ohne auf die Antwort zu warten, legte sich Kaspar am Rande des grünen Teppichs nieder, nahm Schwung und rollte sich blitzschnell ein. Der Teppich rollte auf den Präsidiumstisch zu. Filiputzli, die Schlangenbeschwörerin und Monzini sprangen erschrocken auf. Nur Herkules blieb sitzen.

Wie von unsichtbarer Hand gelenkt, stoppte der Teppich.

Die Kommissionsmitglieder ließen sich wieder auf die Stühle zurücksinken und warteten, was geschehen würde. Doch geschah vorerst überhaupt nichts. Eine Minute mochte verstrichen sein, da rief die Schlangenbeschwörerin: „Der Schuh ist weg!“

„Tatsächlich, meiner ebenfalls“, sagte Monzini, „recht geschickt!“

Herkules stand auf und sagte zu der Teppichrolle: „Weiter, weiter, Bürschchen.“

Der Teppich blieb unbeweglich liegen.

Herkules stieß wütend mit dem Fuß gegen die Rolle. – Keine Reaktion.

„Wenn du nicht sofort herauskommst!“ sagte Herkules. Sein Gesicht wurde vor Wut bläulich.

Unter den Kandidaten lachten einige.

Herkules wandte sich gegen das Zuschauerrund. Seine Arme schwangen leicht hin und her.

Das Lachen erstarb.

Nun erst warf sich Herkules mit aller Kraft gegen den Teppichwulst, der in Bewegung geriet und beim Ausrollen dünner und dünner wurde.

Als der Teppich wieder ausgebreitet an seiner alten Stelle lag, wurden Rufe der Überraschung laut – Kaspar war verschwunden. Statt seiner lagen die Schuhe, die er soeben vor aller Augen dem Zauberer Monzini und der Schlangenbeschwörerin Manuela zur Aufbewahrung gegeben hatte, auf dem Teppich.

Herkules lachte ohrenbetäubend.

„Das ist eine Nummer bester Klasse", sagte er, als er einigermaßen wieder zu Atem gekommen war.

Die anderen Mitglieder der Kommission taten so, als sei nichts Unerwartetes geschehen. Auch als Kaspar über den Mittelgang wieder die Arena betrat und der Beifall aufbrandete, blieben sie unbeweglich.

„Bemerkenswert, mein Lieber", sagte Monzini, „der Nummer fehlt leider ihre Unverwechselbarkeit. Sie ist eine Allerweltsnummer. Eine ..." Der Zauberer geriet ins Stammeln.

Clown Filiputzli half ihm aus. – „Es fehlt die nationale Eigenheit."

„Arbeiten Sie mit Hypnose?" fragte die Schlangenbeschwörerin scheinbar harmlos.

Die drei übrigen Mitglieder der Kommission horchten auf. Alle wußten, daß Hypnose vom magisch-wissenschaftlichen Kuratorium als unerlaubtes Mittel gebrandmarkt worden war.

„Nein", sagte Kaspar.

„Na also", sagte Herkules. „Die Nummer ist sauber. Die Leute werden aus dem Staunen überhaupt nicht herauskommen. Das füllt die Kassen ..."

„Apropos Staunen", sagte Monzini. „Es gibt verschiedene Arten von Staunen. – Ein Staunen, das nach vorwärts weist – jenes Staunen, das den Menschen befällt, wenn er auf seine Arbeit und seine Erfolge schaut. Das andere Staunen aber ist rückwärtsgerichtet. Es verwirrt den Menschen, weil er sich bestimmte Zusammenhänge nicht erklären kann ... Ihre Nummer, verehrter Kandidat, hat leider etwas von dem letztgenannten Staunen. – Sie sollten weiterarbeiten, um dem Publikum den dialektischen Zusammenhang zwischen Ihrem scheinbar rätselhaften Verschwinden und Ihrer tatsächlichen materiellen Existenz klarzumachen."

„Das kann ich nicht", sagte Kaspar.

„Und warum nicht, wenn ich fragen darf?" sagte Monzini.

„Meine materielle Existenz ist sehr fragwürdig." Kaspar wirkte ein wenig kläglich. „Ich bin ja auch elektrisch ..."

Filiputzli deutete anklagend auf Kaspar. „Sie wollen uns den Mystizismus durch eine Hintertür in den Zirkus schmuggeln!"

„Herrschaften ...", sagte Herkules, aber man ließ ihn nicht ausreden.

„Sie sind krank", rief die Schlangenbeschwörerin. Falsches Mitleid klang aus ihrer Stimme mit. – „Sie sind ein Fall für die Medizin, nicht für den Zirkus."

„Es ist wohl klar", sagte Monzini, „oder müssen wir erst abstimmen?" Dabei wandte er sich an die Mitglieder der Kommission.

„Die Sache ist doch eindeutig!" sagte der Clown.

Herkules versuchte noch etwas zu sagen. Der Clown war jedoch schneller. „Abgelehnt, Herr Kandidat. Verschwinden Sie!"

Die Bewerber im Zuschauerraum sprangen plötzlich alle zugleich auf und schauten gebannt in die Arena. – Kaspar war vom Fleck weg spurlos verschwunden.

Filiputzli kramte in seiner Liste und sagte: „Als nächstes sehen wir einen Kandidaten, der viel verspricht. – Er zerkaut nichtrostende ausländische Rasierklingen!"

Kaspar schritt durch den frostklaren, sonnigen Wintertag. Zum erstenmal spürte er so etwas wie

Unruhe. – Brauchte ihn niemand in dieser Stadt außer Erika Riedel und Josepha?

Von der Brücke tat sich ihm der Blick zum Güterbahnhof auf. Die Gleise blitzten silbrig in der Sonne. Einzelne Waggons lösten sich vom Abrollberg, suchten sich ihren Weg im Labyrinth der Schienenstränge und liefen polternd auf andere Waggons auf, die sich ihrerseits in Bewegung setzten.

Kaspar schien Glück zu haben. Es wurden Männer zum Kohlenentladen gesucht. Im Büro notierte ein Fräulein seinen Namen. Eine Akte schien hier nicht notwendig.

Frierend warteten Männer in Wattejacken an der Laderampe auf die Ankunft des Kohlenzuges.

Der Neue im guten Anzug und im weißen Hemd mit Binder erregte Aufmerksamkeit. Witzige Bemerkungen flogen hin und her.

„Gebt Seiner Lordschaft mal eine Kohlenschippe in die Hand."

„Er will zu seiner Einsegnung."

„Es ist der neue Generaldirektor."

Kaspar sagte: „Wer von Ihnen, meine Herren, ist der Vorarbeiter?"

Ein Mann mit der Zigarette an der Unterlippe schob sich in den Vordergrund.

„Was wird gewünscht?"

„Händigen Sie mir ein Arbeitsgerät aus. Ich bin zum Entladen eingeteilt."

Der Vorarbeiter musterte Kaspar eine Weile schweigend. Seine Gesichtszüge zuckten wie in einem Krampf. Dann lachte er offen heraus. Die anderen fielen in diese Heiterkeit ein.

„Kumpel, du hast dich gewiß verlaufen. Hier wird richtig gearbeitet."

„Zu diesem Zweck bin ich hier."

Ein Dicker mit O-förmig gebogenen Beinen beugte sich in komischer Pose zu Kaspars Händen nieder, um sie ganz genau zu betrachten. „Mit diesen seltsamen

Dingern, die du irrtümlich für Hände hältst, wirst du nicht auf dein Geld kommen."

„Ja, wir werden sammeln müssen", sagte ein anderer.

„Um Geld ist es mir nicht zu tun", sagte Kaspar.

„Au", sagte der Vorarbeiter und fuhr sich mit der Hand an die Stirn, als hätte ihn dort ein Insekt gestochen, „wir bekommen einen Idealisten. Na, die Hauptsache ist, du hältst die anderen nicht von der Arbeit ab wie in der vorigen Woche der Pastor."

Der O-beinige wandte sich an die anderen Arbeiter. „Hat jemand vielleicht eine alte Hose oder eine Jacke übrig? So können wir den Mann nicht an die Kohlen lassen."

„Keine Umstände", sagte Kaspar, „mir ist kein Kleidungsstück zu schade zum Arbeiten..." Er wollte weitere Ausführungen über die Unsinnigkeit von Festkleidern machen, aber seine Worte wurden vom Brummen der Diesellokomotive geschluckt, die den Kohlenzug in den Bahnhof rangierte. Kurz darauf kreischten, wie ein vielstimmiger Aufschrei, die Bremsen.

„Nimm diese Schaufel", sagte der Vorarbeiter und schob ein Förderband vor die Waggontür. Lastkraftwagen, die die Kohle weitertransportieren sollten, rollten vorsichtig näher. Die Arbeiter waren in Bewegung geraten. Sie rannten zu den Waggons.

Kaspar schob den Riegel seines Waggons zur Seite und sprang zurück. Die Kohlen stürzten jedoch nicht, wie erwartet, auf den Bahnsteig. Feuchtigkeit und Frost hatten sie zu einem einzigen Block gefrieren lassen. Vergeblich versuchte Kaspar mit der Schaufel in die schwarze Mauer einzudringen. Der Vorarbeiter holte eine Spitzhacke herbei und richtete den Dampfstrahl der Heizleitung auf die Kohle. Minuten später erst polterten die ersten Brocken auf das Förderband. Der Vorarbeiter zeigte Kaspar, wie man mit Schaufel und Hacke hantierte. Kaspar lernte schnell, sich die geschickten Bewegungen des Vorarbeiters auf seine Weise nutzbar zu machen.

„Gut so“, sagte der Vorarbeiter und ließ Kaspar allein.

Längst hatten die Männer ihre Wattejacken abgeworfen. Die Körper dampften. Schweißtropfen zogen weiße Gräben durch die Kohlenstaubschicht auf den Gesichtern.

Kaspar schwitzte nicht!

Er spürte keine Ermüdungserscheinungen. Von Waggon zu Waggon ging er geübter mit Schaufel und Kreuzhacke um. Auch als die anderen Arbeiter Rauchpausen einlegten, schaufelte Kaspar weiter.

Zuerst spotteten sie.

„Morgen werden seine Knochen weich wie Pudding sein.“ – „Er wird sich totarbeiten.“

Schließlich jedoch schwiegen sie vor Hochachtung.

Später fluchten sie unwillig auf Kaspars Arbeitseifer.

Irgendwann wurde Kaspars Band abgeschaltet. Jemand trat auf seine Schaufel.

„Mach mal Pause“, sagte der Vorarbeiter.

„Keine Zeit, schalten Sie das Band wieder ein!“

„Hier wird nicht aus der Reihe getanzt“, sagte jemand.

„Meine Herren ...“, sagte Kaspar. Er war entrüstet, daß man ihn an der Arbeit hinderte. Man ließ ihn jedoch nicht ausreden. Der Dicke mit den O-Beinen ahmte Kaspars Anrede täuschend nach. „Meine Herren“, sagte er. – „Das klingt nach was Besserem. Es klingt nach Büro. Wer so redet, kann nur vom Stamme der Papierfresser, der Klammermäuse, der Bleistiftschipper, der Zahlenzopper sein!“

„Ha, ha, er trägt sogar den Büroanzug, aber ohne Ärmelschoner.“

„Ich frage mich“, fuhr der O-beinige fort, „geht einer aus dem Büro freiwillig auf den Kohlenbahnhof?“

„Sehr richtig!“

„Ich bin hier“, sagte Kaspar, „weil ich es für meine moralische Pflicht halte. Wo einer arbeitet, ist schließlich egal ...“

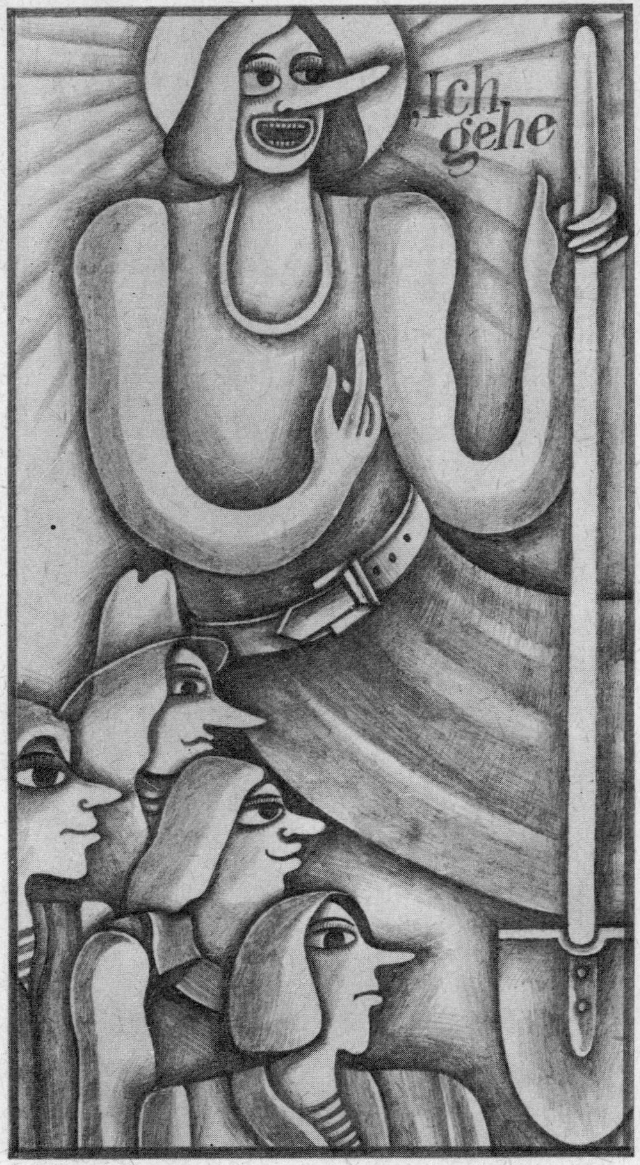
Ich gehe

mit meinem leuchtend roten Hemd voran.
Ihr sollt mir folgen!

„Wir kommen der Wahrheit näher“, sagte der O-beinige. „Er ist aus moralischen Gründen hier. – Wie sagte doch der Herr Pastor bei seinem kurzen Aufenthalt hier“, er parodierte die Redeweise eines Geistlichen: „Auch zwischen den Kohlen tut geistlicher Zuspruch not.“

Die Arbeiter lachten. Der Dicke besaß zweifellos schauspielerisches Talent. – „Ich habe zwei Ohren, zwei Augen, zwei Arme – warum sollte ich nicht zwei Weiber haben.“

„Darum war er hier. Sie hatten ihn gefeuert!“

„So stand es um den Herrn Pastor“, sagte der Dicke in normaler Tonlage. – „Was aber hast du ausgefressen?“

Kaspar legte die Jacke ab, band sich die Krawatte auf und zog sich das ehemals weiße Oberhemd über den Kopf. Er deutete auf sein rotes Kattunhemd. – „Ich stehe über kleinlichen Motiven. Ich trage das Hemd des Gerechten. Überall, wo ich hingehe, tue ich Gerechtigkeit. Hier an diesem Ort ist es meine Pflicht, Kohlen zu entladen, ohne meine Kraft zu schonen. – Denn Gerechtigkeit wird es nur dort geben, wo gearbeitet wird und wo kein Mangel herrscht.“

Kaspar reckte sich zu voller Größe empor.

„Ich gehe mit meinem leuchtendroten Hemd voran. Ihr sollt mir folgen!“

„Du trägst also das Hemd des Gerechten. Und du gehst voran“, sagte der O-beinige. „Und die im Kontor zählen die Waggons. Es wird auffallen, wie du vorangehst. Man wird vergleichen, wie viele Tonnen Kohle du entladen hast und wie viele wir. Warum legt ihr nicht ein bißchen im Tempo zu, wird man uns fragen. – Ein bißchen und noch ein bißchen – bis wir so schuften wie du! Du aber wirst weitergehen, um die Gerechtigkeit zu stiften. Wir bleiben hier. Vielleicht schippen wir das ganze Leben lang Kohlen, Kartoffeln oder was anderes.“

Kaspar stieß seine Schaufel hart auf den Boden. Er wollte sagen: Meine Herren.

„Kumpels“, rief er überraschend, „je schneller ihr die Schaufeln bewegt, desto eiliger rückt die Zukunft heran!“ – Er ließ einen leuchtenden Blick in die Runde schweifen. – „Natürlich ist diese Arbeit stupide! Ich weigere mich aber zu glauben, daß ihr nicht wollt, daß unsere Kinder und Kindeskinder von dieser Fron befreit werden. Ich weigere mich zu glauben, daß ihr nicht auch die Schmach des Geldverdienens verflucht und Tage herbeisehnt, in denen ihr eure Bedürfnisse ohne Geld restlos aus dem Überfluß der Gesellschaft decken könnt.“

Jemand klatschte.

„Das Dumme ist nur“, sagte der O-beinige, er kratzte sich dabei hinter dem Ohr und zeigte eine scheinbar verlegene Miene, „ich hab schon heute Bedürfnisse.“

Kaspar warf die Schaufel in hohem Bogen fort und stampfte in Richtung Ausgang. Er wunderte sich selbst über diese Reaktion.

„He, vergiß nicht, dein Geld abzuholen“, sagte der Vorarbeiter.

Die anderen lachten.

Kaspar setzte unbeirrt seinen Weg fort. Er war entrüstet.

„Mein Kaspar!“ sagte Erika Riedel, als er nach Hause kam. Weniger war es der verwahrloste Aufzug, der sie beeindruckte, sondern vielmehr der verbissene Ausdruck seines Gesichts. Bisher hatte Erika selten eine Gefühlsregung bei ihm beobachtet. Sollte er irgendeinem inneren Wandel unterworfen sein? Vielleicht erwachte nun auch seine Liebesleidenschaft? Sie küßte ihn ungeachtet seines schmutzigen Anzuges heftig. Kaspar ließ es geduldig geschehen. Dann berichtete er von den Erlebnissen dieses Tages.

„Warum wendest du dich nicht an Ploch?“ sagte sie. „Er hat dir einen Paß verschafft, er kann dir auch eine

Akte besorgen. Wenzel Ploch hat nicht nur Phantasie genug, um sich etwas für deine Vergangenheit einfallen zu lassen. – Er weiß auch, welche Vergangenheit günstig aufgenommen wird."

Kaspar schüttelte den Kopf. „Es geht gegen mein Prinzip. Für mich zählt die Gegenwart eines Menschen. Seine Vergangenheit ist mir gleichgültig!"

Erika gab sich damit nicht zufrieden. „Trotzdem solltest du Ploch bitten, dir eine gute Stellung zu besorgen. Er hat Einfluß. Man wird es nicht wagen, dir nochmals zuzumuten, die Kohlen zu entladen!"

Diesmal fiel Kaspars Antwort ein wenig scharf aus. „Begreifst du nicht, daß ich nicht willens bin, Plochs privilegierte Stellung als Schriftsteller in dieser Stadt zu benutzen, um mir Vorteile zu verschaffen!"

Erika sah Kaspar verständnislos an. – „Wieso sollte man die Gelegenheiten nicht beim Schopfe packen. Jeder muß sehen, wo er bleibt!"

„Ich kenne deine Denkweise", sagte Kaspar. „Du bist nicht davor zurückgeschreckt, dir durch Ploch den Möbelanbausatz ‚Happy-End' beschaffen zu lassen. Jetzt willst du durch Ploch unsere soziale Stellung ändern!"

Erika Riedel senkte den Kopf und wurde über und über rot. Sie fühlte sich gekränkt. Wieso begriff Kaspar nicht, daß es ihr nicht um materielle Sicherheit ging, oder zumindest nicht nur! Sie verdiente nicht schlecht an der Kaffeebar. Es reichte aus für sie und Josepha. Und Kaspar benötigte beinahe nichts. Er roch zu den Mahlzeiten nur an den Speisen. Er rauchte und trank nicht. Erika wünschte, daß Kaspar wie alle Menschen dieser Stadt einer geregelten Arbeit nachginge, damit er aufhörte, eine Ausnahme zu sein. Sie war davon überzeugt, daß, je normaler Kaspar lebte, seine kleinen Merkwürdigkeiten verschwanden. Die elektrischen Schläge, Kaspars Fähigkeit, spurlos zu verschwinden, und dieser Gerechtigkeitsfanatismus!

Als Kaspar beim Zubettgehen seine Kleidungsstücke ordentlich über den Stuhl gelegt hatte, erhaschte Erika

Riedel sie und steckte sie blitzschnell in den bereitstehenden Waschzuber. Das Hemd des Gerechten erwischte sie nicht. Das legte Kaspar niemals ab.

Immerhin stellte Kaspar am nächsten Morgen befriedigt fest, daß der Anzug vollkommen seine Fasson verloren hatte. Sie würde sich auch durch intensives Bügeln nicht wiederherstellen lassen. – So würde er bei den Arbeitern nicht mehr auffallen!

Der Morgen begrüßte die Passanten wieder mit erbarmungsloser Kälte. Heute drängten sich noch mehr Leute an der Haltestelle Gebelius-, Ecke Permelsheimer Straße. Triebwagen fielen aus. Der Krankenstand bei der Straßenbahngesellschaft hatte sich weiter erhöht. Dagegen fluteten die Automobile wie jeden Tag in Richtung Innenstadt.

Kaspar beobachtete zunächst. Er schritt einige Male die Straße ein Stückchen auf und ab, bis er einen günstigen Standpunkt gefunden hatte – auf der Mitte der Fahrbahn. Die Automobile fuhren langsamer und gaben akustische Warnsignale ab. – Natürlich, wieder einer vom Lande, mochten die Leute hinter den Steuerrädern denken.

Kaspar zog den Befehlsstab mit grün-roter Scheibe aus der Jackentasche, pfiff zweimal kurz und bedeutete einem Automobilisten, am Straßenrand zu halten. Die Bremsen kreischten.

„Lieber Genosse“, rief der Mann beim Aussteigen, „ich zahle freiwillig die Strafe für die Geschwindigkeitsübertretung. Ebenso die Buße wegen des Nichtbeachtens der Signalanlage am Dorschan-Palast. Ich zahle freiwillig, wenn Sie von einem dienstlichen Vermerk in meinem Fahrzeugführerschein absehen würden!“

Kaspar stand Wiedersehensfreude im Gesicht.

„Franz!“ sagte er.

Der Angeredete war verblüfft.

„Mein Name ist Ottorino Finkenfang.“

„Wir kennen uns“, sagte Kaspar, „ich sah Sie im Kino.“

„Sie spielen auf diesen lächerlichen Werbefilm an. Gewiß, manchmal übernimmt man aus Gefälligkeit auch kleinere Aufgaben. – Sie sollten mich als Othello sehen ... Heute abend liegen zwei Freikarten für Logenplätze an der Kasse für Sie bereit.“

„Unterlassen Sie diese peinlichen Bestechungsversuche! Wohin fahren Sie jetzt?“

„Ich fahre zur Rundfunkstation“, sagte der Schauspieler. Seine Stimme war voller Reue und Bescheidenheit. „Wahrscheinlich sind Sie zu sehr beschäftigt, um am Mittwochmorgen meine Sendung ‚Musikalische Plauderei am Frühstückstisch‘ zu hören.“

Kaspar ging darauf nicht ein.

„Sie werden einen kleinen Umweg fahren!“ Kaspar legte die Hände trichterförmig an den Mund und rief zur Straßenbahnhaltestelle hinüber: „Bitte drei Damen mit Kindern, die in den nördlichen Stadtteil möchten ...!“

Unter den Wartenden entstand Bewegung. Zuerst glaubten die Frierenden, sie sollten das Opfer eines Scherzes werden. Doch Kaspars Augen, dieser zu unbestimmter Anteilnahme herausfordernde Blick, überzeugten sie von der Ernsthaftigkeit des Angebotes. Einige kamen angelaufen und bestiegen das Automobil des Schauspielers.

Finkenfang sagte: „Sie sind wohl kein Polizist? Sie verwirklichen die Kampagne ‚Hilf deinem Nachbarn‘?“

„Nein“, sagte Kaspar, „ich trage lediglich das Hemd des Gerechten!“

„Lieber Mann“, sagte der Schauspieler, „mir fällt ein Stein vom Herzen! Jetzt weiß ich, worüber ich in der ‚Musikalischen Plauderei am Frühstückstisch‘ reden kann.“

Er bestieg das Auto und fuhr davon.

Der nächste Wagen war ausländischer Fabrikation.

Am vorderen Teil prangte eine Flagge. Der Fahrer des Wagens rührte sich nicht von seinem Platz. Er machte auch keine Anstalten, das Fenster herunterzukurbeln. Er sah Kaspar nicht einmal an.

Kaspar ging zur hinteren Tür und öffnete sie. Dort lag auf dem Rücksitz ein Herr, las ausländische Zeitungen und rauchte eine dicke Brasil. Er richtete sich langsam auf und musterte Kaspar erstaunt.

„Wie viele Sitzplätze sind hier frei?“ fragte Kaspar.

Der fremde Herr blieb stumm.

„Auf jeden Fall müssen Sie durch das Stadtzentrum. – Sechs Personen, bitte!“ rief er zur Haltestelle hinüber.

Der Herr ließ seinen Schnurrbart erzittern, als Kaspar ein kleines Mädchen auf seinen Schoß setzte. Erst als die sechste Person, eine sehr breit geratene Kassiererin aus dem Warenhaus, sich hereindrängte, sagte der Herr: „Ich protestiere beim Amt für Äußeres! Sie haben die Integrität meines Landes verletzt.“

Kaspar warf die Tür zu und wandte sich dem nächsten Wagen zu. Ihm entstieg ein Glatzkopf mit blauweiß gestreifter Fleischerschürze.

„Dies ist mein Automobil, und ich befördere darin, wen ich will“, sagte er kurzatmig. „Auf keinen Fall lasse ich mir Fahrgäste aufzwingen.“

„Sehen Sie nicht, daß die Leute frieren?“

„Sollen sie sich doch selbst ein Automobil kaufen!“ Der Fleischermeister warf sich in den Wagen und versuchte zu starten. Doch von der Straßenbahnhaltestelle waren Männer herbeigeeilt und begannen das Fahrzeug zu wippen.

Aufgeregtes Trillern näherte sich der Stelle, wo Kaspar Automobile stoppte. Der Wachtmeister, jener, von dem bereits mehrfach die Rede war, überquerte die Kreuzung.

„Sie?“ Er ahnte, daß erneut Ärgernisse seiner harrten. So allmählich hatte er Erfahrungen mit Phantomen gesammelt.

„Wir sind gerade dabei“, sagte Kaspar, „das Problem des Horizontalverkehrs zu lösen.“

Ein Kleinauto hielt freiwillig. Die Fahrerin beugte sich heraus und winkte dem Wachtmeister zu.

„Recht so!“ sagte sie. „Endlich hört die Schweinerei mit dem Individualverkehr auf. – Drei Frauen nehme ich bis zur Parkstraße mit!“

Der Wachtmeister salutierte. Er hatte die Vorsitzende des Komitees zur Befreiung der Frau erkannt. Mit dieser Dame wollte er sich keineswegs anlegen. Auch da hatte der Wachtmeister Erfahrungen!

Der Fleischermeister stieß Klagelaute aus. „Meine Lieben“, sagte er aus seinem schwankenden Gefährt, „Sie zertrümmern mein Fahrzeug. Denken Sie an die Ersatzteilsituation! Ich nehme vier Personen auf!“

Auch dieser Fall hatte sich erledigt.

Der Chauffeur eines mittelgroßen Dienstwagens gab lang anhaltende Signale, als Kaspar ihn stoppte. „Platz für den Oberbürgermeister!“ sagte er.

„Wie viele Personen können Sie befördern?“

Inzwischen hatte es der Wachtmeister eilig, diesen Ort zu verlassen.

Der Oberbürgermeister fühlte sich mitverantwortlich für das Chaos bei der Straßenbahn. „Vier Personen“, rief er den Wartenden zu.

Doch der Chauffeur lehnte sich in seinem Sitz zurück und sagte: „Ich habe lediglich den Auftrag, den Oberbürgermeister zu befördern!“

„Aber, mein lieber Grün“, sagte der Oberbürgermeister, „haben Sie doch bitte Verständnis für diese Menschen!“

Grün griff seinen Mantel und stieg aus.

„Unter diesen Umständen kündige ich.“

„Ach, du lieber mein Gott“, sagte der Oberbürgermeister, „überlegen Sie sich das. Sie wissen, wie notwendig ich Ihrer Hilfe bedarf!“

Grün spazierte jedoch blasiert lächelnd auf dem Bürgersteig auf und ab.

Einer der Passanten schwenkte seine Fahrzeugführererlaubnis. „Ich fahre Sie, Herr Oberbürgermeister!“

Mehrere Passanten drängten sich noch eilig in den Fond, bevor das Fahrzeug weiterfuhr.

„Grün“, rief der Oberbürgermeister aus dem Fenster, „ich erwarte Sie. Wir sprechen auch über die Gehaltsfrage. Nehmen Sie die Linie Nummer sieben, die fährt am Rathaus vorbei!“

In den frühen Vormittagsstunden regulierte sich der Straßenbahnverkehr. Der Andrang an den Haltestellen flaute ab.

Kaspar steckte den Befehlsstab der kleinen Josepha in die Jackentasche und schlenderte die Gebeliusstraße hinunter. An mehreren Haltestellen sah er jetzt Männer und Frauen mit ebensolchen Befehlsstäben ausgerüstet.

„Gut so!“ rief er seinen Helfern zu.

Er war zufrieden mit dem Erreichten.

Die Personalchefin der Straßenbahngesellschaft entnahm mit Staunen den Berichten, daß an diesem Tage die Belastung der Städtischen Straßenbahn abgenommen hatte.

Der Leiter des Spielzeugringes, dem vierzehn Filialen unterstanden, begann nach Wegen zu suchen, um die plötzlich gewachsene Nachfrage nach Befehlsstäben mit grün-roter Scheibe und Trillerpfeife zu befriedigen.

Unzufriedenheit herrschte in den Büros. Es wurde beschlossen, alle Abteilungsleiter, Ressortchefs und andere Persönlichkeiten eine halbe Stunde früher von zu Hause abzuholen, damit ein pünktlicher Arbeitsbeginn gewährleistet wäre. Einige Fahrdienstleiter begannen Pläne für die maximale Auslastung der Dienstwagen zu erarbeiten. Andere Verwaltungen erwogen, die Bürozeiten so zu legen, daß sie nicht mit dem Schichtbeginn in den Großbetrieben zusammenfielen.

Die Stadtpresse verhielt sich zurückhaltend. Man

war sich nicht im klaren, wie man die Geschehnisse werten wollte. Lediglich in der Sendung „Musikalische Plauderei am Frühstückstisch" wurde Kaspars Aktion als neue Kampagne gefeiert. Erst Tage später veröffentlichten die Zeitungen eine Meldung, aus der hervorging, daß der Oberbürgermeister bei einem Autounfall lebensgefährlich verletzt worden war.

## VII

Ploch war in die „Aue" bestellt worden.

Die „Aue" war ein hufeisenförmiger Parkstreifen um den Pfauensee. Uralter, sehr überlegt geforsteter Baumbestand, im Sommer prachtvolle Blumenrabatten inmitten weitläufiger Grünflächen, Alleen mit Statuen und Vogelvolieren am Rande, Wasserspiele und das klassizistische Schloß Bellevue. Wer in der Parkanlage spazierengehen wollte, sprach davon, „den See zu umrunden", „ein wenig die Springbrunnen zu begutachten", oder er kündigte die Absicht an, „die Papageien füttern" zu wollen. Das Wort „Aue" bezog sich merkwürdigerweise stets nur auf das Schloß Bellevue.

Man sagte das Wort „Aue" nicht einfach so dahin. Manche senkten dabei die Stimme, als sprächen sie über ein Geheimnis. Andere machten nach dem Wort „Aue" eine kleine Pause und warfen vieldeutige Blicke um sich. Das Wort „Aue" fiel auch in den Debatten des Stadtrates. Um ihrer Meinung Nachdruck zu verleihen, betonten die Redner, daß sie in diesem oder jenem Punkte bereits die Zustimmung der „Aue" hätten. Von einigen Bürgern sagte man auch, sie gingen in der „Aue" ein und aus. Zu diesen gehörte Ploch nicht, obwohl er kein Fremder in der „Aue" war. Während er die bequemen Marmorstufen zum Hauptportal des Schlosses Bellevue hinaufeilte, versuchte er sich einzureden, er betrete ein Warenhaus, ein Postamt, den Bahnhof oder ein anderes öffentliches Gebäude. Es war schließlich nichts Besonderes dabei, diese Marmorstufen emporzusteigen. Man lebte nicht mehr in der Zeit des Grafen von Sandau und Rebenwein! Trotzdem spürte Ploch stets eine gewisse Spannung, wenn man ihn hierherbat oder wenn er aus eigenem Antrieb in die „Aue“ kam. Lag es vielleicht daran, daß von hier aus die wichtigsten Initiativen ausgingen? Daß hier Beschlüsse gefaßt wurden, die sich dann wie Schallwellen über ein weites Gebiet verbreiteten und das Leben der Bürger veränderten?

Im weiten Vestibül des Schlosses war ein Glaskasten errichtet worden, in dem der Pförtner seinen Sitz hatte. Als Rudiment vergangener Zeiten begrüßte ein ausgestopfter Bär mit einer silbernen Schale zwischen den Pranken den Eintretenden. Früher hatte man in die Schale Visitenkarten gelegt. Heute benutzte man sie als Aschenbecher. Um den Hals trug der Bär ein Schild an einem Kettchen mit der Aufschrift: „Hinter meinem Rücken wird nicht geraucht.“

Ploch ging, nachdem er vom Pförtner einen Besucherschein erhalten hatte, auf einen der geschwungenen, weitausladenden Treppenflügel zu.

„Genosse Schriftsteller“, sagte der Pförtner, „du kannst den Fahrstuhl benutzen!“

Ploch winkte ab und begann hastig den Aufstieg. Er war ungeduldig, den Grund der Einladung zu erfahren. Im zweiten Stock stand er schließlich schweratmend vor einer Eichentür, „Kulturabteilung“.

Es genierte Ploch, daß er so nach Luft rang. Er wollte den Eindruck eines Spaziergängers machen, der zufällig einmal hereinsah. Darum wollte er ein Weilchen vor der Tür stehenbleiben, um abzuwarten, bis sich die Atmung beruhigt hatte. Die Tür wurde jedoch von innen aufgerissen, und Lucie, die Referentin des Sekretärs, sagte: „Mein Gott, Genosse Ploch, ich dachte, eine Dampfmaschine stünde vor der Tür.“

Ploch stammelte erst Unverständliches. Dann sagte

er: „Nun, wo ist er denn, der große Förderer der Musen . . ., der Genosse Kultursekretär . . .?“ Das geriet ihm ein wenig laut. – Immer wenn Ploch mit Autorität in Berührung kam, spürte er den Drang zu beweisen, daß sie keinen Eindruck auf ihn machte. –

„Er wartet bereits fünf Minuten auf dich“, sagte die Referentin und geleitete Ploch in den angrenzenden Raum. Es war das sogenannte Conderite-Zimmer. – Der Gelehrte sollte dort angeblich als Gast des Fürsten einst gehaust haben. – Der Raum war sechseckig, da er sich in einem der Türme des Schlosses befand.

Der Sekretär schaute durch eines der Fenster auf den vereisten Pfauensee hinunter.

„Schau dir das an“, sagte er statt einer Begrüßung und deutete hinunter auf die offene Stelle im Eis, wo sich das gefiederte Volk tummelte.

Ploch trat neben ihn. Sie reichten sich beim Hinunterschauen die Hände.

„Wahrlich, du siehst aus wie ein Klosterbruder“, sagte Ploch, als sich Solinger endlich ihm zuwandte. Ploch hatte nicht ganz unrecht. Solingers grauer Anzug, der schwarze, bis zum Hals hinauf geschlossene Pullover und das kurze Haar verliehen seinem Aussehen etwas Strenges, Entsagungsvolles.

Solinger lächelte. Er zupfte an Plochs Vollbart. „Nun, nicht jeder hat Geduld, sich einen so vortrefflichen modischen Bart wachsen zu lassen wie du“, sagte er. „Ich hätte auch nicht den Mut, gelbe Jacketts zu violetten Hemden zu tragen.“ Solinger legte den Arm um Plochs Schultern. „Aber ich gebe zu, es steht dir, mein Alter.“

Er führte Ploch zu dem kleinen Tisch mit den Sesseln. Als sie sich gegenübersaßen, betrachtete Ploch genauer die Züge des Kultursekretärs. – Der dort im anderen Sessel saß, war nicht mehr jener Solinger, den er von den journalistischen Seminaren und vom Sommerkursus her kannte. Alt war Solinger geworden. Das Gesicht zerklüftet von tiefen Falten. Geblieben dagegen schien der Blick, der die Mädchen damals so fasziniert hatte.

„Wie geht es meiner Dora?“ fragte Solinger. Ploch wußte, was Solinger ausdrücken wollte. Nämlich: Wie hast du meine Dora, die ich dir vor vielen Jahren zu treuen Händen übergab, behandelt?

„Deiner Dora“, sagte Ploch betont, „geht es ausgezeichnet.“

„Immer noch Probleme im Zusammenleben?“

„Aha“, sagte Ploch, „deshalb hast du mich in die ‚Aue‘ bestellt.“

„Ploch, immer noch der alte – stets mißtrauisch, überall Unrat witternd, aufbrausend...“ Solinger lachte. „Nein, Wenzel, nicht wegen Dora habe ich dich hergebeten. – Dora, das ist deine Angelegenheit...“

„Ja“, sagte Ploch, „jetzt ist es meine Angelegenheit!“ – Ploch spielte Bitterkeit.

„Ploch, du bist gewiß stolz, klüger als vor fünfzehn Jahren zu sein. – Sei so gut, und billige auch deinem alten Freund Alfred Solinger zu, daß er sich weiterentwickelt hat. – Wenn auch nicht ganz so gewaltig wie du.“

Ploch schämte sich. Natürlich war sein Vorwurf unfair gewesen. Solinger hatte ihn schließlich nicht gezwungen, Dora zu heiraten. Er wollte Solinger wieder versöhnen. Er hoffte, ihm durch seine Mitteilung eine Freude zu bereiten. – „Dora und ich, wir leben wieder zusammen. Ich habe mein Arbeitszimmer aufgegeben.“ Ploch war sich im klaren darüber, daß er Solinger etwas vormachte. Das Arbeitszimmer hatte ihm doch nur als Alibi gedient, wenn er mit Erika Riedel zusammen war. Dieses Alibi war nun überflüssig geworden. Außerdem tat Ploch Doras nüchterne Denkweise plötzlich wohl, seitdem es Kaspar gab.

Ploch hatte Angst, Solinger könnte ihn durchschauen. Er fragte, bevor dieser etwas sagen konnte: „Wie geht es Elves?“

Solingers Hände glitten von der Sessellehne und hingen kraftlos herab. „Unverändert!“

Elves war Solingers Sohn. – Hochbegabt, ein Muster an Fleiß und Disziplin. Er hatte das Abitur gemacht. Er wollte Physiker werden. In den Sommerferien, vor dem Beginn des Studiums an der Universität, lernte er auf dem Rummelplatz die Tochter eines Schießbudenbesitzers kennen. Kurze Zeit später heirateten die beiden. Elves trat vom Studium zurück und übernahm die Schießbude. Solinger war außer sich! Er war keineswegs gegen Schießbuden. – Ganz im Gegenteil. Die Schwiegertochter sagte ihm vom Aussehen und Charakter her zu. – Solinger mußte sogar anerkennen, daß sein Sohn die Schießbude in Kommunaleigentum übergeführt hatte und die Hintergrundszenerie – eine feudalistische Jagdgesellschaft – durch Szenen aus den Befreiungskriegen gegen Napoleon ersetzt hatte. Elves hatte so etwas wie eine Revolution im Schießbudengewerbe, das bis dahin als reaktionär galt, hervorgerufen. Das ist alles gut und schön, sagte sich Solinger, aber warum mußte es ausgerechnet mein Sohn sein, der vielleicht dazu bestimmt war, die Physik zu revolutionieren. Solinger war sich übrigens der Fragwürdigkeit seiner Haltung bewußt. Darum litt er.

„Kommen wir zur Sache“, sagte er und nahm vom Schreibtisch einen Stapel Papiere.

Ploch versuchte das zuoberstliegende Schriftstück zu entziffern. „Rechnung“, las er.

Solinger sagte: „Ich weiß, du kannst seit deinem Praktikum in der Buchdruckerei verkehrt herum lesen. Ich will dir das Lesen ein wenig erleichtern!“ Er reichte Ploch den ganzen Stapel Papier über den Tisch.

„Ich habe niemals ein Sektglas zerschlagen“, sagte Ploch, „aus dieser Rechnung geht hervor, ich soll siebenundsechzig Sektkelche, drei Kaffeekannen, vierzehn Teller mit Goldrand, fünf Teller ohne Goldrand und so weiter zerschlagen haben. Das ist ein Witz!“

„Die Rechnung ist bereits bezahlt“, sagte Solinger,

„wir wissen inzwischen auch, daß du nicht persönlich das Geschirr zerschlagen hast, sondern daß dieses Geschirr in der Neujahrsnacht kaputtging, als die Gäste des ‚Gargantua' sich am Abwasch versuchten. – Ein gewisser Kaspar Gerecht hatte die Aktion inszeniert."

„Ach", sagte Ploch, „und wer ist dieser Kaspar?"

Solinger lachte plötzlich laut. Das Lachen wirkte ansteckend. Ploch versuchte eine bitterböse Miene zu machen, aber dann konnte er sich nicht mehr beherrschen. Auch er lachte.

Als sie sich beruhigt hatten, sagte Solinger: „Das andere sind ebenfalls Berichte, Beschwerden, die Kaspar betreffen. Die Personalabteilung der Straßenbahngesellschaft bittet uns, eine Akte für diesen Kaspar zu erfinden. – Die Gewerkschaft beschwert sich, daß wir die Arbeiter beunruhigen, indem wir ihnen einen Normenbrecher namens Kaspar auf den Hals schicken. – Die Zauberkünstler warnen vor idealistischen Umtrieben in ihrem Gewerbe. – Die Zeitung quasselt von Bürgerinitiativen. – Ein gewisser Pagode vom Jagdclub ‚Halali' fordert rigorose Maßnahmen gegen Hutdiebstähle. – Die Verkehrspolizei steht vor einem Chaos, weil jeden Morgen und jeden Abend alle Personenkraftwagen gestoppt werden. – Dem Oberbürgermeister ist der Kraftfahrer weggelaufen, sein Dienstwagen ist nur noch ein Trümmerhaufen, weil ein Passant das Auto hilfsbereit an einen Baum fuhr. Er selbst liegt im Krankenhaus..."

„Es reicht...", sagte Ploch. Er fühlte sich schwach.

„Nur dieses Schreiben noch..., ein Diplomat aus Südamerika wurde von einem Mann mit einem Dutzendgesicht überfallen und gezwungen, Fußgänger zu befördern."

„Um Gottes willen", sagte Ploch, warf die Arme empor, ließ sie aber sogleich wieder sinken. – Er wußte, welches Aufheben um Diplomaten in diesem Lande gemacht wurde.

Solinger sagte: „Keine Sorge, die Regierung dieses Diplomaten glaubte, es handle sich um einen inoffiziellen Protest gegen die Durchsuchung der Räume der Auslandsnachrichtenagentur in Santa Deloré. Man bot uns Ersatz für den entstandenen Schaden. Der Dank des Amtes für Äußeres ist dir gewiß!"

Ploch schlug sich auf die Knie. – „Dann ist ja alles in Butter!"

Solingers Miene blieb ernst. Ploch wußte aus Erfahrung, daß man für eine Sache gleichzeitig belobigt und getadelt werden konnte. Es kam nur auf die Reihenfolge an. Man hatte ihn als Redaktionsvolonteur bei der Zeitung „Kontinente" gerügt, weil er den Minister eines benachbarten Staates als Verteidigungsminister bezeichnet hatte, wo doch alle Welt die aggressiven Absichten dieses Herrn kannte. „Sind Sie wahnsinnig", hatte Chefredakteur Graubaum gebrüllt, „der Mann ist Kriegsminister, verstehen Sie, Ploch, Kriegsminister! Wir beschönigen nicht, sondern wir entlarven." – Etwas später, als es dann zu dem Nichtangriffspakt von Ambrolaque kam, an dem jener Minister maßgeblichen Anteil hatte, wurde Ploch belobigt, weil er als erster feinfühlig die politische Situation erspürt hatte.

Diesmal würde wohl auf Lob Tadel folgen. Ploch ließ den Katalog der Möglichkeiten von diplomatischen Verwicklungen vor seinem geistigen Auge passieren.

„Sprich", sagte er, „ich weiß, du hast mir das Schlimmste noch nicht gesagt!"

„Mich beunruhigt dein innerer Zustand", sagte Solinger. „Ich spüre, du wirst mit irgendeiner Sache nicht fertig."

„Ach, ich verstehe", sagte Ploch. Er stand auf. „Ihr führt wieder einmal einen Kursus zur Auffrischung des Wissens durch. Gib es zu, Solinger, du hast noch nicht die volle Anzahl von Kursanten beisammen. Du willst mir vorschlagen, daß ich einspringe."

„So dumm ist der Gedanke nicht“, sagte Solinger. „Aber beruhige dich, Ploch. Niemand will dich zur Bildung zwingen. – Ich spreche als Freund zu dir. Warum bist du so mißtrauisch? – Du hast diesen merkwürdigen Kaspar in die Welt gesetzt. Warum wundert es dich, daß ich Fragen an dich stellen möchte. Begreif doch, mein Alter, daß ich helfen will. – Wenn du jedoch kein Vertrauen zu mir hast ...“

„Doch, doch ...“, sagte Ploch und setzte sich, „du willst, daß ich mich dir eröffne. Womit soll ich anfangen? Es gibt unendlich vieles, worüber wir sprechen könnten. Und komm mir nicht mit deinen klassischen Philosophen! Für alles haben die auch keine Antwort. Vielleicht haben sie auf uns gebaut, daß wir selbst Antwort finden ...“

„Schon gut, Wenzel! Schon gut“, sagte Solinger.

Ploch blickte in die Ferne, als wollte er etwas von weit heranholen.

„Erinnerst du dich an Josef Kind?“ fragte er.

„Und ob“, sagte Solinger. „Berichte von den Brennpunkten der Welt. Unterzeichnet mit drei Kreuzen.“

„Durch diese Berichte wurde ich Journalist! – Nicht weil diese Berichte besonders gut geschrieben waren, sondern weil hinter den Berichten jemand stand, der keine Angst hatte um seine eigene Haut.“

„Es war die Goldgräberzeit“, sagte Solinger. „Unser Land existierte für viele nicht. Wir waren vogelfrei.“

„Ich denke so oft an früher zurück“, sagte Ploch. „Ich komme mir schon vor wie einer von denen, die sich Petroleumlampen ins Zimmer stellen – hundert Jahre nach der Erfindung der Elektrizität.“

„Ich hoffe“, sagte Solinger, „du vergißt auch nicht die Zeit, als Josef Kind die Leitung der journalistischen Seminare übernahm.“

„Das war, nachdem man ihm in Zypern ein Auge ausgeschlagen hatte.“

„Ja. Und dann kam die Zeit, mein lieber Wenzel, als man dich von den journalistischen Seminaren verjagen wollte, als Josef Kind ein Tintenfaß nach mir warf, weil ich ein Wort für dich einlegte!"

„Ach?" sagte Ploch.

„Ja, du warst ein Pfahl im Fleische, Ploch! Du hattest dich vergeben an die Tochter eines ruchlosen Professors."

„Das alles war ein Irrtum."

„Es gab viele Irrtümer", sagte Solinger, „zum Beispiel die Belagerung des Permelsheimer ‚Fliegenkrugs'."

„Kenne ich nicht!"

„Im Jahre der Dürre hielt Kind dort eine Pressekonferenz mit den Bauern ab über die Herausgabe des zurückgehaltenen Korns. Die Bauern stritten natürlich ab, auch nur ein Körnchen versteckt zu halten. Kind hatte die Ausgänge von den Setzern der Druckerei sperren lassen. Die Konferenz dauerte von neun Uhr morgens bis um zweiundzwanzig Uhr."

„Wie ich Kind einschätze, bekam er das Korn."

Solinger nickte. „Nachdem ein Bauer vor Hunger umgefallen war."

Ploch lächelte. – „Ja, so war Josef Kind. Was ist eigentlich aus ihm geworden, nachdem er von den Seminaren wegging?"

Solinger sagte: „Er ging nicht freiwillig. Man mußte ihn absetzen. Bei diesem Gespräch warf er mir zum zweitenmal ein Faß Tinte an den Kopf. Ich weiß nicht, wo er jetzt steckt. Jedenfalls nahm er gegen unseren Rat die Auslandstätigkeit wieder auf. Gerüchte besagen, er sei in Portugal verschüttgegangen. Er war ein Abenteurer und ist es geblieben."

Ploch schüttelte langsam den Kopf.

„Ein Abenteurer?" sagte er.

Als Ploch das erste Jahr die journalistischen Seminare besuchte, beschwerte sich ein Dozent bei Josef Kind, daß Ploch im Fach Stilkunde eingeschlafen sei.

Kind rief: „Geben Sie diesem Ploch eine Schreibmaschine, schicken Sie ihn in den australischen Busch oder sonstwohin. Er wird Ihnen gute Berichte schreiben, die genau das Wichtigste herausstellen. – Plochs Herz schlägt im richtigen Takt. Was reden Sie also von Stilkunde!“

Kind pflegte auch zu sagen: „Ploch hatte hervorragende Väter. – Der eine war Kupferstecher, ein prächtiger Revolutionär, den brachte man um – die anderen sind ebensolche Revolutionäre: die städtischen Kinderheime; sie konnte man nicht umbringen!“

Ploch war der Liebling des neuernannten Professors Kind. – Allerdings nur ein knappes Jahr lang.

Zur Karnevalszeit fanden an den journalistischen Seminaren Bälle statt, die von sich reden machten. Besonders war der Ball „Dekameron“ den Vergnügungssüchtigen im Gedächtnis geblieben. Ploch empfand die Ballthemen als zu unverbindlich. – „Dekameron“, „Fest der Somnambulen“ oder „My Fair Press“ – das waren in seinen Augen Allerweltsthemen. Er schlug vor, einen Ball mit dem Thema „Zukunftsmusik“ zu veranstalten. Dieses Thema hatte einen philosophischen Aspekt und stachelte dazu an, nach vorn zu denken!

Der Elferrat lehnte den Vorschlag rundheraus ab. Erst als Josef Kind seine Autorität in die Waagschale warf, wagte es niemand mehr zu opponieren.

Plochs These „Alle besitzen alles. Niemand besitzt nichts“ wurde vom Elferrat selbstverständlich nur auf die erotische Ebene bezogen.

Damals setzte es Ploch durch, daß sich in den Dekorationen der Festräume nicht nur technischer, sondern auch gesellschaftlicher Fortschritt widerspiegelte. Der Riesenglobus zeigte die Welt als politische Einheit, befreit von Unterdrückung. Ein riesiger Korb, gefüllt mit übergroßen Geldscheinen, trug die Aufschrift „Abfälle“. Eine Wand des Saales wurde von einem Prospekt eingenommen. Man konnte dort von Plochs eigener Hand, ein wenig linkisch gemalt, die schönen

Dinge des Lebens sehen: Früchte, Speisen, Automobile, Kleider, Anzüge, Schuhe... „Überfluß" hieß dieses Gemälde. Ploch hatte nicht verhindern können, daß während einer kurzen Abwesenheit jemand eine nackte Frau mit üppigen Brüsten hinzugefügt hatte. Sie wurde später auf Geheiß Josef Kinds übermalt. Leider erwies sich die Nackte als so farbenstark, daß sie nach kurzer Zeit wieder durchschlug.

Als gewaltigen Schönheitsfehler empfand es Wenzel Ploch, daß für den Eintritt ein Obolus zur Finanzierung der drei Kapellen erhoben werden mußte. Die Musiker weigerten sich, unentgeltlich aufzuspielen.

Die Stimmung der Studenten und Gäste zu Beginn des ersten Balltages war trist. Man fühlte sich in der Dekoration nicht wohl. Auch die Büttenreden, ganz unter dem Motto des Blickes nach übermorgen, ernteten wenig Beifall. Sie glichen zu sehr den philosophischen Vorlesungen. Josef Kind hatte empfohlen, auf amerikanische Rhythmen zu verzichten und auf die schönen Tanzlieder der Heimat zurückzugreifen. Eine speziell auf Volkstanz trainierte Gruppe zeigte Vorführungen. Merkwürdigerweise faßte hier und dort jemand Mut, eine improvisierte Büttenrede zu halten. Und obwohl in diesen Darbietungen auf althergebrachte Weise das Mensaessen, bestimmte Gewohnheiten der Dozenten und unliebsame Lehrveranstaltungen kritisiert wurden, klatschte man Beifall. Die Kapellen spielten zwar, wie anbefohlen, die Lieder der Heimat, aber die Studenten tanzten dazu Samba. Sogar die Volkstänzer warfen ihre futuristischen Kleidungsstücke ab und paßten sich an. Als dann Kinds Lieblingslied „I hob ka Hut uff'm Koppe, fröhlich bin i ober doch" in einer Jazz-Variation ertönte, beschloß Kind, die Zahl der Philosophievorlesungen zu verdoppeln.

Ploch schlich, als Marsmensch verkleidet, durch den Jubel der Ballnacht. Er fühlte plötzlich eine Hand auf der Schulter. „Mach dir nichts daraus", sagte Kind.

„Wenn man so wie du den anderen ein Stück voraus-eilt, dann ist man manchmal ein wenig einsam. Da gibt es nur eines – unbeirrt weitergehen!"

Ploch nickte. Kind hatte seine Traurigkeit falsch gedeutet. Ploch dachte überhaupt nicht mehr an den mißlungenen Ball. – Gieselheid war, obwohl sie es versprochen hatte, nicht gekommen. Ploch nickte pflichtschuldig. Im selben Augenblick starrte er auf eine Rokokodame, die ihm seltsam bekannt vorkam.

„Pardon", sagte er und eilte auf Gieselheid zu. Sie war erwachsen geworden. Der Gesang, die Atemübungen am Konservatorium hatten ihrer Figur gutgetan.

„Verzeihen Sie", sagte Gieselheid, „daß ich Sie warten ließ." Gieselheid war, seitdem sie studierten, nicht wieder zum Du übergegangen.

Ploch gab ihr steif die Hand. Sie zitterte vor Erregung, legte spontan den Arm um ihn und küßte ihn auf die Wange.

„Gieselheid", sagte er.

„Es ist Karneval. Kußfreiheit!"

Ploch spürte den Blick des Professors in seinem Rücken. „Mein Kompliment, Ploch", sagte Josef Kind und nickte zu Gieselheid hin. Kind, beinahe fünfzig, schenkte jungen, hübschen Mädchen stets Beachtung.

„Fräulein Gieselheid Fliedermann", sagte Ploch, „Herr Professor Kind."

„So, so, Fliedermann", sagte Josef Kind. Er wollte sich zurückziehen. „Ich hoffe, Sie vergnügen sich, Fräulein ..."

„Vergnügen?" sagte Gieselheid. „Dieser Ball wird wohl weniger zum Vergnügen veranstaltet."

„Wie kommen Sie darauf?" Kind war hellhörig. Er witterte einen Angriff.

„Zukunftsmusik", sagte Gieselheid, „was für eine Idee!"

Gieselheid wußte, daß sie den Professor durch solche Worte traf. Sie tat aber so, als äußere sie sich lediglich ganz allgemein. Ploch hielt dem Blick Kinds nicht stand. – Er hätte eigentlich etwas sagen müssen.

Gieselheid hakte sich bei Ploch ein.

„Diese Dekoration erinnert mich an eine Propagandashow“, sagte sie.

Kind traten die Zornadern an den Schläfen hervor.

Ploch versuchte abzulenken. – „Gieselheid, wo haben Sie nur dieses wunderbare Kostüm aufgetrieben? Sie sehen aus wie eine Porzellanschönheit der Vergangenheit.“

„Der Akzent liegt wohl auf Vergangenheit“, sagte Kind, „es gibt Menschen, denen die Vergangenheit besser gefällt als die Gegenwart und unsere Zukunft. Das richtet sich danach, wo einer herkommt. Sehen Sie, mein Fräulein, ich komme aus dem Dreck, wie man in Ihren Kreisen sagt. Und Ploch, der kommt auch daher. Uns interessiert die Vergangenheit nun einmal weniger, nicht wahr, Ploch?“

Ploch nickte oberflächlich.

Gieselheid kniff leicht in seinen Arm und lachte.

„Aber Professor“, sagte sie, „geben Sie doch zu, diese Mädchen in den Zukunftskleidern sehen aus, als seien sie schwanger.“

Sie sah Ploch herausfordernd an.

„Ein bißchen schon“, sagte er.

„Und diese Tänze ..., nein!“ Gieselheid wollte sich ausschütten vor Lachen.

Ploch fühlte sich verpflichtet zu widersprechen. Aber er wollte Gieselheid doch gefallen.

„Ploch“, sagte der Professor, „wenn du jetzt diesem Professorentöchterchen nicht endlich die Meinung sagst, dann haue ich dir in die Fresse!“

Ploch schwieg. Er spürte von Sekunde zu Sekunde, wie die Sympathie des Professors für ihn verflog.

Josef Kind holte mit der Rechten aus, ließ die Hand jedoch wieder sinken.

„Das könnte Ihnen so passen“, sagte er zu Gieselheid und ging davon.

„Du warst enttäuschend“, sagte Gieselheid. „Ich möchte meinen Mantel!“

Solinger sagte: „Dieser Josef Kind war ein Abenteurer, ein gefährlicher Abenteurer, der alles, was wir erreicht hatten, aufs Spiel setzte. Denk nur an seine Aktion ‚Spießbürgerschreck‘ – Ploch, du warst doch selbst dabei, als er begann, die Laubenkolonien niederzureißen.“

„Ja“, sagte Ploch, „er wollte aus den Schrebergärten Parkanlagen und Kinderspielplätze machen.“

„Herrgott“, sagte Solinger, „begreifst du nicht, daß diese Aktion, wenn sie nicht gestoppt worden wäre, unabsehbare Folgen gehabt hätte! Die Schrebergärtner setzen sich nicht nur aus Verwaltungsangestellten und kleinen Handelsleuten zusammen. – Weißt du, daß vierzig Prozent unserer Arbeiter Schrebergärten besitzen! Die Leute haben ein Recht, sich zu erholen!“

„Was haben wir eigentlich erreicht?“ sagte Ploch plötzlich.

Solinger sah Ploch an, als sei dieser nicht richtig im Kopfe.

„Mensch“, sagte er, „den Leuten geht es in unserem Lande – natürlich mit graduellen Unterschieden – materiell gut. Begreifst du das?“

Ploch nickte.

„Die Macht geht nicht mehr von den Besitzenden aus.“

Ploch nickte.

„Damit ist eine gewisse Gerechtigkeit hergestellt. Und die Wölfe sind allmählich auf dem Wege, Menschen zu werden!“

Ploch nickte wieder.

„Und wir verstehen, das größte Unheil, den Krieg, von uns fernzuhalten.“

Ploch stand auf.

„Vielleicht reichten dem Josef Kind dieser Wohlstand mit graduellen Unterschieden, diese gewisse

Gerechtigkeit, dieses allmähliche Menschwerden und das Fernhalten des größten Unheils von *uns* nicht aus."

„Ploch, du hast Rückfälle in deine Jugendzeit. – Nur wirkt es komisch, wenn ein vierzigjähriger sattgefressener Automobilbesitzer glaubt, er sei siebzehn!"

Ploch schwieg.

Solinger blickte wieder zum Fenster hinaus auf den Pfauensee.

„Dieser Kaspar ist ein Monstrum", sagte Solinger, „nimm schon den Bleistift in die Hand, Ploch, gib ihm Gefühle und erfinde ihm eine Akte."

„Und was sollte in dieser Akte enthalten sein?"

„Wurde dann und dann geboren ..., besuchte die Schule ..., legte Prüfungen ab ..., erhielt folgende Zeugnisse ..., Leumundszeugnisse ... Wer von uns beiden ist nun Schriftsteller, du oder ich?"

Ploch sagte: „Es liegt in deiner Macht, ihn auch ohne Akte einstellen zu lassen!"

„Dein letztes Wort?"

„Ja", sagte Ploch, „mein Kaspar bleibt, wie er ist!"

Fräulein Rosi Pagode, das zierliche Mädchen im Dirndl, die so erfolgreiche Tierstimmenimitatorin, rief Ploch an. Sie wünschte ihn unbedingt persönlich zu sprechen. – Bedingung sei aber, daß niemand etwas von dem Zusammentreffen erführe. Ein einsamer Ort, vielleicht der Brandleiteweg im Jagen vierundvierzig, wäre ihr gelegen.

Zuerst wollte Ploch absagen. Er erinnerte sich ungern an den Besuch des Herrn Pagode am Neujahrstag. Dann dachte er, immerhin könnte es sich um neue Frevel Kaspars handeln. Und es wäre wohl besser, wenn er früher als Solinger Bescheid wüßte.

Er hatte Rosi gelegentlich bei öffentlichen Ehrungen gesehen, wo sie Blumen überreicht hatte. Ja, sie war eine hübsche Person. Aber mit ihren neunzehn Jahren wohl doch ein wenig zu jung für ein Abenteuer mit ihm.

Der Schriftsteller setzte sich ins Automobil und fuhr trotz schneebedeckter Straße zum Jagen vierundvierzig.

Rosi hatte einen Schlitten bei sich, auf dem ein schwerer Sack lag.

„Gewiß ist alles ein wenig verwunderlich für Sie", sagte sie, „aber ich mußte diesen Ort wählen, weil mein Papa, in dessen Viktualienhandlung ich zur Zeit tätig bin, nichts von unserem Zusammentreffen wissen darf. Das Füttern des Wildes ist eine sehr einleuchtende Begründung für meine Abwesenheit im Geschäft. Sie können mir gern zur Hand gehen, Herr Ploch."

„Wobei?"

„Beim Füttern."

Rosi lächelte bescheiden.

Ploch ergriff den Strick des Schlittens und zog ihn. Sie stapften eine Waldschneise entlang.

„Sehen Sie doch, diese possierliche Meise!" Sie blieben stehen. Die Meise, die vorher im Schnee umhergehüpft war, flog erschrocken auf.

„Ach ja, so möchte ich auch fliegen können", sagte Rosi. – „Sie als Schriftsteller werden es mir nachfühlen können."

Ploch nickte. Er empfand das Mädchen als unaussprechlich dumm.

„Ich bat Sie wegen einer peinlichen Sache hierher." Sie waren vor einem Gestell mit Strohdach angekommen. – „Würden Sie so freundlich sein, Herr Ploch. Bitte, schütten Sie die Eicheln hier auf diese Unterlage. Der Sack ist für mich ein wenig zu schwer."

Der Schriftsteller leerte den Sack.

Sie gingen zurück.

„Sie müssen wissen, unser Geschäft ist gut sortiert. Neben den Lebensmitteln führen wir auch Seifenpulver, Fliegenfänger, Kämme und einiges Kinderspielzeug. – Murmeln, Kinderratschen, Luftballons."

„Aha, also einer dieser miesen Kramläden."

Rosi nickte. – „Diese Läden sind im Aussterben begriffen. Sie werden nur noch geduldet."

Ploch ahnte, was das Mädchen von ihm wollte. – „Und Sie glauben, ich hätte Einfluß auf die Kommunalverwaltung und könnte ein Wort für Sie und den Krämerladen einlegen." Ploch lachte sarkastisch. „Da sind Sie an der falschen Adresse, mein Fräulein!"

Rosi war betroffen. – „Um Gottes willen, Herr Ploch. Mir liegt nichts an dem Geschäft. Ich wäre froh, wenn man es schließen würde. Es ist nur so, Ihre Söhne kommen häufig."

„Ach", sagte Ploch.

„Ich glaube, Herr Ploch, Ihre Söhne sind zwei liebe Buben." Rührung stand in ihren Augen. – „Manchmal sind sie vielleicht übermütig. Aber darum sollten Sie die beiden nicht zu streng bestrafen. Ich weiß wirklich nicht, warum sie die Murmeln nehmen. In dem Alter spielt man doch nicht mehr damit. Und die Fliegenfänger. Was können sie damit schon anfangen? Die Dinge kosten kaum etwas. Und trotzdem, sie bezahlen nicht. Sie gehen heimlich davon und nehmen die Sachen mit."

„Wollen Sie sagen, daß meine Söhne stehlen?"

Rosi blickte vor sich in den Schnee. – „Mein Papa sagt, es sei Diebstahl. Und die anderen Ladenbesitzer auch. Dabei ist es nicht der Rede wert. – Vielleicht ist es nur eine Nervenkrankheit. Ich habe selbst so einen Fall in der Familie."

„Ich komme für den Schaden meiner Söhne auf!"

„Das verlangt niemand, Herr Ploch. Nur mein Papa hat sich etwas ausgedacht. – Eine Falle für Ihre Söhne. Und ich möchte verhindern, daß die Buben in Verlegenheit kommen. Vielleicht müßten sie das Gymnasium verlassen. Das würde mir unendlich leid tun. Ich kann mich in die Situation hineindenken. Wegen meiner kleinbürgerlichen Herkunft bin ich selbst nicht für die höhere Schule zugelassen worden. Und ich wollte so gern studieren. Ich hätte gern etwas Großes, Bedeutendes geleistet."

Sie waren wieder bei Plochs Automobil angelangt.

„Darf ich Sie mit zur Stadt nehmen?“

„Nein, mein Papa soll nicht erfahren, daß ich Ihnen alles verraten habe. Er hatte sich schon so darauf gefreut, daß die Polizei Ihre Buben abführt!“

Ploch drückte ihr warmherzig die Hand. – „Vielen Dank, Fräulein Pagode!“

Der Schriftsteller wendete den Wagen. Als er davonfuhr, sah er noch im Rückspiegel, wie Rosi Pagodes Cape im Winde flatterte, als wollte sie jeden Augenblick davonfliegen.

Dora hatte rotgeweinte Augen. Ploch rauchte nervös eine Zigarette. Es war die erste seit längerer Zeit.

Jörg und Jens standen ein wenig hilflos herum.

„Habe ich euch zuwenig Taschengeld gegeben?“

„Nein, Papa“, sagte Jens.

„Und was habt ihr mit dem gestohlenen Zeug gemacht?“

„Verschenkt!“

„Oder auch weggeworfen.“

„Stellt euch vor“, sagte Ploch, „wenn man euch erwischt hätte – die Leute hätten sich über uns das Maul zerrissen.“

Die Jungen zuckten trotzig die Achseln.

„Das wäre zu ertragen“, sagte Dora, „aber ich finde unredliche Menschen widerwärtig. Und wer soll uns eigentlich glauben, wenn wir davon sprechen, die Welt zu verändern, wenn unsere Söhne stehlen!“

Jörg sagte: „Es tut mir leid!“

„Pah“, sagte Jens, „als ob wir uns bereichern wollten! Wir haben dem Kleinbürger einen Streich gespielt. – Hast du schon einmal gestohlen, Papa?“

Ploch wollte empört auffahren. Aber Jens setzte seine Rede fort: „Das Klauen ist wie ein elektrischer Schlag. Es sind nur Sekunden, in denen man zugreift! Aber man ist hinterher noch immer Stunden aufgeregt. Ich verstehe die Spione, die bei einer feindlichen Macht

Informationen stehlen. Oder die Revolutionäre, die jeden Augenblick befürchten müssen, daß sie von einer Kugel getroffen werden."

„Seid ihr ganz und gar von allen guten Geistern verlassen! Ihr wollt euch mit Kundschaftern, mit Revolutionären vergleichen, wenn ihr einem schmierigen Krämer Fliegenfänger stehlt! Euer Großvater hat doch nicht für ein paar Murmeln sein Leben gegeben."

„Großvater", sagte Jens, „der hat noch etwas erlebt. Ich glaube, der würde uns begreifen!"

Dora erhob sich.

„Ich habe verstanden. Ihr langweilt euch! – Da wird Abhilfe geschaffen. Ich spreche mit dem Verwaltungsleiter des Krankenhauses. Ihr werdet jeden Morgen vor der Schule die Wäsche zur Reinigung in die Wäscherei bringen! Und nun geht!"

Ploch und Dora saßen, als die Buben gegangen waren, noch einen Augenblick zusammen.

„Ich weiß nicht, ob das eine Lösung ist", sagte Ploch.

„Ich auch nicht, Wenzel. Mir fällt nur nichts Besseres ein."

## VIII

Der Frühling kam über Nacht. Gestern noch hatte Frost geherrscht, der Schnee auf den Dächern maß über zehn Zentimeter. Seit Stunden wehte nun ein lauwarmer Südost. Er nagte an den schmutzigen Schneeflächen auf Parkwiesen und Vorgartenbeeten. In den Fallrohren gluckerte das abfließende Wasser. Schneeinseln verloren ihren Halt auf schrägen Ziegeln und polterten hinunter. Eiszapfen lösten sich von Gesimsen und zerschellten auf dem Pflaster. Der Matschschnee bildete Barrieren vor den Gullys und staute das Schmelzwasser. Einige Straßen glichen venezianischen Kanälen. Das einzige fließende Gewässer der Stadt, ein Bächlein mit dem Namen Märze, das streckenweise ein trübes Dasein in unterirdischen Rohren führte, hatte sich zum reißenden Strom gemausert. Die Märze trat über das ihr zugewiesene Bett, sägte an den Pfeilern der Straßenbrücken, suchte sich dort, wo die Rohre begannen, frech andere Wege durch die Straßen, unterspülte Häuserfundamente und brach in die Baugruben für das neue chemische Werk ein.

Das Haus, in dem Erika Riedel wohnte, wurde vom Wasser arg betroffen. Kaspar und Eri rannten in Nachtgewändern umher, rückten Möbel von feuchten Wänden und stellten dort Gefäße auf, wo es von der Zimmerdecke tropfte. In Josephas Kammer löste sich eine Tapetenbahn und klatschte der Kleinen ins Gesicht. Josepha schrie vor Angst. Kaspar hatte Mühe, das Kind zu beruhigen.

Nicht nur bei Erika Riedel ging alles drunter und drüber. Das ganze Haus war zu nächtlicher Stunde auf den Beinen. In einer der unteren Wohnungen war ein bislang eingefrorenes Wasserrohr geborsten. Der Keller glich einem unterirdischen See. Die elektrische Stromversorgung des Hauses brach zusammen. Mit Talgkerzen in den Händen, unvollkommen bekleidet, traf man sich im Treppenhaus. Die Feuerwehr war alarmiert. Doch in dieser Nacht rief man sie allerorten.

Kaspar war längst kein Fremder mehr im Hause. Er hatte sich keine Mühe gegeben, so wie Ploch, seine Anwesenheit geheimzuhalten. Man akzeptierte den kinderfreundlichen Herrn als neuen Stammfreund Fräulein Erika Riedels mehr als seinen Vorgänger. Die Volksmeinung duldete nicht, daß Personen des öffentlichen Lebens, wie es Ploch war, Frau und Kinder hintergingen. Trotzdem hatte man Ploch weniger die Schuld gegeben als dem Fräulein Riedel, die eine Schlampe, ein lockeres Frauenzimmer, ein Fall für die Sittlichkeitsbehörde sein sollte.

Kaspar riß im Treppenhaus die Initiative an sich. Er gründete ein Katastrophenkomitee und inspizierte gemeinsam mit seinen Helfern das Haus vom Dachboden bis zum Keller. Die Märze hatte ihre Wut an den Fundamenten ausgelassen.

„Hier kann nur eins geschehen“, sagte Kaspar, „wir müssen die Bewohner dieses Hauses evakuieren!“

„Sollen wir auf dem Bahnhof kampieren?“

„Will man uns auf der Straße verrecken lassen?“

„Gottlob“, sagte Kaspar, „sind die Menschen in dieser Stadt einander nicht gleichgültig. Jeder von uns wird eine Bleibe finden. Gibt es nicht genug große Wohnungen, die von wenigen Personen allein benutzt werden?“

„Ja, zum Beispiel lebt der Chefarzt des Krankenhauses allein in fünf Zimmern.“

„Auch Stadtrat Hering, der alleinstehend ist, hat drei Zimmer.“

Kaspar notierte sorgfältig die Adressen und wies jeder Familie ein neues Quartier zu.

„Die werden uns den Hobel blasen“, sagte ein Skeptiker. „Keinesfalls“, sagte Kaspar. „Aber damit es keine Mißverständnisse gibt, wird uns der Wachtmeister dieses Stadtteiles unterstützen. Ich kenne ihn.“

Der aus dem Bett geholte Wachtmeister, es war jener uns bereits bekannte, fühlte sich unbehaglich. Er hatte vieles erlebt, viele Erfahrungen gesammelt, aber noch niemals war die Märze über die Ufer getreten. Vergeblich versuchte er, sich Direktiven ins Gedächtnis zu rufen, die für diese Situation in Anwendung gebracht werden konnten. Er schickte sich schließlich in sein Los, die Obdachlosen in neue Unterkünfte zu begleiten. Seine Erfahrungen, die er mit Phantomen gesammelt hatte, ließen den Entschluß in ihm reifen, sich in ein anderes Stadtviertel versetzen zu lassen.

Das Haus war bald seiner Mieter entblößt. Nur Kaspar, Erika Riedel und Josepha standen noch im Treppenhaus.

„Wir gehen zu Wenzel Ploch“, sagte Kaspar.

„Zu Ploch? – Vielleicht sollten wir versuchen, anderswo unterzukommen.“

„Nein, nein", sagte Kaspar. „Nichts ist natürlicher, als daß wir uns an Ploch wenden. Ihr kennt euch gut! Du warst schließlich einmal seine Geliebte."

„Das ist es ja gerade", sagte Erika.

„Ich glaube, liebe Erika", sagte Kaspar, „du hast wieder einmal einen Rückfall ins Kleinbürgerliche!"

Erika Riedel wagte darauf nichts zu entgegnen, denn kleinbürgerlich wollte sie nicht sein!

Sie raffte die notwendigsten Kleinigkeiten zusammen. Doch als sie die Wohnung verlassen wollten, sagte sie: „Kaspar, du meintest, das Haus könnte einstürzen?"

„Die Gefahr besteht."

„Von meiner Doppelliege aus dem Bausatz ‚Happy-End' möchte ich mich nicht trennen. Lieber will ich mit untergehen."

Josepha rief: „Mama, komm endlich!"

Aber Erika setzte sich auf ihre Liege.

Ihre Rechnung ging auf. Kaspar, der den Besitz verachtete, war von seiner Anlage her hilfsbereit. Er wollte nicht, daß Eri wegen dieser Möbelstücke, die sie auf Schleichwegen ergattert hatte, unterging. In erster Linie dachte Kaspar an die kleine Josepha. Sie sollte kein Waisenkind werden. Liebe zu Kindern war eines der wenigen Gefühle, deren Kaspar fähig war.

„Meinetwegen", sagte er, „ich werde die Liege mitnehmen."

Mühelos schulterte er das schwere Möbelstück.

„Bitte", sagte Eri, „nimm auch noch den Kleiderschrank und die Sessel."

„Schön", sagte Kaspar, „aber nun ist es wirklich genug."

„Nur den Teppich noch, er liegt doch so schön obenauf."

Josepha fand den nächtlichen Umzug aufregend. In ihren Gummistiefeln von Pfütze zu Pfütze springend, freute sie sich über das Aufspritzen des Wassers.

Die Nacht war voller Leben. Feuerwehrzüge brausten an ihnen vorüber. Sie begegneten auch Menschen, die ähnlich wie sie etwas von ihrer Habe zu retten suchten.

Selbst in dieser unruhigen Nacht, in der die Menschen auf der Straße mit sich selbst beschäftigt waren, fiel Kaspar auf. Noch nie hatte man einen Mann so schwer tragen sehen. Kaspar verzog nicht eine Miene. Er plauderte sogar munter drauflos, um Erika ein wenig aufzuheitern. Seine Heiterkeit war allerdings keine gewöhnliche.

„Mir fällt ein“, sagte er zu Eri, „ein gewisser Diogenes von Sinope lebte in einer Heringstonne. Als Alexander der Große ihn nach seinen Wünschen fragte, rief er: ‚Geh mir aus der Sonne!‘“

Auf Erika Riedel machten solche Reden wenig Eindruck. Ihre Gedanken kreisten um das ungewisse Schicksal ihrer Familie. Je näher sie Plochs Haus kamen, desto stiller wurde es in den Straßen. In dieser Gegend schien niemand etwas von der Katastrophe zu ahnen.

Kaspar betätigte die Hausklingel.

Wenige Sekunden später flammte im ersten Stockwerk das Licht auf.

Dora, die es gewohnt war, beim Nachtdienst aus dem Schlaf gerissen zu werden, kam im Morgenmantel die Treppe herunter. Sie schloß die Haustür auf und beleuchtete mit der Taschenlampe einen Berg, der aus Möbeln bestand.

„Allmächtiger“, sagte Dora, als sie Kaspar unter der Fuhre entdeckte. Sie streckte die Hand aus und berührte Kaspars Gesicht. Elektrische Funken sprühten sekundenlang.

„Dachte ich mir's doch“, sagte Dora, „Sie sind Kaspar!“

Der Strahl ihrer Taschenlampe verweilte auf Erikas Gesicht. – „Daß Sie es wagen ...“, sagte Dora. Jahrelang aufgestauter Zorn entlud sich. „Sie haben mich verleumdet und verspottet. Ich sollte mir vorkommen wie staubgeboren, wenn Sie sich mit meinem Mann auf den Straßen zeigten. Jetzt, da er Sie durchschaut hat, da er Ihre Feilheit verachtet, schrecken Sie nicht vor dem Gemeinsten zurück. – Sie verfolgen ihn bis in seine eheliche Wohnung, um mich in den Dreck zu treten."

„Vielleicht beruhigt es Sie, wenn ich Ihnen sage", sagte Kaspar, „daß Fräulein Erika Riedel mit mir im engsten Verhältnis lebt!"

„Mit Ihnen?" sagte Dora. „Mit einer literarischen Mißgeburt, die statt Liebe elektrische Schläge austeilt!"

Erika trat einen Schritt vor. – „Lassen Sie meinen Verlobten aus dem Spiel!"

„Daß ich nicht lache! Sie können die Hälfte der Männer dieser Stadt Ihre Verlobten nennen!"

„Ja", sagte Erika Riedel, „die Männer sind mir nachgelaufen. Ich konnte mich ihrer kaum erwehren. Nach Ihnen allerdings dreht sich kein Lämmerschwanz um!"

Ploch war in diesem Augenblick im Pyjama schlaftrunken die Treppe herabgekommen. Als er Kaspar und das Fäulein Erika Riedel erkannte, war er mit einem Schlage wach. Dora holte tief Luft, um Erika Riedel eine saftige Antwort zu erteilen. Ploch legte jedoch den Arm um sie.

„Dorchen", sagte er, „laß diese Leute reden. Wir sinken nicht auf ihr Niveau hinab."

„Guten Tag, Onkel Wenzel", sagte Josepha. Bisher war sie nicht bemerkt worden.

„Armes Kind", sagte Dora und hob Josepha auf ihren Arm. „Man ist nicht davor zurückgeschreckt, dich in all die schmutzigen Intrigen hineinzuziehen!"

„Dies ist mein Kind", sagte Erika und entriß Josepha ihrer Gegnerin.

„Sie sind keine Mutter!" sagte Dora.

Erika hob die freie Hand, um Dora einen Schlag zu versetzen.

„Halt!“ sagte Kaspar. „Hier liegen Mißverständnisse vor. – Wir sind gekommen, weil wir kein Obdach haben.“

„Feuersbrunst?“ fragte Ploch.

„Nein, das Wasser“, sagte Kaspar, „es schwemmt die Häuser unserer Straße hinweg.“

„Wo hatte ich meine Augen“, sagte Dora. „Treten Sie ein. Wenzel, du wirst sofort heißes Wasser in die Badewanne einlassen. Die Kleine zittert vor Kälte am ganzen Leibe.“

„Es gibt Ämter, die dafür zuständig sind ...“, sagte Ploch.

„Rede kein dummes Zeug, Wenzel. Hilf Herrn Gerecht beim Hinauftragen der Möbel.“

Ploch stellte sich mit ausgebreiteten Armen in den Flur.

Nur über meine Leiche, wollte er sagen. Aber das kam ihm lächerlich vor.

Vielleicht gab es wirklich eine Überschwemmung in der Stadt? – Wenn schon – Ploch wußte, daß es dieser Kaspar auf ihn abgesehen hatte. Kaspar hätte auch andere Gründe gefunden, sich weiter in sein Leben einzumischen. Er hatte ihm Eri genommen. Hatte ihn nach Hause zurückgetrieben, obwohl er Dora nicht liebte. Was würde noch alles geschehen? Ploch ließ die Arme sinken. Kaspar ging an ihm vorbei. Die Ahnung überkam Ploch, daß es sinnlos sei, sich gegen Kaspar zu wehren.

Dora hatte Erikas Koffer in die Hand genommen, während Josepha sich an die Mutter schmiegte. Beide Damen vermieden es, einander in die Augen zu schauen.

„Entschuldigen Sie“, sagte Dora, „ich war unbeherrscht.“

Erika sagte: „Sie hatten in vielen Dingen recht. Aber glauben Sie mir, ich hätte es niemals gewagt, bei Ihnen einzudringen. Nur Kaspar ... Er tut alles so selbstverständlich. – Gewiß, er ist ein wenig seltsam. Aber auf seine Art ist er auch beeindruckend." Sie suchte nach passenden Worten.

„Sie lieben ihn wohl sehr?" sagte Dora.

Die beiden Frauen sahen einander ohne Feindseligkeit an. Dann kam der Fahrstuhl.

Kaspar hatte sich zuviel aufgeladen. Er blieb mit den Möbeln im Treppenhaus stecken.

Notgedrungen griff Ploch nun doch zu. Er trug einen der Sessel nach oben. In der Wohnung angekommen, rang er nach Atem.

Die sonst so stille, aufgeräumte Wohnung erwachte zum Leben. Jörg und Jens taperten mit vorgehaltenen Schlafdecken in der Wohnung herum und wußten nicht recht, was geschehen war. Das Kommando führte Dora.

„Wenzel, das Gästezimmer wird ausgeräumt. Dort werden Fräulein Riedels Möbel aufgestellt!"

„Jawohl", sagte Ploch lahm. Gegen das Schicksal konnte man nicht an! Gemeinsam mit Kaspar machte er sich unwillig ans Möbelräumen.

Aus dem Badezimmer erklang frohes Lärmen. Josepha planschte nach Herzenslust in der Wanne. Sie konnte sich nicht genug darüber wundern, daß es Leute gab, die eine „Badeanstalt" in der Wohnung betrieben. Daheim, in der alten Wohnung, hatte eine Waschschüssel ausreichen müssen.

Nach dem Umräumen sah die Wohnung wie ein Trödlerladen aus. Die überzähligen Möbelstücke standen im Korridor und in anderen Zimmern.

Ploch, der bislang im Gästezimmer geschlafen hatte, schlug sein Lager im Ehebett neben Dora auf.

„Da du gerade dabei bist", sagte Dora, „auch die Betten für unsere Gäste müssen bezogen werden!"

Ploch fügte sich mit einem ironischen Lächeln auf den Lippen.

„Recht so, recht so", murmelte er vor sich hin. „Jetzt bereite ich schon das Liebeslager für meine Ehemalige und ihren Galan. Und ich werde weiter sinken..."

Plötzlich warf er das Bettzeug hin und stürzte zum Telefon. Solingers Privatnummer wußte er auswendig. Als er sie wählte, kamen ihm Bedenken. – Es war noch Nacht. Er wollte auflegen. Aber schon meldete sich am anderen Ende der Leitung jemand.

„Was sind das für Zustände!" sagte Ploch in die Sprechmuschel. Er sprach von einem Überfall, vom Einbruch in sein Privatleben, von der Mißachtung des Hausfriedens.

Solinger lachte ihn aus.

Das reizte Ploch. Er begann sich erneut in Wut zu reden.

„Ich habe alle Hände voll zu tun, Ploch", sagte Solinger. „In dieser Nacht ist höchste Gefahrenbereitschaft wegen des Tauwetters. Du wirst verstehen..."

„Ich verstehe überhaupt nicht..."

„Sogar unser schwerverletzter Oberbürgermeister beherbergt Menschen in seiner Wohnung", sagte Solinger, „aber wenn du weiterhin darauf bestehst, dann bringen wir deine Gäste anderswo unter..."

„Nein", sagte Ploch. Er hatte das Gefühl, sich dumm benommen zu haben.

Endlich kehrte wieder Ruhe in Plochs Wohnung ein. Alle schliefen. Nur Kaspar war noch einmal fortgegangen. Und Ploch, der neben Dora lag, wälzte sich unruhig herum. Vielleicht sollte er doch zu Doktor Waldersee in die Klinik gehen. Vielleicht stellte sich dort heraus, daß er an einer fixen Idee litt!

Der Überschwemmungsschaden war größer, als es dem ersten Augenschein nach geschätzt wurde. Viele der Häuser an der Märze, es waren die ältesten Bauten der Stadt, drohten einzustürzen. Versorgungslager waren weggeschwemmt worden. Die Papiermühle lag in dickem Schlamm. Die Straßenbahn fuhr nicht, weil die Triebwagen im Wasser kurzschlossen.

Überall, wo Menschen sich in Gefahr befanden, tauchte Kaspar zwischen den Mitarbeitern der städtischen Kommissionen auf. Er griff energisch durch, wenn es darum ging, Quartiere für Obdachlose zu besorgen. Er half den Betroffenen, ihre Habseligkeiten in Sicherheit zu bringen. Auch in der Dunkelheit, deutlich sichtbar, leuchtete seine grüne Armbinde mit der Aufschrift „Katastrophenkommission".

Wie so oft in Ausnahmesituationen kam es auch diesmal zu unliebsamen Zwischenfällen. Es gab Bürger, die das allgemeine Durcheinander zu nutzen suchten, um sich zu bereichern.

Kaspar hörte in einem der geräumten Häuser das Splittern von Glas. Der Wachtmeister befand sich in seiner Nähe. Zusammen brachen sie auf, um nach dem Rechten zu sehen. Diesmal war es dem Wachtmeister ganz recht, auf Kaspar gestoßen zu sein. Seine Erfahrungen hatten ihn gelehrt, daß Einbrecher häufig tätlich werden.

Kaspar und der Wachtmeister schlichen in die Richtung, aus der die verdächtigen Geräusche gekommen waren. Im Schaufenster der Damenhutumpresserei gähnte ein Loch. Kaum traute Kaspar seinen Augen, als er im Innern des Geschäfts einen Mann erblickte, der im Schein der Taschenlampe verschiedenartige Damenhüte vor dem Spiegel aufprobierte.

„Herr Pagode!" sagte der Wachtmeister. – Wie hatten ihn doch diesmal seine Erfahrungen im Stich gelassen! Er hatte dem kleinen Herrn ja allerlei zugetraut, aber das nicht!

Pagode fuhr erschrocken herum, raffte schnell noch mehrere Damenhüte an sich und sprang durch ein Fenster zur hinteren Seite des Hauses hinaus. Unglücklicherweise hatte er nicht daran gedacht, daß dort die reißende Märze dahinbrauste. Pagode konnte nicht schwimmen. Aber die drei Damenhüte, man stellte sie in neuerer Zeit aus Kunststoff her, trugen ihn leidlich. In rasender Geschwindigkeit trieb der Vorsitzende des Jagdclubs „Halali" auf die unterirdischen Rohre zu, in denen die Märze teilweise verschwand.

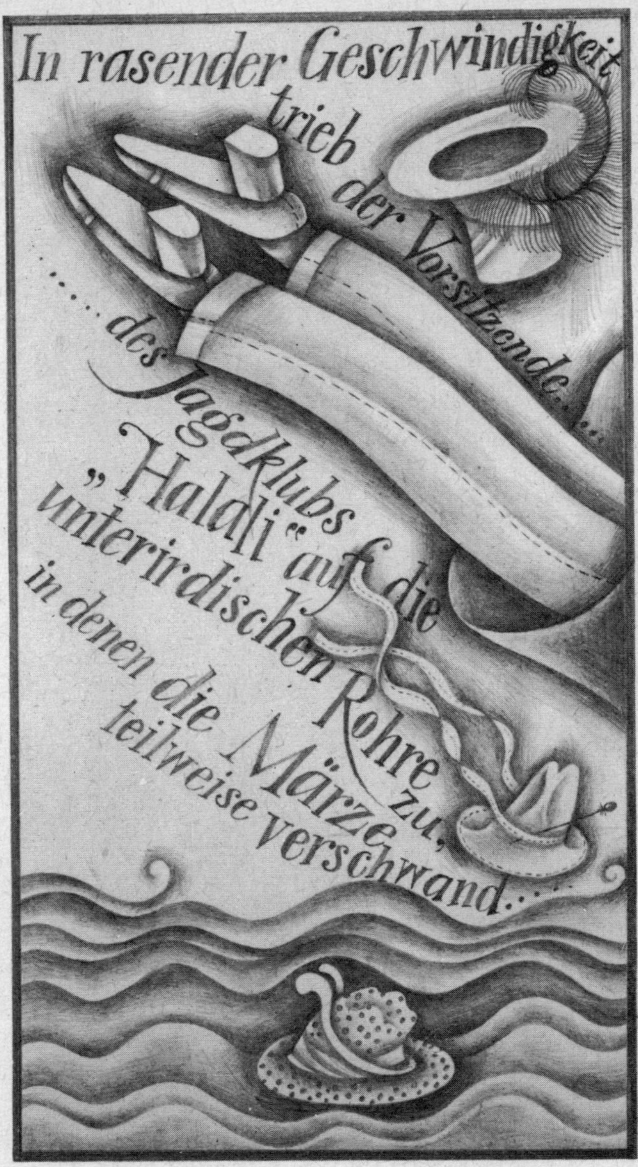
In rasender Geschwindigkeit
trieb der Vorsitzende ...
des Jagdklubs
„Halali" auf die
unterirdischen Rohre zu,
in denen die Märze
teilweise verschwand ...

Kaspar und der Wachtmeister erfaßten sofort,
welches Schicksal dem Trenner bevorstand

Kaspar und der Wachtmeister erfaßten sofort, welches Schicksal dem Frevler bevorstand. Beide rannten gleichzeitig los. Kaspar erreichte die Rohrmündung früher als der Wachtmeister. Unerschrocken stürzte er sich in den brodelnden Fluß und bekam Pagode gerade noch an einem Bein zu fassen. Wieder auf festem Boden, schüttelte Kaspar das Wasser ab. Der Wachtmeister beschäftigte sich mit Herrn Pagode, der das Bewußtsein verloren hatte. Zuerst stellte er ihn kopf. Pagode spuckte alsbald das geschluckte Wasser der Märze aus. Dann legte er den Bewußtlosen mit dem Rücken auf das Straßenpflaster. Gemeinsam versuchten die Retter, Herrn Pagode die Damenhüte aus den Händen zu reißen. Es gelang ihnen mit großer Anstrengung. Allerdings blieb von jedem Hut ein Stückchen Kunststoff zwischen den verkrampften Fingern zurück. Der Wachtmeister kniete sich auf den Vorsitzenden des Jagdclubs und begann Wiederbelebungsversuche zu machen. Nach einer Weile ließ er jedoch entmutigt ab.

„Bürger Gerecht", sagte er, „wenn ich mich nicht irre, sind Sie elektrisch. Vielleicht berühren Sie den Herrn einmal an der nackten Haut."

Die elektrische Entladung brachte Pagode wieder zu sich. Er schlug die Augen auf. – „Wo bin ich?"

„Sie sind überführt", sagte der Wachtmeister.

Herr Pagode rappelte sich empor. Er betrachtete erstaunt die Kunststoffreste der Hutkrempen in seinen Händen.

Das Erinnerungsvermögen kehrte zurück.

„Ich habe geraubt", sagte er. „Ich, Alexander Pagode, Viktualienhändler und Vorsitzender des Jagdclubs ‚Halali', habe geraubt! Meine Herren, das ist der Untergang! Ich verabscheue mich zutiefst."

Der Wachtmeister war verunsichert. Wieso leugnete dieser Mann nicht, wie es alle Diebe taten?

Pagode wandte sich abwechselnd an Kaspar und den Wachtmeister. Seine Gebärden waren flehend. –

„Herrschaften, ich bitte Sie, ziehen Sie keine Rückschlüsse aus meiner widerwärtigen Verhaltensweise auf die Viktualienhändler, die Posamentenstikker, die Metzger und andere Kleingewerbetreibende dieser Stadt! Die Tat ist ausschließlich auf meinen schwachen, durch Leid angegriffenen Charakter zurückzuführen, nicht aber auf meine kleinbürgerliche Herkunft!"

Der Mann ist nicht richtig im Kopfe, dachte der Wachtmeister, denn in der Regel bekannte sich niemand zu seiner Schuld. Jedermann versuchte doch, sein Versagen auf die Herkunft, auf Erziehungsfehler der Eltern und der Lehrer zu schieben.

Kaspar hörte interessiert zu, ohne zu widersprechen.

„Oh, ich sehe Ihnen an", sagte Pagode, „Sie zweifeln an meinen Worten. Sie betrachten meine Verhaltensweise als typisch für uns Kleinbürger. – Aber was wissen Sie über uns? Haben wir nicht stets gearbeitet? Wir haben sogar mehr gearbeitet als der gemeine Mann. Sie, mein Herr, sehen unsereins doch nur von Ihrem Standpunkt vor dem Ladentisch. Von dort schaut sich unsere Tätigkeit wie eine Spielerei an. In Wirklichkeit sind wir Handelsleute jedoch schon auf den Beinen, wenn die Stadt noch schläft. Wir schaffen die Ware heran. Wir füllen die leergekauften Läden auf, säubern die Verkaufseinrichtungen. Und wenn der gemeine Mann längst daheim am häuslichen Tisch sitzt, beginnen wir abzurechnen, zu planen, Einkaufsbücher zu führen. – Ich weiß, meine Herren, der kommunale Handel ist im Vormarsch. Warum aber drängen sich noch immer die Kunden in unseren kleinen, unscheinbaren Läden? Weil wir selbständigen Handelsleute wie zu allen Zeiten unter dem Zwang des Geschäfts freundlich zu den Menschen sein müssen. Das, meine Herren, ist auch der Grund, warum wir jedem Fanatismus fernstehen. Wir sehen in den Menschen keine Linken, keine Rechten oder sonst was. Wir sehen in ihnen Käufer! Wenn die Großen von der

Industrie Kriege anzettelten, wenn die Arbeiter die Maschinen zerschlugen, dann blieben wir, was wir waren: fleißige, ehrliche Handelsleute! Und, meine Herren, selbst in den chaotischen Zeiten war unser Stand das Symbol für die Solidarität. – Ich bin aus der Art geschlagen. Verhaften Sie mich, werfen Sie mich in den Kerker, foltern Sie mich, erschießen Sie mich – ich habe es verdient."

„Er ist nicht ganz momentan", sagte der Wachtmeister.

„Warum zögern Sie, Ihre Pflicht zu tun", sagte Pagode.

„Gehen Sie nach Hause, Bürger. Und morgen melden Sie sich beim Nervenarzt!"

Der Wachtmeister salutierte und ging im Patrouillenschritt davon.

„Nicht einmal für das Gefängnis werde ich würdig befunden", sagte Pagode.

Kaspar verbeugte sich leicht. – „Ich werde Sie nach Hause begleiten, Herr Pagode. Die Versuchungen sind gar zu groß heute nacht."

„Ja", sagte Pagode, bereits im Gehen, „seit damals, als Sie mir den unersetzlichen Hut mit dem Gamsbartpuschel nahmen, bin ich meiner nicht mehr sicher. Es war das letzte, was ich besaß."

„Und die Viktualienhandlung?"

„Daß ich nicht lache! Man hat mir einen städtischen Teilhaber aufgezwungen. Ich bin nicht mehr mein eigner Herr."

„Halbe Maßnahmen", sagte Kaspar. „Immerhin, ich entsinne mich Ihrer tierstimmenbegabten Tochter."

Herr Pagode stöhnte, als hätte er sich schwer verletzt.

„Ist Ihnen nicht wohl?"

Tränen rannen über das Gesicht des kleinen Herrn.

„Rosi hat mich bitter enttäuscht", sagte er. Dabei schlugen seine Zähne vor Kälte aufeinander. „Ich habe ihr all meine Liebe angedeihen lassen. Ich habe keine

Kosten gescheut, ihre Tugenden zu kultivieren. – Nicht nur die Hauswirtschaft beherrscht sie glänzend, sie spielt ja auch perfekt auf dem Piano. Schrittweise habe ich sie auf das Leben vorbereitet. – Nein, sie sollte nicht etwa die Viktualienhandlung weiterführen. Dieser Traum ist vorüber. Rosi sollte in dieser neuen Ordnung eine Persönlichkeit werden. Schon als sie Kind war, hatten die Herren des Vorstandes im Jagdclub ‚Halali' ihre Freude, wenn sie Jagdtrophäen und Blumengebinde überreichte und dabei eines von den revolutionären Jagdliedern vortrug. – Ich setzte sie durch klug gesteuerte Lektüre, durch Bildungsreisen in die Hauptstadt, durch Bekanntschaften mit lebenserfahrenen Leuten in die Lage, in allen Gesellschaften treffende Bemerkungen zu machen. Über den Jagdclub konnte ich sie in die erwähltesten Kreise unserer Stadt einführen. – Aber sie? Sie schlägt alle Heiratsanträge aus. Die Zirkuskarriere, die ohnehin nicht meinen Beifall fand, trat sie mit Füßen. Sie streift durch die Wälder und träumt davon, irgend etwas Sinnvolles oder Großes, wie sie sagt, zu vollbringen. – Ich weiß längst, daß sie mich verachtet. Nur ihr anerzogenes Taktgefühl verbietet ihr, mir ins Gesicht zu sagen, daß sie mich für einen kleinlichen Spießbürger hält."

Kaspar und Pagode waren vor der Viktualienhandlung angekommen. Pagode schloß die Tür auf.

„Grüßen Sie Ihr Fräulein Tochter", sagte Kaspar. „Ich schicke Ihnen übrigens noch heute nacht ein paar obdachlose Menschen."

Pagode winkte resigniert ab.

Er schien ein gebrochener Mann.

Kaspar kehrte erst gegen Morgen in die Plochsche Wohnung zurück. Er traf alle beim Frühstück.

„Nach so einer Nacht", sagte Kaspar, „muß ich unbedingt etwas Kräftiges riechen."

Dora reichte ihm lächelnd den Schinken.

Erika schmierte die Stullen für Jörg und Jens.
Ploch schaute nicht von seiner Zeitung auf.

„Ich werde schnell abwaschen", sagte Dora, „dann muß ich zum Dienst."

„Aber das kann ich erledigen, Frau Dora", sagte Erika. „Meine Imbißstube ist heute geschlossen."

„Das kommt nicht in Frage, Erika! Ihr seid unsere Gäste. Zum Mittagkochen fehlt mir jedoch die Zeit."

„Das Mittagessen", sagte Erika, „übernehme ich auch, Frau Dora."

„Frau Dora", sagte Josepha, „das klingt ulkig." Und sie kicherte so laut, daß sie sich verschluckte. Jörg und Jens klopften der Kleinen auf den Rücken.

„Wahrhaftig", sagte Dora, „die Kleine hat recht. Wir sollten du zueinander sagen. So wie es unter Studenten üblich ist."

„Du bist keine Studentin mehr, Dora", sagte Ploch hinter seiner Zeitung.

„Also, wir sagen du", sagte Erika, „schade, daß wir uns nicht schon früher kennengelernt haben, Dora!"

Kaspar beobachtete die Szene mit Wohlwollen.

„Vielleicht sollten wir dem Beispiel der Frauen folgen", sagte er.

Ploch knüllte die Zeitung zusammen und warf sie auf den Fußboden.

„Nie im Leben", sagte er und rannte aus dem Zimmer.

Die Einquartierung dauerte an. Die Stadtverwaltung hatte Erikas Wohnung gesperrt. Längst war die Märze wieder auf ihre ursprüngliche Breite zusammengeschrumpft. Die Dächer schimmerten rot, blau und silberfarben in der Frühjahrssonne. Allerorts war man dabei, die Schäden zu beseitigen.

Auf Plochs Betreiben bot die Stadtverwaltung Erika Riedel mehrere Ersatzwohnungen an. Dora ließ es sich nicht ausreden, an den Besichtigungen teilzunehmen. Jedesmal, wenn Erika ihre Einwilligung für den Umzug geben wollte, sagte Dora: „Wie, du willst mit deiner Tochter in dieses Loch ziehen?"

Dabei waren alle Wohnungen komfortabler als Erikas einstige.

Die beiden Frauen besorgten gemeinsam den Haushalt. Es gab keinen Streit zwischen ihnen.

Die Jungen und Josepha liebten Kaspar. Er beschäftigte sich mit ihnen. Manchmal führte er auch Zauberkunststücke vor. Den größten Beifall erntete er, wenn er sich in den Teppich einrollte und verschwand.

Ploch fühlte sich isoliert.

Es fiel allgemein auf, daß er schweigsamer geworden war. Er trieb sich häufig in einsamen Parkanlagen herum. Bei schlechtem Wetter trank er an der Bar des „Gargantua" ein Gläschen. Wenn ihn Bekannte begrüßten, nickte er kaum merkbar zurück.

Seit jener Neujahrsnacht hatte Ploch keine Zeile mehr zu Papier gebracht. Ständig suchte er nach Ausreden für seine Untätigkeit. – Es ist zu laut in der Wohnung, dachte Ploch. Kaspar erriet seine Gedankengänge und sorgte dafür, daß Ploch nicht von Josepha belästigt wurde. – Wie soll man arbeiten, dachte Ploch nun, wenn man nicht ungestört denken kann. Wenn einem immer jemand in den Gedanken herumstöbert.

Ploch wollte sich mit irgend jemandem aussprechen. Clara Liebig hatte ihn schon früher beraten. In der Akademie der realistischen Künste wurde er jedoch von der Sekretärin im Vorzimmer abgewiesen. – Die Frau Professor sei nicht im Hause. Bei seinem dritten vergeblichen Besuch wurde Ploch mißtrauisch. Er schob die Sekretärin zur Seite und stürmte trotz Protestes in Claras Arbeitszimmer. Der Platz hinter dem Schreibtisch war leer. Ploch wollte enttäuscht umkehren, doch ein schwaches Ächzen lockte ihn, hinter den Schreibtisch zu schauen. Dort hockte die Professorin in unbequemer Haltung.

„Du versteckst dich also vor mir", sagte Ploch.

Clara erhob sich stöhnend. – „Ich sollte mich verstecken! Haha! Lediglich mein Schnupftuch fiel mir zu Boden."

Unaufgefordert setzte sich Ploch.

Er begann von seinen Problemen zu sprechen, so wie er es von früher her gewohnt war.

„Hör auf, du Hanswurst", sagte die Professorin schon nach wenigen Worten. „Meinst du, ich lese nicht die Zeitung. Glaubst du, ich hätte keine Ohren zu hören, was man in der Stadt spricht. – Zuerst hielt ich diesen Kaspar für eine bedauernswürdige Figur. Aber in ihm steckt ja Bosheit. – Er wird mit seinen Dummheiten die Leute verwirren! Wenn man ihm das Handwerk nicht legt, gibt es eine Katastrophe großen Stils!"

Ploch ertappte sich dabei, daß er widersprechen wollte. Herrgott, wie kam er dazu, diesen aufdringlichen Kerl zu verteidigen?

„Ploch", sagte die Liebig, „du wirst verantworten, was dieses Gespenst anrichtet!"

„Hast du mich nicht selbst ermuntert zu schreiben?"

„Nein, nein!" sagte Clara. Sie zeigte sich zum erstenmal hysterisch. – „Ich habe dich stets davor gewarnt, deine absurde Phantasie wie geiles Unkraut in die Höhe schießen zu lassen."

„Du sprachst von den unendlichen Möglichkeiten des literarischen Schaffens, Clara, erinnere dich!"

„Niemals! Man spielt mit seiner Phantasie genausowenig wie mit der Atombombe! Und nun raus, sonst glaubt noch jemand, ich gieße diesen verwilderten Dachgarten unter deiner Stirn."

„Clara", sagte Ploch. Er war betroffen.

„Phantasiere mit Disziplin", sagte die Professorin, „dann bist du wieder gern gesehen bei mir."

Ich bin allein, dachte Ploch.

Dora schien seit der Tauwetternacht jünger geworden. Abgearbeitet kam sie vom Dienst aus dem Krankenhaus. Aber schon, wenn sie die Treppe emporstieg, entspannte sie sich. Das Klirren ihres Wohnungsschlüssels klang gutgelaunt. Fröhlich betrat sie den Korridor. –

„Nun“, sagte sie noch in Schuhen und im Mantel, „sind alle zu Hause? Wie geht es euch?“

Und während sie ihre häßlichen kamelhaarfarbenen Hausschuhe überzog: „Ich habe mich so auf unser Heim gefreut!“

„Dora“, sagte Ploch, „es ist nicht mehr unser Heim. Wir haben Einquartierung!“

Dora warf sich Ploch an den Hals. – „Ja, mein Wenzel. Endlich ist Leben hier. Es ist beinahe so schön wie in unserem ersten Ehejahr! Damals, als ich noch Schwesternschülerin war und wir beide im Internat der journalistischen Seminare hausten.“

„Aber Dora“, sagte Ploch.

Es waren Villen, die für Millionäre, Bankiers und Fabrikanten erbaut worden waren. Die Gärten lagen am See und glichen gepflegten Parkanlagen. Die Wege waren mit Kies bestreut. Und Säulenhallen im dorischen Stil empfingen den Eintretenden.

Das war das Internat.

Es war Solinger zu verdanken, daß Dora und Wenzel ein eigenes Zimmer bekamen. Ein sehr kleines Zimmer. – Josef Kind wollte keine Großmannsallüren aufkommen lassen. – Immerhin ein Zimmer. Sogar eine Kuriosität unter den Zimmern: das Ankleidekabinett der früheren Besitzerin, einer bekannten Filmschauspielerin. Die rechte Wand nahm der riesige eingebaute Kleiderschrank in Anspruch. Zahlreiche runde, viereckige, sechseckige, quadratische, längliche, große und kleine Spiegel bedeckten die linke Wand. Der kleine Tisch, die Liege, das Fenster wurden durch die Spiegel vervielfacht. Man glaubte, einen riesigen Raum zu betreten.

Selten war Wenzel Ploch mit Dora allein. Meistens hockten Studenten auf der Liege, auf dem Fußboden und auf dem Fensterbrett. Sie diskutierten, rauchten, hörten Schallplatten und tranken Tee. Manche kamen auch, um sich von Dora einen Knopf annähen zu lassen. Einige suchten Rat bei ihr in Liebesdingen. Viele, die von den Eltern direkt hierher ins Internat gezogen waren, fanden in Plochs Zimmer Wärme und Harmonie.

Ploch dachte sich zurück in die Studentenzeit. Merkwürdig, auch er war viel glücklicher gewesen. Wieso eigentlich? Er entsann sich vieler Tage, an denen Dora und er nicht einmal genügend Geld für den Tee hatten, an denen sie die ausgelaugten Teeblätter ein zweites Mal überbrühten, um wenigstens eine teeähnliche Flüssigkeit zu erhalten. Er entsann sich der Halbschuhe, mit denen er durch den Schnee zur Vorlesung stapfte.

Damals hatten sie alle wenig zu essen und schlechte Kleidung. Aber das schien weniger wichtig. Wenn man kein Brot mehr besaß, dann ging man von Zimmer zu Zimmer und holte sich das Notwendigste zusammen.

Ploch entsann sich eines besonderen Ereignisses. Einer der Internatsbewohner hatte aus Angst vor den Zwischenprüfungen Krankheit simuliert. Der mäßig begabte Hochschuldoktor glaubte eine ansteckende Krankheit entdeckt zu haben. Er verhängte über das Gebäude Quarantäne. Niemand durfte das Haus betreten oder verlassen. Die Mahlzeiten wurden den Eingeschlossenen in Körben an langen Stangen gereicht. Die Prüfungen aber sollten trotzdem stattfinden. Plochs Internatsgebäude besaß einen großen Balkon. Dort stellten sich die Prüflinge auf. In sicherer Entfernung nahmen die Professoren Platz und riefen ihre Fragen zum Balkon empor. Die Prüflinge auf dem Balkon taten, als verstünden sie die Fragen wegen der großen Entfernung falsch. Sie gaben unverständliche, unzusammenhängende Antworten. Wenn ein Automobil auf der Straße vorüberfuhr, bewegten sie nur lautlos die Lippen. Josef Kind durchschaute das Täuschungsmanöver. Er exmatrikulierte mit Wutgeschrei alle Eingeschlossenen. Später sah er sich gezwungen, die Exmatrikulationen wieder rückgängig zu machen. Die Prüfungen fielen jedoch aus.

In den Wochen der Quarantäne zeigte Dora ihre Fähigkeiten. Sie organisierte die Gemeinschaftsküche und verteilte die Säuberungsarbeiten. Sie richtete es auch ein, daß, wenn in der Dunkelheit die Freunde und Freundinnen der Eingeschlossenen aus anderen Internatsgebäuden heranschlichen, Liebespaare einen stillen Winkel fanden.

Ploch erinnerte sich, daß Dora ebenso wie er zu den Schöpfern des Projektes „Bienenstock" gehörte, das in langen Diskussionen, häufig bis zum Morgengrauen, entstand. Das Projekt „Bienenstock" fußte auf der Erkenntnis, daß die Wohnkultur der Menschen dem altägyptischen Totenkult gliche. Jedermann sei in seine Wohnung eingesperrt wie in eine Grabkammer, isoliert von seinen Mitmenschen. Je nach Bedeutung der Personen seien die Grabkammern – oder Wohnungen – groß oder klein. Die Menschheit sollte durch das Projekt „Bienenstock" aus den Grabkammern befreit werden. Die Ehepaare sollten in den zukünftigen Wohngemeinschaften – „Bienenstöcke" genannt – lediglich Schlafzimmer erhalten. Alles andere, die Wohnzimmer, die Kinderzimmer, die Küchen, der Garten, würde allen Bewohnern des „Bienenstockes" gemeinsam gehören. – Die Mitglieder des „Bienenstockes" sollten in der Gemeinschaft Aufgaben bekommen, die ihren Neigungen entsprachen. Einige der Frauen würden die Kinder betreuen, andere würden die Zubereitung der Mahlzeiten übernehmen. Die Gehälter der Mitglieder des „Bienenstockes" würden zentral verwaltet. Die Gemeinschaft würde entscheiden, wofür die Gelder ausgegeben würden.

Ploch entsann sich, daß er Dora damals geliebt hatte. Gieselheid, die Professorentochter, war in den Hintergrund getreten.

Von Erinnerung überwältigt, küßte Ploch seine Frau.

„Dorchen", sagte er, „laß uns die Jahre vergessen, die zwischen heute und damals liegen!"

„Wir werden also zurück in das kleine Internatszimmer mit den vielen Spiegeln ziehen", sagte sie.

Ploch schaute ihr ins Gesicht.

Sie lächelte.

„Du bist zu real, Dora", sagte er enttäuscht.

Ploch war aber weniger über Doras Reaktion als über das Wissen um die Undurchführbarkeit seiner Idee enttäuscht.

## IX

Der Frühling geizte nicht mit Reizen: junges Grün auf den Wiesen um den Pfauensee herum; hie und da Krokusse in Gelb und Blau; an den Zweigen der Hauch kommenden Grüns. Am blauen Himmel zarte Wolkenquasten. Die Sonne wärmte schon. Zum erstenmal in diesem Jahre hatte man die Papageienvolieren ins Freie gebracht. Nach langer Winterruhe spien die Springbrunnen Wasserfontänen. – Kein Wunder, daß an so einem Sonntag viele Bürger den Pfauensee umrundeten. Die nach vorjähriger Pariser Mode geschneiderten kurzen, bunten Röckchen der Mädchen hatten Premiere. Einige Damen mit Verbindungen zum Ausland ließen sich auch mit weißen französischen Kapotthütchen sehen.

Ploch, im Leinenanzug und mit knallrotem Binder, war wieder einmal unterwegs. Die Schönheit dieses Frühlingstages wirkte auch auf ihn. Ausnahmsweise war er gut gelaunt.

Gewisse Umstände werden vielleicht im Laufe der Zeit gang und gäbe, dachte er. Man hatte in Notzeiten trockenes Brot für normal gehalten. Das verzehrende Gefühl der Sehnsucht nach Gieselheid, damals in Jugendtagen, war später alltäglich geworden – warum sollte man sich nicht an ein Phantom wie Kaspar gewöhnen? Ploch war imstande, über sich selbst zu spotten. – Warum schreibe ich nicht ein Buch: „Umgang mit Gespenstern".

„Ploch! Hallo! Alter Freund", sagte Nettelmair und gestikulierte mit einem altmodischen Knaufstock zur Begrüßung. – „Sieh dir das Prachtstück an. Frühe fünfziger Jahre. Der Elfenbeinknauf garantiert echte Industriearbeit."

„Hast du dich am Fuß verletzt?"

„Nein. Ich trage ihn lediglich als Garnierung meiner Person." Nettelmair hakte sich bei Ploch ein. Sie setzten den Spaziergang gemeinsam fort.

„Sag mal, Nettel, warst du verreist? Wir haben uns eine Ewigkeit nicht gesehen."

„Ich gehe nicht mehr so viel aus, seit ich wieder verehelicht bin. – Du kennst ja meine Frau. Es ist Maria."

„Deine Garnierung von Silvester?" Ploch hielt erschrocken inne. „Pardon!"

Nettelmair zeigte beim Lachen seine schadhaften Zähne. – „Ja, die Garnierung! Sie ist guter Hoffnung. Du hast bei ihr damals völlig versagt."

Ploch erinnerte sich einen Moment lang an die Szene in seinem Arbeitszimmer mit Maria. Wie lange war das schon her!

„Leider", sagte er, „gelingt's mir nicht, die ganze Welt als Garnierung aufzufassen. Daher mein Scheitern in Liebesdingen."

„Du sitzt überhaupt in der Tinte, Ploch. Die ganze Stadt spricht über dein merkwürdiges Gespenst."

„Kaspar."

„Ich ahnte es schon in der Silvesternacht. Aber nimmst du das Monstrum nicht zu ernst?" sagte Nettelmair.

„Ich wollte, es wäre ein Spazierstock mit Elfenbeinknauf." Ploch seufzte.

Nettelmair hatte eine Idee. – „Warum trittst du nicht mit ihm öffentlich auf! Es wäre eine Bombennummer für die ganze Welt. Eine Chance, groß herauszukommen! Verzeih mir, aber ich glaube, mit unseren Büchern schaffen wir es aus irgendeinem Grunde sowieso nicht.“

Kaspar überquerte mit Josepha an der Hand den Parkweg.

Ploch blieb stehen.

Kaspar grüßte höflich von weitem und verschwand mit Josepha in einem heckenbesäumten Seitenweg.

„Wir hatten Glück“, sagte Ploch weitergehend, „er hatte irgend etwas anderes vor. Sonst hätten wir den aufdringlichen Kerl am Halse.“

„Er soll ja fortwährend in deinen Gedanken herumwühlen.“ Nettelmair brach in Gelächter aus. „Mir kann so etwas, gottlob, nicht passieren!“

„Bist du sicher, Nettel?“

„Ganz sicher, Ploch. Du weißt doch, was ich in meinen Büchern beschreibe – das bißchen Trallala des Lebens, gewürzt mit dem Humor, den mir Gott gegeben hat. Manche sagen, ich schreibe trivial. Wenn die Figuren meiner Bücher Gestalt annehmen würden, wem sollten sie schaden? Sie unterschieden sich nicht im geringsten von den guten Leuten, die hier an diesem Sonntag ihre Anzüge lüften, die an Wochentagen einer Arbeit nachgehen und die nach Feierabend allerlei erotischen Schnickschnack anstellen.“

Ploch lachte.

Nettelmair war gekränkt.

„Lache nur“, sagte er, „ich weiß, du magst mein Geschmiere nicht.“

Ploch machte aus Höflichkeit abwehrende Gesten.

Nettelmair winkte ab. – „Verrate ich dir ein Geheimnis, wenn ich dir sage, daß ich deine Bücher auch nicht ausstehen kann?“

„Kaum“, sagte Ploch.

Die beiden Schriftsteller lachten.

„Ich kann es nun mal nicht leiden“, sagte Nettelmair, „wenn einer Probleme aufwirft, mit denen er selbst nicht fertig wird. – Ich frage dich, was für einen

Nutzen soll es haben, die Leser in Konflikte zu stürzen, ohne eine handfeste Lösung anzubieten?"

Ploch war betroffen. „Hast du für alles Antworten?"

„Ich bin nicht Doktor Allwissend. – Aber wenn ich mit Maria eine Auseinandersetzung habe, dann wird die zu Hause in der Wohnung bei geschlossenen Fenstern geführt. – Wenn ich mich irgendwo öffentlich mit ihr zeige, dann wollen wir präsent sein!"

„Wenn du es auf den Ehekrach beziehst, dann gebe ich dir recht."

Nettelmair spürte Plochs Ironie. Er ließ sich davon nicht beeindrucken. – „Auf alten Bildern sieht man die Feldherren hoch zu Roß von einem Hügel aus das Schlachtfeld überblicken. Natürlich wissen sie, daß der linke Flügel ein bißchen schwach ist, daß die Kugeln für die Mörser zur Neige gehen, daß die Pferde der Reiterei abgehetzt sind, daß der Nachschub irgendwo ins Stokken geraten ist. – Aber die Blicke der Generale verraten das alles nicht. Sie strahlen vor Siegesgewißheit. Und so ist es recht. Denn wie wäre die Stimmung der Mannschaften, wüßten sie um die Probleme der Generäle! – Ploch, du gehörst zu jenen Heerführern, die sich in das Getümmel stürzen. Und wenn dich dein Nebenmann fragt, wie wird sie ausgehen, die Schlacht, dann zuckst du die Achseln und sagst: Ich habe momentan den Überblick nicht!"

„Du vergißt", sagte Ploch, „ich bin kein Heerführer."

„Du solltest dich als solcher fühlen. Die Leute verlangen es. Sie glauben fest daran, daß du mehr über die innere Situation der Menschen und über die Gesellschaft weißt als sie."

„Ich fühle nicht intensiver als andere. Ich weiß auch nicht mehr als andere", sagte Ploch.

Nettelmair lächelte offenherzig. – „Ich auch nicht." Er wandte sich wie ein Verschwörer um und spähte nach verschiedenen Seiten.

„Pst, Ploch", sagte er mit komischer Geste, „sie dürfen es nicht merken, die Leser."

Jörg und Jens kamen den Weg heran. Sie gingen geradewegs auf die beiden Schriftsteller zu. Die Zwillinge hatten sich verändert. Früher waren sie stets modisch und sauber gekleidet gewesen. Jetzt trugen sie ausgeblichene, angeschmutzte blaue Anzüge aus Rupfen. Darunter schaute das Rot ihrer selbstgeschneiderten Hemden hervor. Ihre früher kurzgeschnittenen Haare hingen in fettigen Strähnen bis auf die Schultern herab.

„Sieh an", sagte Nettelmair, „die Herren Söhne sind schon vergammelt!"

„Ja, ich habe Probleme mit ihnen", sagte Ploch.

„Und das ist kein Zufall, mein Lieber. – Ist der Kutscher krank, so gehen ihm die Pferde durch."

Jetzt wurden sie von den beiden bemerkt. Jörg und Jens blieben unentschlossen stehen.

„Viel Vergnügen noch", sagte Nettelmair und verabschiedete sich eilig, „ich mag nun mal das Unästhetische nicht!"

Jörg und Jens setzten sich wieder in Bewegung.

„Hallo, Papa!" sagten sie und wollten rasch an Ploch vorüber.

„Jörg, Jens!" sagte Ploch, „begleitet mich ein Stückchen..."

„Papa, wir sind in Eile."

„Wir sind verabredet."

Ploch war jedoch nicht geneigt, seine Söhne gehen zu lassen.

„Geht nur", sagte er, „ich verstehe schon, daß ihr euch mit eurem hoffnungslos zurückgebliebenen Vater langweilt..."

Ploch bemerkte, wie die Buben mit sich kämpften. – „Wie kannst du so etwas sagen."

Ploch gedachte, seine Söhne durch eine Mitteilung zu packen. – „Klassenlehrer Ruprecht machte mir gestern eine unangenehme Eröffnung. Das Chemiekombinat hat eure Bewerbungsunterlagen zurückgeschickt."

„Ach“, sagten die Zwillinge. Jörg blickte zur Armbanduhr. „Wir haben das befürchtet“, sagte er. „Wir bekamen im letzten Vierteljahr nur noch schlechte Zensuren.“

„Man wird euch nicht zum Abitur zulassen.“

„Wie entsetzlich“, sagte Jens.

Ploch riß der Geduldsfaden. – „Es ist mir nicht gleichgültig, was aus euch wird!“

Jörg sagte: „Hatte der Großvater das Abitur?“

„Nein, das war eine andere Zeit!“

„Unser Großvater war Transportarbeiter“, sagte Jörg. „Das ist doch nicht unehrenhaft.“

„Heute, meine Herren Söhne, sind die Möglichkeiten größer. Ihr könnt mehr aus euch machen, das wißt ihr!“

„Du bist wirklich zu komisch, Papa“, sagte Jens. „Irgendwelche Menschen müssen doch auch heute Transportarbeiter werden!“

„Vielleicht kommt es nicht so sehr auf den Beruf an, sondern auf die Haltung“, sagte Jörg.

„Aha, Dummköpfe mit Haltung wollt ihr werden. Sehr gut.“

„Es hat keinen Zweck, mit dir zu reden. Du willst uns nicht verstehen“, sagte Jens.

Das Gespräch drohte zu einer unliebsamen Szene zu werden. Jörg stieß den Bruder heimlich an und machte eine beruhigende Geste.

„Nein“, sagte Jens, „das will ich jetzt wissen! Warum sollen wir mehr werden? Nur weil wir die Söhne des berühmten Schriftstellers sind!“

„Nein! Weil ihr die geistigen Voraussetzungen habt.“

„Daß ich nicht lache, Papa. Es gab mehrere in unserer Klasse, die genauso gut standen wie wir. Wir aber wurden vorgezogen, weil du deinen Einfluß geltend machtest.“

Ploch war tief gekränkt.

„Wir wollen gerecht sein, Jens. – Damals haben wir Papa in den Ohren gelegen, daß er sich für uns einsetzt“, sagte Jörg.

Ploch nickte bitter.

„Dummkopf", sagte Jens, „das ändert nichts an der Tatsache! Damals war uns doch die Ungerechtigkeit nicht bewußt. Aber ihm muß es doch klar gewesen sein!"

„Meine eigenen Söhne werfen mir vor, daß ich ihnen Möglichkeiten eröffnete!" Ploch schüttelte voller Selbstmitleid den Kopf. – Trotzdem wußte er, daß seine Buben auf ein heikles Problem gestoßen waren. Er selbst hatte damals lange gezögert, bevor er zu Solinger gegangen war, um ihm seine Forderung vorzutragen. Es war auch peinlich gewesen. Solinger hatte ihm das Prinzip der Gleichheit vorgehalten. Aber schließlich hatte Solinger nachgegeben. – Er wollte sich nicht vorwerfen lassen, daß diese Stadt nichts für ihre Kulturschaffenden tat.

Die drei waren an einem heckenumsäumten Viereck der Parkanlage angekommen. Im Mittelpunkt der Anlage ragte eine Statue auf. „Kämpfer" hatte sie der Bildhauer betitelt.

Ploch setzte sich auf eine Bank.

Die Zwillinge ließen sich neben ihm nieder.

„Nanu", sagte Ploch, „ihr hattet es vorhin so eilig?"

„Jetzt haben wir Zeit!" sagte Jens ironisch.

„Wir hatten uns an dieser Stelle verabredet, Papa."

„Sicher erwartet ihr hier ein paar Mädchen?"

Die Jungen lächelten geheimnisvoll.

Ploch betrachtete das Kunstwerk. Es war ein überlebensgroßer, breitschultriger Mann mit nacktem Oberkörper. Seine rechte Hand war emporgestreckt und zur Faust geballt. Auf dem langen muskulösen Hals saß ein Kopf, der ein wenig klein wirkte. Die Augen des Mannes schauten entschlossen in die Ferne.

Ploch deutete auf die Skulptur. – „Wißt ihr eigentlich, daß diese Skulptur meinen Vater darstellt?"

„Das soll Opa sein?" rief Jörg.

Ploch nickte. Er zog seine Brieftasche hervor und kramte darin. Schließlich hielt er ein zusammengefaltetes Stück Papier in der Hand. – „Ein anderes Foto gibt es von ihm nicht."

Jörg faltete das Papier auseinander.

„Steckbrief", las er.

Das Foto von Plochs Vater war nicht besonders deutlich, aber die Zwillinge erkannten dennoch die Züge auf dem Gesicht der Plastik wieder.

„Gesucht wird wegen Hochverrats Bertold Ploch, vierzig Jahre alt, dunkelblond, mittelgroß, untersetzt...", las Jörg.

„Mittelgroß, untersetzt...", sagte Jens. „Da hat der Künstler danebengehauen."

In diesem Augenblick traten Kaspar und Josepha an das Heckenviereck. Kaspar sah sich um und grüßte zu Ploch und den Jungen hinüber.

Jens erhob sich.

Jörg sagte: „Du, ich weiß nicht..."

„Komm", sagte Jens.

Die beiden gingen zu Kaspar.

Alle vier schlenderten über den Rasen auf die Skulptur zu.

Ploch wurde unruhig.

Die Jungen stellten sich Rücken an Rücken vor die Plastik. Behende kletterte Kaspar auf ihre Schultern. Nun zog Josepha ein Stück rotes Kattun hervor und reichte es nach oben. Kaspar nahm das Hemd und zog es der Skulptur über den nackten Oberkörper.

Ploch war aufgesprungen.

Er rannte über den Rasen.

„Seid ihr wahnsinnig?"

„Aber, Herr Ploch, wenn jemand ein Recht auf dieses Hemd hat, dann ist es doch Ihr Vater", sagte Kaspar.

Josepha klatschte in die Hände. – „Jetzt wird er nicht mehr frieren."

„Zieht ihm das Hemd aus!" rief Ploch.

„Vorsicht, der Parkwächter!" sagte Jens.

Man hörte, daß sich auf dem Kies Schritte näherten. Die Jungen und Josepha rannten davon.

Kaspar ging würdigen Schrittes.

Ploch blieb einen Augenblick. Dann rannte auch er. – Er wollte nicht auch noch mit diesem Frevel in Verbindung gebracht werden. Er holte, nach Atem ringend, die kleine Gruppe ein.

„Das ist doch der Höhepunkt...“, schrie er.

„Das ist noch gar nichts gegen das heute abend...“, sagte Josepha. Jens hielt ihr den Mund zu. Sie machte ein betroffenes Gesicht.

Was planten sie noch!? Er mußte unbedingt dahinterkommen und das Schlimmste verhindern!

Als Ploch am Mittagstisch Messer und Gabel in die Hand nahm, zitterte das Besteck. Kaspar schaute ihm interessiert auf die Finger. Ploch begann in Gedanken die Monatsnamen aufzuzählen. Trotzdem wurde er die Frage nicht los: Was planten sie?

„Machen Sie sich keine Sorgen, lieber Herr Ploch. Niemand wir zu Schaden kommen. Es geht einzig um die Sache der Gerechtigkeit“, sagte Kaspar.

Ploch nickte.

Nach dem Essen fing er Josepha ab.

„Mir war so“, sagte er zu ihr, „du wünschtest dir einen Vierfarbenstift?“

„Ja“, sagte Josepha, „so einen, wie du ihn besitzt, Onkel Wenzel!“

„Ich schenke ihn dir, wenn du mir sagst, was ihr vorhabt.“

„Niemals, Onkel Wenzel“, sagte sie, „ich habe es geschworen.“

Mit diesen Worten drehte sie sich auf dem Absatz herum und rannte zu Kaspar.

Erika, die in der Küche das Mittagsgeschirr abwusch, sagte zu Dora, die ihr beim Abtrocknen zur Hand ging: „Dora, ich glaube, Wenzel findet zu sich zurück. Er tat soeben sehr lieb mit Josepha.“

„Es wäre schön“, sagte Dora. „Damals, als Jörg und Jens noch auf dem Fußboden herumkrochen, war Ploch ein Kindernarr. Später verlor es sich.“

Die Jungen setzten sich gelangweilt ins Wohnzimmer.

„Nun“, sagte Ploch und setzte sich neben sie auf das Sofa, „heute findet das Maifeuer statt.“

„Ja“, sagte Jörg, „sie haben auf der Festwiese schon die Buden aufgebaut.“

„Mehrere Karussells und Waffelstände sind angekommen“, sagte Jens.

„Ihr habt euch gut orientiert“, sagte Ploch, „man wird euch wohl heute abend auf den Festwiesen finden?“

„O ja“, sagte Kaspar, der in diesem Moment das Zimmer wieder betrat, „wir werden dort sein.“

„Schade“, sagte Dora aus der Küche, „Eri und ich würden auch gern hingehen. Aber gerade heute ist wieder Abonnementsvorstellung in der Oper.“

„Wir kommen nach der Oper“, sagte Eri. „Die Maifeuer werden doch ganz zum Schluß angezündet.“

Ploch legte die Arme um Jörg und Jens. Er sagte drohend: „Auch ich werde mir das Getümmel ansehen. Und ihr beiden seid meine Gäste.“

„Fein“, sagte Jens. Jörg dagegen schien bedrückt.

Dora und Erika warfen sich vielsagende Blicke zu.

Ploch hatte beschlossen, die Buben nicht aus den Augen zu lassen. Dora legte sich zum Mittagsschlaf nieder. Erika Riedel und die Kleine verschwanden ebenfalls.

Im Wohnzimmer herrschte Sonntagnachmittagslangeweile.

„Vielleicht sollten wir zu viert ein Spielchen wagen“, sagte Ploch.

„Was für ein Spielchen?“ fragte Jörg.

„Früher haben wir stundenlang ‚Mensch ärgere dich nicht‘ gespielt“, sagte Ploch.

„Glücksspiele, pah“, sagte Jens. „Es gibt nichts Widerwärtigeres, als vom Zufall abhängig zu sein.“

„Es ist wahr, Papa“, sagte Jörg. „An den Sonnabenden sind die Lottoannahmestellen überfüllt. Die Leute hoffen auf den Zufall, reich zu werden. Das ist das schlimmste Glücksspiel, denn man strebt ein Glück an, daß darin bestehen soll, sich auf Kosten der Verlierenden materiell über andere zu erheben."

„Wir wollen nicht um Geld spielen", sagte Ploch.

„Aber, Papa, jedes Spiel dient in irgendeiner Weise dazu, sich ein falsches Wertgefühl seiner eigenen Person vorzugaukeln."

„Vielleicht ist Herr Gerecht bereit, eine Partie Schach zu spielen."

Kaspar nickte. – „Wenn ich Ihnen damit die Langeweile vertreiben kann, Herr Ploch. – Außerdem ist es nützlich. Sie können sich im logischen Denken schulen."

Ploch schluckte eine erbitterte Erwiderung hinunter. Er stellte die Figuren auf. „Beginnen Sie, Kaspar!"

Kaspar setzte den weißen Königsbauern zwei Felder vor. Ploch zog ebenfalls mit dem Königsbauern. Danach wurde er von Kaspars Springer bedroht, der auf f3 gegangen war. Ploch deckte seine gefährdete Figur durch den Damebauern. Kaspars weißer Läufer schaffte eine neue Bedrohung zur Linken von Plochs König. Die Zwillinge nickten zustimmend, wiegten aber bedenklich die Köpfe, als ihr Vater seinen weißen Läufer diagonal neben dem schwarzen Springer Fuß fassen ließ. Kaspars zweiter Springer ging ins Feld, was Ploch durch das Vorziehen des linken Mittelbauern konterte.

„Ja", sagte Kaspar, „das ist schade. Sie haben das Spiel bereits verloren."

„Wie?" sagte Ploch, „wir sind doch noch am Anfang."

„Nein, lieber Herr Ploch, Sie hätten unbedingt den Springer nach f6 nehmen müssen. Das weitere Spiel ist überflüssig, denn ich gehe mit meinem Springer f3 nach e5. Sie ziehen Läufer g4 nach d1. Es folgen: Läufer c4 nach f7, Schach, lieber Herr Ploch; Ihr werter König zieht auf e7. – Oder wollten Sie anders?"

„Nein, nein", sagte Ploch.

„Da sehen Sie, mein Springer ist schon auf d5. Das bedeutet: matt!"

Ploch warf die Figuren wütend in ihr Futteral zurück und ließ sich erschöpft gegen die Sofalehne sinken. Er war auf eine Schachfalle hereingefallen, die er früher selbst trainiert hatte. Er fühlte sich zerschlagen. Am liebsten wäre er zu Bett gegangen. Doch er durfte die Buben nicht unbeaufsichtigt lassen.

Sie hatten das Spiel mit lebhaftem Interesse verfolgt. Jetzt wurden sie wieder lethargisch.

„Vielleicht sollten wir alle ein Buch in die Hand nehmen und ein wenig lesen", sagte Ploch.

„Lesen!" sagte Jens. Es klang wie ein Aufschrei.

„Habt ihr nun auch was gegen das Lesen?"

„Papa", sagte Jens, „es gibt wohl kaum Beschäftigungen, die den Menschen so sehr vereinsamen wie das Lesen!"

Ploch war sprachlos.

„Nicht allein das. Das Lesen in der heutigen Form liefert den Leser der Willkür eines beliebigen Schreibers aus. – Je ‚besser' (im alten Sinne) dieser Schreiber ist, desto mehr manipuliert er den Leser; läßt ihn lachen, heulen, zittern, Qual empfinden oder läppische Freude."

„Wohl dem, der das fertigbringt", sagte Ploch. „Was sagen Sie dazu, Herr Gerecht?"

Kaspar machte einen unsicheren Eindruck. – „Leider, Herr Ploch, haben Sie mich nicht befähigt, dieser gewiß interessanten Problematik zu folgen!"

„Die Haltung beim Lesen entspricht der Haltung des Menschen in den Hockegräbern der Frühzeit", sagte Jörg. „Man muß eine kollektive Literatur schaffen." Es klang wie auswendig gelernt.

„Literatur", sagte Jens, „die von den Menschen gemeinsam erdichtet wird."

„Wie stellt ihr euch das praktisch vor."

„Eine Art von Meeting, bei dem ein Thema vorgegeben wird. Und jeder Anwesende hat das Recht..."

„Sogar die Pflicht...", sagte Jens.

„... seine ganz persönliche Variante hinzuzutun."

Ploch nahm ein Buch vom Tisch. – „Solange es gestattet ist, möchte ich noch ein wenig auf die alte Art lesen."

Er schaute demonstrativ in das Buch, ohne jedoch ein Wort zu erfassen. Seine Gedanken waren in Aufruhr.

Warum erregte er sich? Damals an den journalistischen Seminaren war Plochs Seminargruppe während der Erntehilfsaktion beim Sammeln der Kartoffeln durch neuartige revolutionäre Initiativen hervorgetreten. Sie trugen während der Arbeit mit verteilten Rollen das Kommunistische Manifest vor. Allerdings kürzte man ihnen das ohnehin kärgliche Entgelt. „Wir zahlen nicht fürs Reden", sagte der Genossenschaftsvorsitzende. – Dabei hatten sie es für die Bauern, die mit ihnen gemeinsam auf dem Felde arbeiteten, veranstaltet. – Ja, damals war Ploch zu dem naheliegenden Schluß gekommen, daß die Bauern doch noch ganz schön hinter der allgemeinen Entwicklung herhinkten.

Zum Kaffee erschienen Dora und Erika in Festkleidern und frisch frisiert. Erstaunt nahmen sie zur Kenntnis, daß Ploch, Kaspar und die Jungen den Nachmittag gemeinsam verbracht hatten.

„Wie schön!" sagte Dora.

Nachdem die Damen in die Oper gegangen waren, wurde es Zeit, zu den Festwiesen aufzubrechen.

An der Wohnungstür täuschte Ploch eine plötzliche Eingebung vor. – „Ich muß unbedingt noch eine Kleinigkeit mit euch besprechen. Kaspar, Sie können immerhin schon mit Josepha vorgehen."

Kaspar nickte. „Stellen Sie den Buben Ihre Fragen. Sie haben ein Recht darauf", sagte er.

Die Tür war kaum ins Schloß gefallen, da wechselte Ploch seine Tonart.

„Was ist heute abend geplant? – Oder wollt ihr in Abrede stellen, daß etwas geplant ist?“

„Nein“, sagte Jens, „es existiert ein Plan.“

„Weiter, weiter!“

„Aktion Gerechtigkeit, römisch eins, hat Kaspar ihn genannt.“

„Weiter!“

„Die Details sind geheim“, sagte Jens.

„Leider, Papa!“ sagte Jörg. „Du solltest nicht in die Sache verwickelt werden.“

Ploch schlug mit der flachen Hand auf den Tisch. – „Ihr seid aus dem Alter heraus, da man Kindern Prügel verabreicht.“

Ploch hatte das letzte gebrüllt.

„Es steht dir frei, nach Belieben zu handeln“, sagte Jens.

„Papa, reg dich nicht auf“, sagte Jörg.

„Ihr werdet in die Besenkammer gehen“, sagte Ploch.

So hatte er die Buben früher schon gestraft: Inhaftierung in der Besenkammer. Dort war es eng und muffig. Zum Sitzen gab es keine Möglichkeit.

Ohne Widerstand ließen sich die Zwillinge einschließen. Ploch schaltete von außen das elektrische Licht ab. Dann erschien ihm die Maßnahme doch zu streng. Er schaltete wieder ein. – „Ihr werdet so lange brummen, bis ihr gesteht.“

Verstockt waren die Bengels! Aber hatte er ihnen früher nicht den Verrat als etwas Verabscheuungswürdiges geschildert? – Nun verrieten sie nichts. Er hätte mit dem Ergebnis seiner Erziehung ganz zufrieden sein können. Er war es nicht.

Als Ploch an den journalistischen Seminaren studierte, war er manchmal in die geheimen Pläne Josef Kinds eingeweiht worden. – Bei der Aktion „Bürgerschreck“ erwarb er sich durch seine absolute Verschwiegenheit die Hochachtung des Professors. Ploch hatte trotz der Drohung des Hochschulministeriums, ihn von jeglichem Studium auszuschließen, dichtgehalten. Bei der Aktion „Asklepios" allerdings versagte Ploch.

Es ging um die Gerechtigkeit in der Krankenbehandlung. Zwar konnte sich jedermann unentgeltlich behandeln lassen, trotzdem hielten viele Ärzte Privatsprechstunden ab. Dort brauchte der Kranke nicht wie in der allgemeinen Sprechstunde zu warten. Überhaupt widmeten die Ärzte den Privatpatienten viel mehr Zeit. Sogar in den staatlichen Krankenhäusern war es die Regel, Betten in komfortablen Einzelzimmern den Privatpatienten des Professors frei zu halten.

Josef Kind plante eine Aktion großen Ausmaßes. Studenten aller Hochschulen sollten vor den Krankenhäusern demonstrieren, an den Schwur des Hippokrates erinnern und die Absetzung der betreffenden Ärzte fordern. Er entfachte zunächst in den Zeitungen eine Pressekampagne. Das Gesundheitsministerium protestierte dagegen. Kind rief dem Minister zu: „Stellen Sie Ihre reaktionären Medizinmänner doch unter Denkmalsschutz!"

Wer wollte ergründen, ob Gieselheid von ihrem Vater, Prof. Fliedermann, der selbst Privatpatienten hatte, beauftragt wurde, Ploch auszuhorchen, oder ob sie es aus eigenem Antrieb tat? Als Gieselheid ihn fragte, was eigentlich noch alles geplant sei, schwieg Ploch.

„Papa, müssen Sie wissen, steht über derartigen kleinlichen Anwürfen..., aber ich rege mich natürlich furchtbar auf. Man möchte doch vorbereitet sein, wenn irgend etwas geplant ist..."

„Ich habe mein Wort gegeben zu schweigen, Gieselheid..."

„Schade", sagte sie. „Mein Gott, und wir waren einmal so befreundet."

Da gab Ploch das Geheimnis preis. – Man bekam „oben" Wind von der Aktion. Das Gesundheitsministerium verbot die Demonstration. Doch die Drohung reichte aus. Im „Ärztebulletin" gaben mehrere namhafte Ärzte, darunter Prof. Fliedermann, bekannt, daß sie von nun an auf jede Privatbehandlung verzichten würden, um sich voll und ganz den Kassenpatienten widmen zu können. Später, als sämtliche Ärzte gefolgt waren, erhielten die namhaften Ärzte, darunter Prof. Fliedermann, die goldene Äskulapspange.

Josef Kind raste vor Empörung. Man hatte ihm sozusagen die Show gestohlen. Ploch sagte sich, daß sein Verrat vielleicht dazu beigetragen hatte, die Sache ins Lot zu bringen. Dennoch, der Verrat blieb ein dunkler Punkt für ihn.

Es wurde an die Tür der Besenkammer gepocht.

„Was ist los?" sagte Ploch.

„Wir sind bereit zu sprechen", sagten die Jungen.

Ploch schloß die Besenkammer auf. „Nun?"

Die Zwillinge setzten sich im Wohnzimmer an den Tisch.

Wieder einmal fühlte sich Ploch betrogen. – Die Buben hätten schweigen sollen! Aber gewiß hatte Jörg seinen Bruder überredet.

„Du weißt, lieber Papa, daß Kaspars Idee von der Gerechtigkeit die Abschaffung des Geldes zugrunde liegt!"

Ploch nickte.

„Nun, in der kommenden Woche werden Löhne und Gehälter ausgezahlt", sagte Jörg. „Die Landstraßen sind am Sonntagabend leer. Darum, lieber Papa, bewegen sich heute abend aus der Wertpapierdruckerei unserer Stadt vier Spezillastzüge, um in alle vier Himmelsrichtungen auszuschwärmen."

„Leider handelt es sich nur um einen Bruchteil der Gesamtsumme, die in Umlauf ist. – Knappe zwei Milliarden", sagte Jens.

„Was habt ihr damit zu tun?" Ploch ahnte Furchtbares.

„Nun", sagte Jens, „das Geld wird niemals am Bestimmungsort ankommen."

„Diesen Überfall wollt ihr allein ausführen?"

„Nein", sagte Jörg, „Josepha und Kaspar sind dabei."

„Wann soll der Überfall stattfinden?"

Jens schaute auf die Uhr. – „Etwa vor einer Dreiviertelstunde ist das Ding gelaufen."

Ploch schüttelte den Kopf. „Ich glaubte, ihr seid erwachsener." Er ging schweigend zum Telefon und wählte die Privatnummer des Polizeipräsidenten Sünger. – „Herr Polizeipräsident, wahrscheinlich hat sich jemand einen Scherz mit mir erlaubt. Soeben erhielt ich einen anonymen Anruf. Man teilte mir mit, daß ein Überfall auf die heutigen Geldtransporte geplant sei."

Der Polizeipräsident lachte. – „Es ist bestimmt ein Scherz, Herr Ploch. Die Wagen sind doppelt gepanzert. Die Fahrer besitzen keinen Schlüssel zum Öffnen der Tresore. Und außerdem wird jedes Fahrzeug von einer Staffel schwerbewaffneter Polizisten begleitet. Immerhin gehe ich der Sache nach. Sie erhalten von mir Nachricht."

Ploch war erleichtert. Er nahm eine Flasche Rotwein aus dem Schrank und goß gutgelaunt drei Gläser voll. „Auf den überstandenen Schrecken", sagte er. Er zwinkerte den Söhnen zu. „Oder seid ihr enttäuscht?"

„Nein", sagte Jens. „Warum sollten wir enttäuscht sein?"

Sie stießen gemeinsam an.

„Ihr seht", sagte Ploch, „alles, was dieser Kaspar anzettelt, ist Schnickschnack. Kaspar ist ein Scharlatan. Was mich so enttäuscht, ist, daß ihr euch von ihm habt blenden lassen. Ich rate euch, legt diese dreckigen Kleidungsstücke ab und zieht euch sauber an. Und in der Schule gebt ihr euch ein wenig Mühe . . ., dann wird alles wieder gut!"

„Ist Kaspar nicht deine Erfindung, Papa? Warum verleumdest du ihn?" Jörg schien empört.

Ploch trank, um Zeit zu gewinnen. – „Ich hab von einer Zeit geträumt, als ich große Ideale hatte."

Jens stand auf und wies anklagend auf den Vater. – „Es war also nur eine Laune von dir, als du uns verspottetest, weil wir brave Ingenieure des Chemiekombinats werden wollten!“

„Nein, Jens“, sagte Jörg. „Ich habe Papa so verstanden: Von uns beiden sollte wenigstens einer etwas Außergewöhnliches werden – Künstler oder Käfersammler!“

Das Telefon schrillte.

„Hier ist noch einmal Sünger, Herr Ploch, wie mir soeben gemeldet wurde, haben die Spezialtransporte, mit denen wir in Funkverbindung stehen, ohne Zwischenfall unser Stadtgebiet verlassen.“

„Es war also ein Scherz“, sagte Ploch. „Nun, dann darf man ja wohl beruhigt zu den Festwiesen aufbrechen.“

„Vielleicht begegnen wir uns dort“, sagte Sünger.

Ploch verabschiedete sich und wandte sich wieder an die Söhne. „Kaspar ist elektrisch“, sagte er, „er kann auch ganz gut Gedanken lesen oder sich in Teppiche einrollen und verschwinden..., doch diese Sache mit dem Geldtransport war, gottlob, zu groß für ihn.“

Jens sagte: „Papa, du hast in deiner Aufzählung vergessen, daß Kaspar auch durch Wände – durch Tresorwände – gehen kann, ohne sie zu beschädigen.“

Ploch sah die beiden unsicher an. Dann fuhr er sich mit den Händen an die Schläfen.

„Ich glaube es nicht“, rief er. – Dabei wußte er, daß die Buben die Wahrheit sprachen.

„Es ist die Wahrheit“, sagte Jörg, „und wir können nicht mehr zurück.“

„Wir wollen auch nicht“, sagte Jens. „Laßt uns zu den Festwiesen gehen.“

In Plochs Wohnviertel war es wie immer still. Je näher sie aber der Altstadt kamen, desto mehr belebten sich die Straßen. Am Eingang zu den Festwiesen, dicht an der Reitlinger Messe, herrschte Gedränge.

Die Liebespärchen, begierig, den Sprung über das Maifeuer zu wagen, waren in der Überzahl. Auch reifere Herren mit ihrem Anhang sah man. Und die alten Leute waren gekommen, um sich an ihre Jugend zu erinnern. Die meisten Halbwüchsigen hatten keinen Sinn für die Symbolik des Maifeuers. Sie waren gekommen, weil sie immer dabei waren, wenn irgendwas los war.

Das Maifeuer war ein heidnischer Brauch. Im Mittelalter hatte es die Kirche zu einer christlichen Angelegenheit gemacht. Jetzt verdankte man das jährliche Maifeuer dem Geschäftssinn der Schausteller.

Solingers Sohn war hier aktiv geworden. Er wies gewisse revolutionäre Traditionen nach, die beim Maifeuer zum Ausdruck kämen. In seiner broschierten Schrift „Das Schaustellergewerbe von seinen Anfängen bis zur Gegenwart" hatte er darauf hingewiesen, daß bereits im 16. Jahrhundert, also tief im Feudalismus, der Sprung der Liebespaare durch das Maifeuer eine Auflehnung gegen das Recht der ersten Nacht gewesen sei.

Karussells und Schaubuden flimmerten im bunten Glühlampenschmuck. Die vielen verschiedenen Musiken brandeten an die Häuserwände, und ihr Echo vergrößerte das akustische Chaos.

„Papa, hier gibt es Zuckerwatte", sagte Jörg. Jens und Ploch wollten weiter, aber Jörg bestand auf seinem Willen. Es war, als hätte er Angst. Mürrisch schickte sich Ploch darein, am Ende der Schlange Posten zu fassen. Er wollte doch zu den Maifeuern! Mit Mühe konnte er Jens und Jörg an „Walter Willers Geisterbahn" vorüberlotsen. Jörg hatte kein echtes Interesse für die Attraktionen. Er war ohnehin nicht bei der Sache.

Mit einiger Verzögerung gelangten sie dennoch zu den Feuern. Die Liebespaare sprangen bereits über die Flammen.

Wo waren Kaspar und Josepha!

Ploch suchte sie vergebens.

Da legten sich von hinten zwei Hände über Plochs Augen. Jemand klammerte sich an ihn. Er versuchte die unbekannte Person abzuschütteln. Dora ließ ihn los, und die beiden Frauen lachten hinter ihm.

„Das ist eine Überraschung! Ihr seid schon hier?" Seine Stimme klang wenig erfreut.

„Seht, dort ist Kaspar!" sagte Erika. „Er zündet gerade ein Feuer an."

Kaspar sprang mit einer Lunte um einen großen Berg Brennmaterial herum und entzündete ihn. Die Flammen loderten empor.

„Mama", sagte Jörg, „wir vergaßen, dir zu sagen, daß wir Kaspar das Bohneröl mitgegeben haben."

„Das macht überhaupt nichts", sagte Dora, „die Hauptsache ist, daß es gut brennt."

Erika schrie plötzlich: „Es ist Geld, was da brennt! Schönes Geld!"

Jetzt sahen es alle anderen auch.

„Geld!" – Wie ein Schmerzensschrei ging es durch die Menge. „Geld!"

Bei jedem Windstoß wirbelten brennende Scheine empor. Man haschte nach ihnen. Aber sie waren meist schon verkohlt und zerfielen bei der geringsten Berührung zu Asche.

„Wer springt durch das Feuer der Gerechtigkeit!" rief Kaspar.

Jubelnd sprang er selbst zuerst. Sekundenlang war er in dem Flammenmeer verschwunden. Einige Damen fielen in Ohnmacht. Dann kam er unversehrt zum Vorschein. Kein Beifall brandete auf wie sonst bei so gelungenen Sprüngen.

„Gerechtigkeit!" – Kaspar jauchzte es.

Und die kleine Josepha tanzte vor dem Feuer einen Freudentanz. Die Flammen versetzten sie in einen Taumel.

Erika drängte sich durch die Menschenmenge nach vorn. Sie rannte über das freie Gelände, das Kaspar von

...Wer springt

durch das FEUER der GERECHTIGKEIT

den Menschen trennte. Überraschend sauste ihre Linke mit der Handtasche durch die Luft. Die Tasche traf Kaspars Kopf. Er schwankte. Sein sonst nichtssagendes Gesicht schien Fassungslosigkeit auszudrücken.

„Du bist pervers!“ sagte Erika. Sie hatte Mühe, das Prasseln des Feuers zu übertönen. Das Wort „pervers“ war ihr eingefallen, obwohl sie seine Bedeutung nicht genau kannte.

„In jeder Flamme verbrennt ein Jahreslohn!“ schrie sie.

„Nein“, schrie Kaspar zurück, „in den Flammen stirbt die Ungerechtigkeit!“

„Sehr richtig“, rief Jens.

Er wurde niedergezischt.

Jörg sagte: „Laßt uns besser fortgehen.“

Erika brach in Tränen aus. – „Kaspar, was hast du getan! Sieh doch, die Flammen fressen die Tage, die man hinter dem Schanktisch verbringt, an denen man schreien möchte, weil die Füße schmerzen, als trüge man Schuhe aus Eisen!“

„Erika, wie kleinbürgerlich du bist“, sagte Kaspar.

Sie streckte ihm die Hände hin. – „Hier, schau die Brandwunden vom siedenden Kaffeewasser.“

Josepha war aus ihrer Verzückung erwacht. Sie trat zu den beiden und griff in die Taschen ihrer Jacke. Ihre Hände waren voller Geldscheine.

„Jetzt können wir die Möbel bezahlen, Mama.“

„Pfui, Josepha!“ sagte Kaspar und warf auch diese Geldscheine in die Flammen.

Die Menge hatte sich von dem ersten Schock erholt.

Die Menschen, die täglich in die Fabriken und Büros zur Arbeit strömten, fühlten sich verhöhnt.

„Haut ihn!“ rief jemand.

Die Menge wälzte sich auf Kaspar zu.

„Ich will doch nur Gerechtigkeit für euch!“ brüllte Kaspar.

„Dummer Bub“, sagte Erika und packte ihn und Josepha.

„Wasser marsch!" schrie Polizeipräsident Sünger.

Die Feuerwehr richtete ihre Rohre auf Kaspars Maifeuer.

Das Durcheinander vergrößerte sich.

Kaspar wurde von Erika getrennt. Auch Ploch wurde fortgerissen.

Dora hatte die Zwillinge gepackt. Sie hielt sie mit eisernem Griff. Hinter einer Bude fanden sie Schutz.

„Da hast du es", sagte Jörg, noch außer Atem, zu seinem Bruder, „man begreift uns nicht!"

„Man ist zu unreif", sagte Jens.

„Nun hört mal zu, meine Lieben", sagte Dora, „mir scheint, ihr und dieser Kaspar mit eurem Gerechtigkeitsfimmel seid unreif. Die vollkommene Gerechtigkeit – das ist, als wollte jemand eine Universalmedizin gegen alle Krankheiten erfinden! Als man die Antibiotika entdeckte, glaubte man so ein Wunderheilmittel in der Hand zu haben. Leider gewöhnten sich die Krankheitserreger an die neue Medizin. Und so mußte man weitersuchen ..."

„Mama", sagte Jörg, „das würde in übertragenem Sinne bedeuten, daß der Kampf gegen die Ungerechtigkeit niemals aufhört."

Dora fuhr Jörg mit der Hand liebkosend durch das Haar. – „Ich wollte dich nicht erschrecken, mein Junge!"

Jens sagte: „Man kann deine Erkenntnisse aus der Schwesternschulung nicht auf alles anwenden, Mama."

Ploch wurde von der Masse in eine andere Richtung gedrängt. Er hatte keine Lust, gegen den Strom zu schwimmen. Irgendwo würde er ankommen, irgendwo würde der Strom ihn ausspeien. Was dann?

Kaspars letzter Streich würde ihn ruinieren. Solingers Geduld würde erschöpft sein. – Diesmal konnte Solinger nicht wie nach dem Silvesterabend im „Gargantua" die Rechnung bezahlen.

Der Polizeipräsident würde bei der Untersuchung des Falles auf Ploch stoßen, zumal er sich durch seinen Anruf verdächtig gemacht hatte.

Und Kaspar stand außerhalb der Gesetze.

Ploch sah im Geiste bereits die Zeitungsartikel der Liebig, die ihn verdammte – schon um den Verdacht zu zerstreuen, sie hätte jemals mit Ploch sympathisiert. Er sah sich vor den Gerichtsschranken stehen; in einer Zelle langwierige Strafen absitzen.

Ploch stolperte.

Erst jetzt nahm er wahr, daß er allein war.

Er hatte die Orientierung verloren.

In der Dunkelheit erkannte er nach einiger Zeit die Umrisse eines großen Baumes. Der Lärm der Karussells klang aus der Entfernung von den Festwiesen herüber.

Ploch erschrak. Der Baum vor ihm wurde vom Volksmund „Mordbuche" genannt. Vor vielen Jahren war hier ein mysteriöser Mord geschehen. Ploch war keine ängstliche Natur. Doch schien es ihm nun, als verfolge ihn jemand. Altes Laub raschelte.

War es der Wind?

Es knackte ein Ast.

Vielleicht war Ploch auch nur erregt. Er spürte, wie Gänsehaut über seinen Rücken kroch.

Wieder raschelte es. Wieder knackte es.

Durch die Schuhsohlen hindurch spürte er einen Gegenstand. Er bückte sich. Es war eine Kette. Wahrscheinlich gehörte sie einem Bauern, der hier seine Kuh weiden ließ.

Im Dunkeln bewegte sich ein Schatten auf ihn zu. Ploch nahm die Kette verteidigungsbereit in die rechte Hand.

„Pardon, Herr Ploch", sagte der Schatten, „ich bin's nur, Ihr Kaspar."

Ploch durchzuckte es schmerzhaft.

„Ich ging Ihnen nach, mein Hervorbringer", sagte Kaspar, „aber ich wagte es nicht, Sie in Ihren Gedanken zu stören."

Ploch wurde es heiß an den Schläfen. Er glaubte die Lösung des Problems gefunden zu haben.

Blitzschnell schlug er mit der schweren Kette auf den Schatten ein. Und immer wieder.

Er trachtete danach, zu morden.

Die Kette wickelte sich mit Wucht um Kaspars Hals. Ploch ergriff das Ende der Kette und zog mit aller Kraft. Kein Stöhnen. Kein Röcheln. Er ließ los.

„Aber, Herr Ploch", sagte Kaspar. „Sie sind ja außer sich!"

Ploch drehte sich um und rannte stolpernd über das Weidegelände davon. Seine Glieder schmerzten, als hätte man ihn geschlagen.

## X

Eine Stunde vor Mitternacht betrat der Schriftsteller Wenzel Ploch den Club „Gargantua".

Frau Pimogel hob beide Arme, als bedrohe man sie mit dem Revolver. Es war aber nur der Anblick Plochs, der die gute Frau in Schrecken versetzte.

Blutige Risse vom Gezweig des Buschwerkes durchzogen das sonst so gepflegte Gesicht des Schriftstellers. Verdorrtes Laub und Blütenstaub hatten sich in seinem Haupthaar und im Bart verfangen. Die Knie seiner karierten Hose waren grasgrün gefärbt. An der Jacke fehlte ein Knopf. Nach Sekunden kam Bewegung in die erstarrte Pimogel. Sie wurde tätig. – Der Wattebausch mit Jod, den sie im Verbandskasten bereithielt, betupfte Plochs Wunden. Ein feuchter Lappen rubbelte über die verfärbten Knie der Hose, während sich der Schriftsteller in Unterhosen genant zwischen den Mänteln der Kleiderablage verbarg. Dann flitzte Frau Pimogels Nadel durch die Löcher des Ersatzknopfes und heftete ihn an Plochs Jackett.

Ploch war wiederhergestellt – allerdings nur äußerlich. Innerlich herrschte Chaos.

War er nicht zum Mörder geworden? Kaspar hatte zwar dem Angriff aufgrund seiner Konstitution widerstanden. Jeder andere hätte jedoch sein Leben ausgehaucht. Und gehörten Plochs Tatmotive nicht zu den niedrigsten! Ja, sein Ruf, seine Karriere standen auf dem Spiel.

Gewissensbisse plagten ihn. – Zu allem Ärger war sein Mordgelüsten ohne Folgen geblieben. Nach wie vor würde er dem Anblick dieses nichtssagenden, zu innerer Anteilnahme zwingenden Gesichts ausgesetzt sein.

Ploch war in den Club gekommen, um zu vergessen.

Der Barkeeper schob bei Plochs Eintreten bereits das gefüllte Kognakglas über die Glasplatte auf den Stammplatz des Schriftstellers.

Ploch trank es mit einem Zug leer.

„Stellen Sie die Flasche her, Jonny“, sagte er.

„Hallo, Ploch!“ rief Dr. Waldersee, bereits leicht angetrunken. „Die Flasche geht auf meine Rechnung! Ich habe vom Bierzelt auf den Festwiesen beobachtet, wie Ihr seltsames Ungeheuer die Scheinchen brennen ließ. Wirklich, sehr imposant, das Schauspiel!“

„Imposant? – Ich bin ruiniert“, sagte Ploch und goß zum drittenmal nach.

Minutenlang erschütterte das meckernde Lachen Dr. Waldersees die Bar.

„Wer hat dem Kerlchen das rote Leibchen aus Kattun angezogen“, sagte er, „Sie, Herr Ploch! Es ist Ihr Geschöpf, dieser Kaspar! – Übrigens nehme ich an, daß dieser Gerechtigkeitstick auf einer frühkindlichen Vorprägung beruht. Hatten Sie so etwas bereits in der Familie?“

„Vorprägung!“ sagte Ploch, „Sie trauen mir nicht zu, daß in meinem Gehirn ein selbständiger Gedanke aufkeimt.“ Plochs Zunge war ein wenig schwer. Er stellte es mit Befriedigung fest.

„Für Gehirne bin ich zuständig, Bester!“ sagte der Doktor. „Wenn Sie wüßten, wie viele Gehirne ich seziert habe! Aber niemals habe ich einen einzigen Gedanken darin gefunden.“ Er lachte wieder und weidete sich an dem Unbehagen des Schriftstellers. „Gehirne sind wie Glühlampen. Sie spenden nur Licht, wenn sie eingeschaltet sind. Das Gehirn beschicken wir indessen nicht mit Strom, sondern wir heizen es auf mit Instinkten, Erfahrungen, Vorprägungen … Und je nachdem, womit geheizt wird, zeigt es unterschiedliche Wirkungen. Wir haben, verehrter Dichter, einem Äffchen statt der Mutter ein Sofakissen zugeteilt. Nun hält der Affe das Sofakissen für seine verehrte Mama …, bei Ihnen wird es wohl kein Sofakissen gewesen sein, Ploch. Bei Ihnen, bei Ihnen war es dieser Gerechtigkeitstick …“

„Verdammter Zyniker!“ sagte Ploch.

Der Doktor war nicht gewillt, sich unterbrechen zu lassen. – „Falls es Sie interessiert, Ploch. – Das Experiment mit dem Affen führte dazu, daß er asozial wurde. – Asozial wie Ihr junger Mann!“

Ploch sagte: „Mein Vater starb für die Gerechtigkeit!“

Dr. Waldersee schwieg peinlich berührt.

Sie tranken.

„Verzeihung“, sagte der Doktor, „ich konnte nicht wissen …“

Ploch winkte ab.

„Ich bin durchaus für Gerechtigkeit“, sagte der Doktor. „Für die natürliche Gerechtigkeit. Sie kennen Darwin? – Die Entstehung der Arten durch natürliche Auslese oder die Erhaltung der begünstigten Rassen im Ringen um Existenz.“ – Der Doktor legte seine Hand auf Plochs Schulter. – „Wir sind eine begünstigte Rasse. Weil wir uns den Umweltbedingungen angepaßt haben. Wir erfanden zum Beispiel das Denken. Und denken können wir nur, weil wir empfinden, weil wir atmen, weil wir den Trieb zur Selbsterhaltung besitzen. Aber dieser Kaspar …“

Der Doktor unterbrach seinen Diskurs.

Ein Herr in schmucklosem Anzug und einem bis obenhin geschlossenen schwarzen Pullover hatte die Bar betreten.

„Die ‚Aue' im ‚Gargantua' – das ist noch nicht dagewesen!" sagte der Doktor.

Ploch drehte sich um.

Er begegnete dem Blick Solingers, tat aber so, als hätte er ihn nicht bemerkt, und wandte sich wieder ab.

„Es ist aus", sagte er und trank.

„Ei", sagte der Doktor, „hätten Sie ein Wort gesagt, daß Sie in Schwierigkeiten sind, Ploch, dann hätte ich Sie zwischen den Schimpansen versteckt."

„Endlich finde ich dich, Wenzel", sagte Solinger, der herangetreten war.

„Herr Kultursekretär, Sie hier?" sagte Dr. Waldersee. „Das wird unsere Debatte ungemein beleben. Trinken Sie doch!"

Solinger lehnte höflich ab.

„Um das zu Ende zu führen", sagte Waldersee zu Ploch, „Ihr Gespenst ist nicht anpassungsfähig. Es lernt nicht. Selbst meine kleinen Äffchen sind besser ..., oh, das wird Sie auch interessieren, Herr Kultursekretär, ich habe meinem Pavian Ano beigebracht, auf dem Klavier zu spielen."

Ploch verlor die Geduld.

Seine nervöse Spannung entlud sich, indem er den Doktor anschrie: „Sie sind ja vollkommen besoffen, Mann!"

„Einen Wagen", sagte der Doktor. „Einen Wagen! Wir fahren in mein Institut nach Furth. Sie werden erleben, Herr Kultursekretär, wie der Pavian Ano das bekannte Schicksalsmotiv von Ludwig van Beethoven auf dem Piano spielt..."

„Ich glaube Ihnen, Doktor", sagte Solinger. Er war unbeholfen. Der Umgang mit angetrunkenen Personen verunsicherte ihn.

Waldersee beruhigte sich. – „Zugegeben, das Piano ist kein gewöhnliches. Es ist eine Art Automat. Wenn man die richtige Tonfolge anschlägt, öffnet sich eine Box, in der Bonbons liegen."

Ploch lachte trunken.

„Kunst geht nach Brot", sagte er. „Wenn der Affe Hunger verspürt, spielt er das Schicksalsmotiv ..."

„Komm", sagte Solinger. „Ich muß mit dir sprechen." Er zog Ploch mit sanfter Gewalt vom Barhocker und beförderte ihn an einen Tisch in der Nische.

Ploch ließ sich schicksalsergeben in den Sessel fallen.

„Ober, bringen Sie starken Kaffee."

„Sehr wohl", sagte der Ober. Er deutete dezent auf Ploch. „In diesem Fall empfiehlt sich Kaffee mit Zitrone."

Ploch verzog das Gesicht beim ersten Schluck zu einer Grimasse. Solinger nahm ihm die Tasse aus der Hand und führte sie ihm zum Mund. Wirklich fühlte der Schriftsteller nach kurzer Zeit, daß er nüchtern wurde.

„Übrigens, im Herbst gastiert die Fliedermann in unserer Stadt."

Ploch setzte sich gerade auf.

„Gieselheid!" sagte er. „Sie ist mit ihren Arien in der halben Welt aufgetreten. Und nun endlich einmal in ihrer Heimatstadt!"

„Vielleicht erinnerst du dich noch an das Abschlußsingen des Konservatoriums. Man bewarf sie mit Papierkügelchen. Sie benahm sich affektiert. Sang nicht für die Leute im Saal, sondern wandte sich ausschließlich an die Seitenlogen, wo das feinere Publikum saß."

Plochs Miene zeigte Überlegenheit. „Das hast du nicht verstanden, Solinger. – Gieselheid sang für die Seitenlogen ..., ich saß dort!"

„Du eitler Fant", sagte Solinger. „Leider muß ich dich enttäuschen. Es gab damals andere Zusammenhänge. Auf meinen Vorschlag hin wurde das Abschiedssingen mit dem Fest der Arbeiterchöre koordiniert. Ich wollte die merkwürdige Elite von Ärzten, Rektoren, Professoren, die sich in jedem Jahr beim Abschlußsingen einstellte, sprengen. Fräulein Fliedermann weigerte sich aufzutreten. Darum machten wir das Gesangsdiplom von der Mitwirkung an dieser Veranstaltung abhängig. Und sie hat sich gerächt, sang nur für die Seitenlogen, wo übrigens der Manager der Mailänder Oper Platz genommen hatte."

„Nein, das lügst du!" sagte Ploch.

„Mäßige dich, Wenzel!" Solinger erlebte viel mit Künstlern. Er war es gewohnt, daß man ihn von oben herab behandelte – als den Mann, bei dem es zur Kunst nicht reicht, der nur Kunst verwaltet. Mit Ploch allerdings war er befreundet. Er hatte diesen Ton nicht erwartet.

Auch Ploch empfand, daß er sich vergriffen hatte. – „Vielleicht hast du recht, Alfred. Gieselheid war später in Mailand engagiert."

Solinger nahm die Entschuldigung nicht an. Eigentlich kam ihm die Zuspitzung des Gespräches zupaß. Er hatte mit Ploch ernsthafte Dinge zu besprechen, die nicht im Plauderton abgehandelt werden konnten.

„Du bist dir des Schadens hoffentlich bewußt", sagte er, „den Kaspar uns heute abend zugefügt hat."

„Ich bin bereit, die Folgen zu tragen", sagte Ploch, ebenfalls in verändertem Tonfall. „Bitte, sperrt mich ein!"

„Damit wäre es wohl kaum aus der Welt zu schaffen, Ploch. Außerdem gibt es keine juristische Handhabe gegen dich. Ich weiß das genau, weil einige Genossen beim höchsten Gericht heute abend bereits vergeblich nach einem Präzedenzfall gesucht haben."

„Aha", sagte Ploch. Er war sichtbar erleichtert.

„Ich dachte, du hättest mehr zu der Angelegenheit vorzubringen. Immerhin stehen morgen früh die Betriebe ohne einen Pfennig Lohngeld da. Wir mußten die Handelsverbände per Fernschreiben anweisen, auf Kredit zu verkaufen. Es kann Unruhe unter der Bevölkerung aufkommen. Und das vor den Ratswahlen!"

So weit hatte Ploch die Folgen nicht gesehen. – „Was soll ich tun?"

„Du mußt verhindern, daß sich so was wiederholt. Du bist der einzige, der die Macht dazu besitzt!"

„Exekution!" sagte Ploch. „Und ihr gebt mir den Auftrag dazu?"

„Das ist der Gipfel!" sagte Solinger. „Kaspar ist deine Erfindung! Die Verantwortung liegt bei dir, Ploch. Nur bei dir!"

Ploch lehnte sich im Sessel zurück. Seine Arme hingen von der Sessellehne herab, so daß seine Hände den Fußboden berührten. Er war am Ende. Das erstemal seit Kindheitstagen hätte er hemmungslos heulen mögen. Die Tat, die er vor wenigen Stunden unter der „Mordbuche" in Erregung begangen hatte, schien ihm jetzt unausführbar. Er wußte, daß er mit Kaspar seine Vergangenheit und seine Träume von der Zukunft töten würde.

Solinger erkannte, daß Ploch an einem Punkt angekommen war, da Argumente auf fruchtbaren Boden fallen würden. – „Wenn du meinen persönlichen Rat hören möchtest..."

„Ja?" – Ploch straffte sich wieder.

„Heute kann einer mit so naiven Vorstellungen, wie sie dieser Kaspar hat, nicht viel für die Gerechtigkeit tun. Automobile anhalten, Wohnungen verteilen, Geld verbrennen..., damit erwischt man immer nur einen Zipfel des großen Problems. Diesem Kaspar fehlt Wissen, Spezialkenntnis..."

„Ha", sagte Ploch, „Spezialkenntnisse... Jeder dritte ist in dieser Stadt Ingenieur mit Spezialkenntnissen."

„Und das ist gut so!"

„Mein Lieber, hast du dir diese Ingenieure schon einmal näher angeschaut? – Fachleute bester Qualität. Beinahe jeder ein Erfinder. Und vor allen Dingen – fleißig. Nach der Arbeitszeit reparieren sie bei den Leuten noch die Fernsehgeräte, die Waschmaschinen, die Automobile... Sie halten sich für die Klügsten im

Lande..., für so klug, daß sie nur für sich selbst engagieren."

„Es gibt solche. Aber was aus diesem Kaspar wird, liegt ja an dir. Und noch eins, Ploch. – Du solltest ihm die unkontrollierbaren Mätzchen abgewöhnen. – Dieses plötzliche Verschwinden und das Durch-die-Wand-Gehen... Meiner Ansicht nach fehlt ihm auch Blut in den Adern."

„Blut!" sagte Ploch. „Damit er verwundbar ist wie wir alle!"

„Sieh mal, Wenzel, ohne Blut und ohne Vergangenheit ist der Mann nicht in die Gesellschaft einzuordnen. – Oder willst du, daß man dich für die Handlungen Kaspars verantwortlich macht?"

Die Frage war rhetorisch, denn Solinger wußte, daß Ploch ihm zustimmen mußte.

„Ihr setzt mich unter Druck."

„Es ist zu deinen Gunsten", sagte Solinger.

Ploch sah Solinger groß in die Augen. – „Ich bin zutiefst enttäuscht von dir! Zutiefst!"

Solinger lachte. Er wußte, daß sich Ploch in diesem Falle gern der Gewalt beugte, es nur nicht zugab. Am liebsten wäre es Ploch jedoch gewesen, wenn ihm die „Aue" nahegelegt hätte, das Manuskript zu vernichten.

Spät, es war nach Mitternacht, kehrte Ploch heim. In der Küche brannte das elektrische Licht. Und Erika Riedel starrte mit rotgeweinten Augen auf Kaspar, der wie so oft mit undurchdringlicher Miene in der Küche auf und ab wanderte. Es hatte eine Auseinandersetzung stattgefunden.

„Sie können Erika gern zurückhaben", sagte Kaspar. „Unsere Anschauungen stimmen nicht überein. Sie ist gar zu spießbürgerlich!"

„Herrgott", sagte Erika, „ich will doch nur so leben wie andere. Ich habe mich daran gewöhnt, daß Kaspar nichts benötigt – weder etwas zu essen noch eine Frau im Bett. Warum aber muß er dauernd Aufsehen erregen. Warum muß er sich lächerlich machen."

Kaspar ging nicht auf Erikas Worte ein. – „Herr Ploch, in Anbetracht der vorliegenden Situation halte ich es für nützlich, wenn wir Schlußfolgerungen ziehen. – Wie ich Ihren Gedanken entnahm, haben Sie gewisse Schwierigkeiten mit Frau Dora. Ich bin bereit, Ihre Ehefrau zu übernehmen. Gewiß würden wir gut harmonieren."

Ploch verschlug diese Unverfrorenheit die Sprache.

„Pfui Teufel", sagte Erika. Ihr Gesicht war rot geschwollen. Sie litt.

Ploch fühlte sich durch Kaspars Art, mit Erika umzugehen, selbst beleidigt. – Auch das war ein Grund, Kaspar zu vernichten!

„Sie wollen mich also vernichten", sagte Kaspar.

Ploch nickte.

„Das dürfte nicht einfach sein, mein lieber Hervorbringer. Ich habe Spuren hinterlassen! Außerdem, wie wollen Sie es anstellen? Sie müßten das Manuskript beseitigen. Aber in diesem Hause gibt es keine Feuerstellen. Sie denken an eine Verbrennung in der Badewanne? – Erinnern Sie sich doch an den großen Interviewer, der sein Material auf diese Weise zu vernichten suchte. Und Sie wissen, das Haus brannte beinahe ab."

Ploch hatte einen neuen Gedanken.

Kaspar stutzte, dann schüttelte er den Kopf. – „Herr Ploch, auch das können Sie nicht tun. Es ist in hohem Maße unhygienisch, und außerdem müssen Sie mit Störungen an der Abwasseranlage rechnen!"

Ploch sah das sofort ein.

„Und wenn ich die Manuskripte an die Papageien am Pfauensee verfüttere..."

„Nein", sagte Kaspar, „nein, das dürfen Sie nicht tun! Die Papageien könnten eine Kolik bekommen..."

„Das ist mir egal."

Ploch erfreute sich an der Unruhe, die Kaspar erfaßte. Sprühte er nicht sogar Funken?

Erika stellte sich drohend vor Ploch. – „Du darfst es nicht tun! Was soll aus mir werden?“

„Liebst du dieses Monstrum immer noch?“

Erika senkte den Blick. – „Ich habe ihn immer geliebt. Sonst hätte ich seine Kälte nicht ertragen.“

Ploch ging wortlos. Nach langer Zeit fand er in dieser Nacht wieder Ruhe an seinem Schreibtisch.

Er hatte sich entschlossen, das Manuskript zu ändern.

Der Morgen graute. Durch das halbgeöffnete Fenster drang das Zwitschern der Vögel vom großen Baum herein.

Erika Riedel schlug die Augen auf. Sie hatte schlecht geschlafen nach den Aufregungen des gestrigen Tages.

Noch im Zustand des Erwachens, empfand Erika, daß sich irgend etwas in diesem Zimmer verändert hatte.

Die Möbel standen noch am gleichen Platz wie gestern abend. Der Vorhang am Fenster bewegte sich leise. Auch daran war nichts Außergewöhnliches. Ordentlich hing Kaspars Anzug auf dem Bügel. Ihre eigenen Kleidungsstücke lagen wie immer liederlich über zwei Stühle verstreut.

Ein feines, kaum hörbares Geräusch weckte Erikas Neugierde. Sie schaute sich im Zimmer um. – Vergeblich.

Jetzt fiel ihr das nächtliche Gespräch zwischen Kaspar und Ploch in der Küche wieder ein. – Er würde Kaspar vernichten! Noch lag er neben ihr. Wie lange? Dann würde sie mit Josepha wieder allein sein; würde auf der Suche nach Liebe umherflattern wie früher ...

Erika unterbrach den Strom des Selbstmitleids. Sie richtete sich jäh auf. Kaspar lag in tiefem Schlaf mit geschlossenen Augen. Niemals hatte sie das bisher erlebt.

Erika wußte nun auch, woher das feine, kaum hörbare Geräusch kam. – Kaspar atmete!

„Kaspar", rief sie, „Kaspar!"
Mühsam öffnete er die Lider.
„Kaspar, du atmest!"
Kaspar reckte sich und streckte sich ausgiebig.
„Ja, natürlich, ich atme", sagte er. „Was ist daran so seltsam?"
Erika beugte sich über ihn. Seine Gesichtszüge waren verändert. Der nichtssagende, aber zu innerer Anteilnahme herausfordernde Ausdruck fehlte. Kaspar wirkte vielmehr wie ein energiegeladener Spitzensportler. Erika drückte ihn an sich.
Seine Haut strahlte Körperwärme aus. Er roch ein wenig nach Schweiß.
„Mein Gott", sagte sie, „was ist mit dir geschehen?"
Kaspar lachte selbstbewußt und schlang seinen Arm fest um sie. Sie spürte zum erstenmal, daß Kaspars Hände ihre Brust berührten. Sie wurde erregt.
„Kaspar", sagte sie, „dies ist der schönste Augenblick meines Lebens!"
„So", sagte Kaspar, „solche Augenblicke kann ich dir täglich mehrmals verschaffen."

Dora hatte auf dem Weg vom Krankenhaus zur Wohnung frische Brötchen eingekauft. Als Erika aus dem Bad kam – heute ein wenig später als gewöhnlich –, hatte Dora den Frühstückstisch schon gedeckt.
Die Zwillinge machten einen ungewaschenen und ungekämmten Eindruck. Um Plochs Augen hatten sich dunkle Ringe gebildet. Ja, die Nachtarbeit!
Erikas Gesicht zeigte einen glücklichen Abglanz.
Ploch bemerkte es sofort. – „Zufrieden?"
Erika nickte ihm dankbar zu.
Nun trat auch Kaspar an den Frühstückstisch.
„Guten Morgen!" sagte er und setzte sich, indem er geräuschvoll den Stuhl heranzog. Dann fiel sein Blick auf die Jungen.
„Ihr solltet euch wenigstens kämmen, bevor ihr euch an den Tisch setzt", sagte er.

Jörg und Jens starrten sich an, als suchten sie beieinander Halt.

„Na, wird es bald!“

Plochs Lippen umspielte ein beinahe unmerkliches Lächeln. Die Jungen erhoben sich und gingen unter Protestgemurmel ins Bad. Kaspar griff nach einem Brötchen und schnitt es auf. Er bestrich es mit Butter und Honig und biß hinein.

„Was starrt ihr mich so an“, sagte er.

Josepha ging zu Kaspar und betastete ungeniert sein Gesicht. Sie schüttelte schließlich den Kopf. – „Ich möchte wissen, ob du dich noch wegzaubern kannst.“

„Doch nicht beim Frühstück, Josephachen“, sagte Dora. „Später wird er es dir vormachen.“

„Was redet ihr da für einen Unsinn“, sagte Kaspar, „kein Mensch kann sich wegzaubern!“

Josepha ging mit hängendem Kopf wieder zu ihrem Platz. „Ich wußte es“, sagte sie, „irgendwann werden alle Erwachsenen langweilig.“

Nach dem Frühstück sagte Kaspar: „Ach, Erika, gib mir doch etwas Geld.“

Die Jungen verzogen verächtlich die Mundwinkel.

Dora drohte scherzhaft: „Nein, lieber Herr Gerecht – Sie wollen doch nicht etwa wieder kokeln!“

„Wieso kokeln? Ich möchte mir einen anständigen Anzug kaufen. Dieser hier geht nun wirklich nicht mehr. Das hätte dir doch auffallen können, Erika!“

Im Kaufhaus am Ägäischen Tor bemühten sich drei Verkäufer der Herrenabteilung schwitzend um Kaspar.

„Ich hatte Sie nicht gebeten, mir Ihre Ladenhüter vorzuführen“, sagte Kaspar. „Man trägt zur Zeit Fischgrätenmuster mit Ledersaum.“

„Sie sind gut orientiert, mein Herr“, sagte der erste Verkäufer.

„Wer möchte nicht einen Anzug mit Fischgrätenmuster“, sagte der zweite Verkäufer, „aber wegen dieser Ware kam es in der letzten Woche bereits zu Handgreiflichkeiten im Kaufhaus."

„Natürlich", sagte der erste Verkäufer, „unter gewissen Bedingungen läßt es sich einrichten, daß wir etwas zurückhängen."

„Mir fällt ein", sagte der zweite Verkäufer und schlug sich an den Kopf, „ein Anzug mit Fischgrätenmuster und Ledersaum befindet sich noch im Lager. – Bestellte Ware."

„Was verstehen Sie unter gewissen Bedingungen?" fragte Kaspar.

Der dritte Verkäufer sagte: „Ein zurückgehängter Anzug ist für jeden Mann in unserer Branche eine zusätzliche Nervenbelastung. Wie leicht kommt man in den Verdacht, unreell zu sein."

Der zweite Verkäufer sagte: „Zumal wir aus der Herrenbranche schlecht bezahlt werden!"

„Kurzum", sagte der dritte Verkäufer, „der zurückgehängte Anzug ist der Ihre."

Der erste Verkäufer brachte den Anzug.

„Früher", sagte der zweite Verkäufer, „zahlte man uns zehn Prozent Provision..."

Kaspar nahm den Anzug und verschwand damit in der Ankleidekabine. Der Anzug paßte augenfällig. Die drei Verkäufer lobten seinen Schnitt, den Stoff und die Verarbeitung. Kaspar bezahlte. Die Verkäufer begleiteten ihn höflich zum Ausgang.

„Haben Sie nicht etwas vergessen?" sagte der erste Verkäufer.

„Nein, keineswegs", sagte Kaspar.

„Die zehn Prozent", rief der dritte Verkäufer.

„Das war doch früher", sagte Kaspar und entfernte sich. Die Verkäufer spien hinter ihm aus.

„So ein Schwein", sagten sie.

Kaspar fand sich noch am gleichen Vormittag im Vorzimmer des Generaldirektors der Straßenbahnverwaltung ein.

Die Sekretärin nahm zunächst weder von Kaspar noch von seinem Gruß Kenntnis. Sie erledigte eine wichtige Aufgabe ihres Arbeitsbereichs. – Das Kaffeebrühen.

Erst als sie mehrere Tassen mit kochendem Wasser gefüllt hatte, fragte sie, ohne sich umzuwenden: „Bitte?"

„Ich möchte den Genossen Generaldirektor sprechen."

„Das möchten viele", sagte die Sekretärin. „Ich könnte Ihnen einen Termin im dritten Quartal anbieten. Oder kommen Sie etwa vom Ministerium?"

„Nein", sagte Kaspar.

„Warten Sie, Genosse, zunächst muß ich den Kaffee hineintragen." Sie nahm das Tablett. Kaspar öffnete hilfsbereit die schallmindernde Ledertür. Er riskierte dabei einen Blick in das Zimmer.

Der Generaldirektor residierte an einem Schreibtisch. Die leitenden Angestellten der Straßenbahngesellschaft saßen an einem separaten Tisch, der mit dem einen Ende an den Schreibtisch des Generaldirektors stieß.

Frau Zahlbaum nahm die Interessen des Betriebes in personal-politischer Hinsicht wahr. Obermeister Maximilian unterstand die technische Sektion des Betriebes. Ein gewisser Paul Patzer, der Priem kaute, überwachte den Fahrplan. Er gehörte zu den ältesten Angehörigen des Betriebes.

Auch die Gewerkschaft nahm an der Sitzung teil. – Ein junger Mensch mit pomadiger Haartolle, der gewiß noch niemals Handarbeit verrichtet, dafür aber viele Kurse und Schulungen mit bestem Ergebnis hinter sich gebracht hatte.

Gelangweilt saßen auch die Ingenieure der beiden Depots Süd und Nord herum. Sie dachten wehmütig daran, daß gerade jetzt in den Depots die Frühstückspause begann.

Alles, was recht ist, Dutschmann, der Generaldirektor, leitete die Sitzung souverän. Er war noch neu im Betrieb. Erst als sich im Winter die Beschwerden über den Straßenbahnverkehr gehäuft hatten, war Dutschmann von der Kaffeerösterei zum Verkehr versetzt worden.

Dutschmann schnupperte beim Eintreten der Sekretärin intensiv dem Kaffeeduft entgegen.

„Ich rieche es bereits", sagte er, „mein verehrter Nachfolger in der Rösterei hat sich eine Ladung Monsum-Kaffee andrehen lassen. Man merkt es am säuerlichen Geschmack! – Was die Linie sechs anbetrifft, muß nun endlich eine Lösung gefunden werden! Wie verdichten wir die Wagenfolge?"

„Das ist ein Personalproblem", sagte die Zahlbaum.

„Nicht nur das", rief Patzer. „Ich bin seit vierzig Jahren bei der Straßenbahn. Und genausolange ist die Sechs das große Problem." Er begann dem Generaldirektor wie einem Laien das große Problem darzulegen. – „Die Strecke ist eingleisig und verläuft auf einem schmalen Damm durch den Sumpf. Die Wagen müssen an den sechs Ausweichstellen stets warten! Da ist nichts zu ändern!"

„Lachhaft", sagte Kaspar sehr laut durch den Spalt der Tür.

Im Sitzungszimmer herrschte sekundenlang Stille.

„Ist draußen jemand?" fragte Dutschmann die Sekretärin.

„Ja", sagte Kaspar, bevor die Dame antworten konnte, und zeigte sich in der Tür.

„Was wollen Sie, Kollege?" fragte Dutschmann.

„Sie sollten warten!" rief die Sekretärin Kaspar zu.

„Pardon", sagte Kaspar, „ich wollte keineswegs stören. Allerdings tangiert die Angelegenheit, weshalb ich Sie, Genosse Generaldirektor, sprechen wollte, das Thema, mit dem Sie sich gerade beschäftigen. – Ich wollte nur einen Satz sagen, aber dazu werde ich auch noch im dritten Quartal Gelegenheit haben . . ." Kaspar zog sich mit einer Verbeugung zurück.

„Wenn es nur ein Satz ist“, sagte der Generaldirektor, „dann sprechen Sie ihn aus. Sonst ersticken Sie noch.“

Die Anwesenden lachten, erfreut über die willkommene Unterbrechung. – Immerhin saß man bereits seit zwei Stunden.

Kaspar zeigte sich erneut in der Tür. Die Sekretärin warf ihm einen vernichtenden Blick zu.

„Meine Damen und Herren, das Problem der Linie sechs hängt mit dem Problem der Linie sieben zusammen!“ Kaspar verbeugte sich und war im Begriff, sich zurückzuziehen.

„Wie ist das zu verstehen, Herr ...“, fragte Dutschmann.

„Gerecht ist mein Name.“ Kaspar trat in das Sitzungszimmer.

Dutschmann wußte, daß hauptsächlich die Unzufriedenheit mit dem Verkehr auf der Linie sechs zur Ablösung seines Vorgängers geführt hatte. Damals hatten die Fahrgäste plötzlich die Autofahrer gezwungen, Personen zu befördern. – Vielleicht wäre das noch kein hinreichender Anlaß gewesen, den Vorgänger abzulösen. Aber als sich die Passanten des Automobils des Oberbürgermeisters bemächtigten und einen Unfall hervorriefen, an dessen Folgen der Oberbürgermeister noch heute litt, war das Maß voll. Irgend jemand mußte für das Verkehrschaos verantwortlich gemacht werden. Es traf den Generaldirektor der Straßenbahngesellschaft! Dutschmann wollte unter keinen Umständen ein neues Opfer der Linie sechs werden.

„Wir sind allen Verbesserungsvorschlägen stets aufgeschlossen“, sagte er. „Erläutern Sie, Herr Gerecht!“

Kaspar trat an den Linienplan, der für alle gut sichtbar an der Wand hing.

„Weder die Linie sechs noch die Linie sieben sind voll ausgelastet“, sagte Kaspar.

Ein Sturm der Entrüstung erhob sich. Die Sekretärin hielt sich bereit, für Kaspar die Zimmertür zu öffnen.

Paul Patzer lief rot an vor Wut. – „Packen Sie ein! Sie haben die Linien sechs und sieben wohl niemals benutzt?“

„O doch“, sagte Kaspar. „Ich habe sogar Unterlagen angefertigt. – Die Linie sechs ist in den Morgenstunden stadtauswärts überbelastet; hingegen ist die Sieben stadteinwärts überbelastet.“

„Ach, hauen Sie ab, Mensch!“ sagte Patzer. „Wissen wir doch selbst! An der Endhaltestelle der Linie sechs in Groß-Geschau liegen die meisten Betriebe. Und an der Endhaltestelle Nummer sieben befindet sich das neue Wohnstädtchen.“

„Gut beobachtet“, sagte Kaspar. „Wie wäre es nun, wenn man von Groß-Geschau nach Taubau zum Wohnstädtchen eine direkte Linie führen würde?“

„Interessant“, sagte der Generaldirektor.

„Unsinn“, sagte Patzer, „zwischen den beiden Endpunkten liegen fünf Kilometer Wald und Sumpf! Und außerdem, eine neue Linie bedeutet wieder mehr Triebwagen, also mehr Fahrer!“

„Keinesfalls“, sagte Kaspar, „nach meinen Ausarbeitungen wird ein Ringverkehr organisiert. Und zwar genau mit dem Verkehrsstrom. In den Morgenstunden verkehren alle Triebwagenzüge vom Wohnstädtchen direkt zu den Großbetrieben nach Groß-Geschau, fahren dann weiter ins Stadtinnere und von dort wieder hinaus zum Wohnstädtchen. Meine Herren, auf diese Weise könnte der Einrichtungsverkehr betrieben werden, der Wartezeiten an den Ausweichstellen unnötig macht und den Wagenabstand ohne zusätzliche Triebzüge um die Hälfte herabsetzt.“

„Bravo“, sagte der Generaldirektor.

„Laiengeschwätz“, sagte Paul Patzer.

„Vielleicht lassen Sie die Unterlagen zur Prüfung hier?“

Einer der Depotingenieure beugte sich zu dem anderen. – „Ist das nicht der Kerl, der beim Maifeuer gestern das Geld verpuffte?“

Frau Zahlbaum hatte diese Bemerkung vernommen. Sie blickte Kaspar forschend an. – „Sind Sie nicht dieser arme Mensch ohne Akte, ohne Vergangenheit?"

„Bestimmt verwechseln Sie mich", sagte Kaspar und griff in seine Brieftasche. „Hier sind meine Ausweispapiere und mein Diplom von der Straßenbahnakademie. – Ich wählte folgendes Abschlußthema: Die Relaxation der Linie sechs durch die Einbeziehung der Linie sieben, unter besonderer Berücksichtigung der Verkehrsströme der Stadt. – Aus Bescheidenheit möchte ich Ihnen meine Abschlußnote nicht mitteilen. Sie ersehen diese aus meiner Akte!"

Der Generaldirektor erhob sich feierlich von seinem Platz. – „Herr Diplomingenieur, könnten Sie sich mit dem Gedanken vertraut machen, in unserem Betrieb eine Position zu übernehmen?"

„Durchaus", sagte Kaspar.

„Nun, ich verdanke meinen Erfolg den schnellen Entschlüssen! Patzer, jetzt endlich werden Sie Zeit haben, Ihrem Steckenpferd nachzugehen – die Erstellung eines Archivs unserer traditionsreichen Straßenbahn. Sie, Gerecht, werden Patzers Funktion übernehmen!"

Er wandte sich zur Sekretärin, die noch immer in Bereitschaft stand, Kaspar den Weg nach draußen zu weisen, und sagte: „Bringen Sie noch eine Tasse für den Herrn Diplomingenieur!"

## XI

Die Wahlen für die Stadtratsversammlung standen bevor. In dieser Zeit beobachtete das Auge der Öffentlichkeit genauer als sonst. Jahrelang vernachlässigte Einrichtungen der Kommunalverwaltung standen im Mittelpunkt der Kritik. Seltsam, es war so, als erwachte die Stadt aus einem Dornröschenschlaf. Seit drei Jahren beinahe schien niemand bemerkt zu haben, daß in einem Winkel des Parks um den Pfauensee ein Schuttabladeplatz entstanden war. Erst jetzt, kurz vor den Wahlen, fiel es jedermann auf.

Seit Jahren waren die Bedürfnisanstalten am Further Bahnhof geschlossen. Plötzlich erschienen Lesermeinungen in der Zeitung, die das als eine himmelschreiende Schlamperei verurteilten.

Wie konnte es anders sein, auch die Straßenbahn stand wieder im Mittelpunkt heftiger Auseinandersetzungen. Im Winter hatte man der Öffentlichkeit ein Opfer dargeboten. Der Generaldirektor war abgesetzt worden. Trotzdem hatte sich kaum etwas geändert. Nach wie vor blieb die Straßenbahn die Achillesferse des städtischen Verkehrs. Generaldirektor Dutschmann wußte, wenn er seinen Posten bis zu den Wahlen hielt, dann war seine Position für längere Zeit gesichert. – Denn nach den Wahlen befiel alle Bürger stets eine unerklärliche Müdigkeit. Niemand mehr wollte Wörter wie „Kommunalverwaltung", „Recht und Pflicht des Bürgers", „Die öffentliche Hand" et cetera hören. Die Kritiker mißlicher Zustände meinten, man müsse erst einmal abwarten, was die neue Ratsversammlung für Beschlüsse fasse. Die Angestellten in den Verwaltungen tranken wieder häufiger während der Arbeitszeit Kaffee, denn das Gröbste war ja geschafft!

Die neuen Ratsherren nahmen nach der konstituierenden Versammlung zunächst Urlaub oder gingen ins Sanatorium. Viele Einwohnerversammlungen und Fragestunden hatten ihre Gesundheit untergraben.

Noch waren die Wahlen nicht überstanden, und Dutschmann hatte bereits Überlegungen angestellt, wie er es einfädeln könnte, zurück in die Kaffeerösterei versetzt zu werden. – Mit dem Kaffeerösten hatte es bei ihm stets geklappt. Darum verbreitete Dutschmann lügenhafte Parolen über das Absinken der Kaffeequalität. Die Vorgesetzten sagten jedoch: „Bring du lieber deine Straßenbahn in Ordnung. Der Kaffee schmeckt ohnehin nicht schlechter als früher."

Kaspar Gerechts Erscheinen war für Dutschmann so etwas wie die Wiedergeburt Christi. Von Kaspar erwartete er die Lösung aller brenzligen Fragen. Dutschmann setzte Kaspar schon wenige Tage nach seinem Auftauchen in der Sitzung als seinen Stellvertreter ein. Sein Plan war es, das Auge der Öffentlichkeit auf Kaspar zu lenken, denn wenn das Projekt siebenundsechzig, wie man die Zusammenlegung der Linien sechs und sieben intern bezeichnete, fehlschlug, mußte es einen Schuldigen geben.

Dutschmann hatte zuerst die Absicht gehabt, den Veteranen der Straßenbahn Paul Patzer sozusagen als Ausgleich für den Verlust seines Postens zum Ratsherrn vorzuschlagen. Paul Patzer stellte sich jedoch bockbeinig und drohte, in der Ratsversammlung die „Schweinerei mit der Straßenbahn" restlos zu enthüllen. Für die Straßenbahnverwaltung war es aber notwendig, einen Mann im Rat zu haben. Wie sollte man sonst die Gelder für den Ankauf der neuen Triebwagen durchbekommen?

War dieser Kaspar Gerecht nicht der geeignete Kandidat?

Dutschmann ergriff Maßnahmen. Zuerst lancierte er einen Zeitungsartikel auf die Lokalseite des Blattes. Diplomingenieur Kaspar Gerecht gibt Auskunft über die Neugestaltung des Fahrplanes der Städtischen Straßenbahn. Sozusagen als „Knüller" wartete Kaspar damit auf, daß ab sofort das Transportvolumen der Triebwagen erhöht würde. Kaspar ließ aus den Wagen alle Sitzbänke entfernen. Durch diese Maßnahme fanden in jedem Waggon mehr als fünfzehn Personen zusätzlich Platz.

Wie bei jeder neuen Maßnahme gab es auch hier Kritiker. Die Zeitung fing die Vorwürfe jedoch durch ein volkstümliches Gedicht, „An die bequemen Sitzenbleiber", ab.

Kurze Zeit später stellte sich Kaspar Gerecht der Presse. Er berichtete über das Großbauvorhaben der Straßenbahngesellschaft – den Streckenbau zwischen der Satellitenstadt Taubau und dem Industriegelände in Groß-Geschau.

Man hatte mit dem Bau der Trasse bereits begonnen. Es erwies sich als schwierig, einen Damm quer durch den Sumpf zu ziehen. Die Fahrzeuge, die den Beton für die Pfahlgründungen transportierten, blieben häufig im Morast stecken. Darum mußte ein Knüppeldamm gelegt werden. Als praktischer Holzspender erwies sich das Wäldchen mit dem Namen Moortann.

Der bekannte Prof. Fliedermann behauptete, der Tann sei klimatisch wichtig für das dahinter liegende Moorsanatorium. Außerdem diene das Wäldchen als Lärmschutz vor der Straßenbahnstrecke. Kaspar bewies auf der Pressekonferenz durch exakte Meßergebnisse, daß die Phonstärke des Straßenbahnlärms geringer sei als die Phonstärke eines Uhuschreis. Außerdem ginge durch die neue Strecke ein alter Traum der Bürger in Erfüllung. Der Wirkungsgrad des Sanatoriums würde sich durch die Verkehrsverbindung vergrößern. Angesichts dieser Tatsachen könne sich nur lächerlich machen, wer dem Wäldchen nachtrauere.

Endlich erschien auf der ersten Seite des Blattes ein Porträtfoto von Kaspar. Der Leitartikel, von einer gewissen Clara Liebig, Dekan der Abteilung „Geschriebenes Wort" an der Akademie der schönen Künste, pries Kaspar Gerecht als „zur Wirklichkeit gewordene Literatur". Dieser Passus blieb für die Mehrzahl der Leser unverständlich. – Deutlicher waren Claras Worte über Kaspars Gemeinsinn. „Dieser Mann zeigt uns am Beispiel der Verkehrsrelaxation, was eine Gesellschaft erreichen kann, wenn sie ihre kühnsten, gerechtesten und fleißigsten Bürger an die Spitze stellt. Man sollte sich fragen, wäre dieser Diplomingenieur nicht von höherem Nutzen für uns alle, wenn man ihm größere Schaffensräume eröffnete?"

Wenzel Ploch schnitt die Zeitungsartikel sorgsam für sein privates Archiv aus. Er hätte froh sein können, daß sein Geschöpf so hoch geehrt wurde. Er war es nicht! Irgendwie, er konnte es nicht näher begründen, blieb er unruhig.

Er durfte sich seinen Empfindungen jedoch nicht hingeben. Zu lange hatte er untätig, nur im Nachdenken über Kaspar, verharrt. Der Verleger wartete auf ein neues Manuskript. Plochs Bankkonten waren zusammengeschrumpft. Wenn er sich nicht zur Arbeit zwang, würde er alsbald vor seinem finanziellen Ruin stehen.

Dora wollte nichts von seinen finanziellen Schwierigkeiten hören.

„Immerhin bekomme ich mein Gehalt als Schwester", sagte sie. „Wir werden uns einschränken. Die Hauptsache ist, mein Wenzel, du lieferst dem Verleger ein gutes Manuskript."

Ploch staunte. „Seit wann interessierst du dich für meine Arbeit?"

„Ich verstehe nichts von den merkwürdigen Begriffen wie Fabel, Konflikt und dergleichen, die du ständig im Munde führst, aber ich freue mich auf das, was du schreibst", sagte sie. – „Weißt du, wenn man immer nur mit Menschen zu tun hat, die im Sterben begriffen sind, dann möchte man sich auch einmal auf etwas freuen können."

„Was sagst du zu Kaspar?"

„Nun, lieber Wenzel, wir mochten ihn früher alle viel lieber, glaube ich. Aber sein Nutzen für die Gesellschaft ist wohl unumstritten."

Jörg und Jens hatten durch Kaspars Hilfe das Abitur mit guten Abschlußnoten hinter sich gebracht. Im Herbst würden sie mit dem Studium der Chemie beginnen. Sie kleideten sich übrigens wieder ganz normal. Auch das war Kaspars Werk. Die Zwillinge zeigten Kaspar deutlich, daß sie sich nur dem Zwang beugten. Sie drückten ihre Antipathie gegen ihn durch verächtliche Reden aus. Eines Tages forderten sie, er solle das Hemd des Gerechten, das er nach wie vor, jetzt allerdings unter gepflegten modischen Hemden, trug, ablegen. Ihrer Ansicht nach hatte Kaspar die Gerechtigkeitsidee verraten und war ein Manager der Industriegesellschaft geworden.

Kaspar sagte: „Ihr lebt für Kinderträume! Ihr wollt Hab und Gut zu gleichen Teilen, unbeschadet der Leistung des einzelnen, verteilen, wollt das Geld abschaffen . . ., wie lächerlich! Ich, meine Freunde, schaffe Gerechtigkeit auf andere Weise. Alle sollen so viel Geld und so viel Gut besitzen, daß eines Tages Geld und Gut keine Bedeutung mehr haben. – Dafür arbeite ich!" Er trug das Hemd des Gerechten auch weiterhin.

Erika Riedel hatte nach Kaspars Verwandlung zunächst eine glückliche Zeit verlebt. – Der Mann, den sie liebte, atmete, speiste und war sinnlich. Die Artikel im Blatt machten sie stolz. Das war doch eine andere Art aufzufallen, als wenn einer durch Wände ging oder dergleichen Kokolorus trieb! – Doch Kaspars Heiratsantrag nahm sie mit Zurückhaltung entgegen. Die kleine Josepha hatte aus heiterem Himmel starke Abneigung gegen Kaspar gefaßt. – „Es ist wie mit meiner alten Stoffpuppe Susanne. Kaspar hat mir eine neue geschenkt, die mit den Augen blinkert und ‚Josepha' ruft, aber ich mag meine Susanne viel lieber."

„Undankbares Kind!" sagte Eri. Sie gab Kaspar ihr Jawort jedoch nicht. Warum auch? Lebte sie nicht mit ihm, als seien sie Mann und Frau?

In den letzten Wochen sah Erika häufig verweint aus.

Den Grund dafür wußte nur Dora. –

Kaspar beschäftigte sich mit der Weiterbildung seiner Mitarbeiter. Er war auf erschreckende Wissenslücken gestoßen!

„Sie arbeiten in einem Verkehrsbetrieb und wissen nicht, wo Porto Amella liegt", sagte er zu einem Rangierer im Süddepot.

Kaspar stellte Förderungspläne auf.

Die Triebwagenführer sollten zu Streckenleitern entwickelt werden; die Streckenleiter zu Streckenkoordinatoren; die Koordinatoren zu Distriktskoordinatoren und so weiter.

Paul Patzer fragte boshaft: „Und wer soll die Triebwagen fahren?“ Seine Frage war nichts anderes als eine Provokation und blieb unbeantwortet.

Kaspar wollte mit seiner Bildungskonzeption nicht bei der eigenen Familie haltmachen.

„Erika, mein Liebling“, sagte er, „wie lange arbeitest du schon hinter der Kaffeemaschine, dieser Dampfmaschine vergangener Zeiten?“

„Ich habe diese Stelle nach Josephas Geburt übernommen“, sagte sie.

„Wenn du dich ein wenig bemühtest, einen ökonomischen Zirkel belegtest, dann könntest du mit deiner Intelligenz Leiterin aller Kaffeestuben der Stadt werden!“

Erika mußte lachen. – „Ich – ein Chef! Nein, Kaspar. In meiner Imbißstube bin ich mein eigener Chef! Was sollte ich hinter dem Schreibtisch? In meiner Kaffeestube herrscht Leben! In jeder Stunde treten mindestens zehn verschiedene Menschen ein. Die einen nehmen mich nicht zur Kenntnis. Sie sprechen mit ihren Bekannten, tun so, als wäre ich Luft. Sie erzählen sich etwas aus ihrer Jugend oder über Frauen. Die Damen reden von Parfüms, von Paris, von Abtreibungen ... Und ich serviere den Kaffee und höre zu. Andere Leute wollen sich mit mir unterhalten. Sie erzählen mir ihren Kummer. Andere wieder sehen mich geil an. – Die lasse ich gleich abblitzen. – Ab und zu schaue ich auf den Anzeiger der Registrierkasse. Am Vormittag steht er auf null Komma null. Im Laufe des Tages klettern die Zahlen dann empor. Wenn es draußen heiß ist, überschlagen sie sich beinahe. Jeden Augenblick kommt eine Mama mit ihrem Kind, um ein Eis mit Sahne zu essen ... Gewiß, ich muß das Geld bei der Bank abliefern. Aber mir macht es etwas aus, ob es viel ist oder wenig. – Und wenn dann Feierabend ist, trinke ich den letzten Kaffee selbst. Ganz ruhig beginne ich die Maschine mit Chrompolitur zu putzen. Am Ende glänzt sie und blitzt. Ich fühle mich wie nach dem Baden, so rein…"

„Und die Füße schmerzen. Die Hände sind übersät von Brandwunden!"

„Ja", sagte Erika, „das gehört eben dazu."

Sie küßte und umarmte Kaspar, bevor dieser das Gespräch fortsetzen konnte.

Er erwiderte ihre Küsse und ihre Umarmungen, aber er war nicht der Mann, der sich durch Liebkosungen einlullen ließ! – „Wenn alle Menschen so denken würden wie du, meine Liebe, würde die Menschheit stehenbleiben, würde die Gerechtigkeit stagnieren. Erika, du mußt anders werden. Ganz anders."

Solche Gespräche waren die Ursache für die Tränen, die Erika Riedel vergoß. – Denn sie wollte partout nicht anders werden!

Plakate an den Anschlagsäulen zeigten an, daß Diplomingenieur Kaspar Gerecht nun auch kandidierte.

Einen Tag vor den Wahlen konnte, früher als geplant, der Streckenabschnitt zwischen Taubau und Groß-Geschau eröffnet werden. Es war ein feierlicher Augenblick für die ganze Stadt.

Wie sagte doch Ottorino Finkenfang in seiner Rundfunksendung „Musikalische Plauderei am Frühstückstisch" so treffend? – „Die neue Straßenbahnlinie ist ein Lied aus Stahl, Beton und menschlicher Schöpferkraft!"

Allerdings überschattete der Tod des Oberbürgermeisters das Ereignis. Der alte freundliche Herr hatte nie ganz die Folgen des Autounfalls überwunden! Doch sein Tod kam für alle überraschend. Man hatte sich darum kurzfristig entschlossen, das Volksfest abzusagen und statt dessen die Straßenbahnlinie mit besinnlicher Würde zu feiern.

Vormittags elf Uhr bestieg der bekannte Rezitator Alboretti das Rednerpult an der Haltestelle in Taubau und sprach die „Hymne auf die gelbe Straßenbahn" von Nettelmair. Der Rezitator deklamierte hervorragend, ließ aber für Kenner durchblicken, daß er von gereimten Gedichten dieser Art nichts hielt. Kaspar würdigte danach in schlichten Worten die Bedeutung der neuen Verkehrsverbindung, vergaß auch nicht eine Minute stillen Gedenkens für den dahingeschiedenen Oberbürgermeister.

Man hatte lange nach dem hübschesten Mädchen der Stadt gesucht, das dazu ausersehen war, die Sektflasche auf dem Gleiskörper zu zerschmettern. Die Ehre war schließlich auf Fräulein Rosi Pagode gefallen, die, in ein reizendes Dirndl gekleidet, den feierlichen Akt treffsicher vollzog. Dann bestiegen die Ehrengäste den geschmückten Triebwagenzug. Kaspar bewegte die Kurbel. Und unter den Klängen der grüngekleideten Hornisten des Jagdclubs „Halali", selbstverständlich führte Herr Pagode den Stab, setzte sich der Zug zu seiner ersten Fahrt in Bewegung.

Später begab man sich ins Clubhaus Groß-Geschau zu einem Imbiß. Das Büfett ließ nichts zu wünschen übrig. Das goldbraun geröstete Schwein im Mittelpunkt des Tisches war von Früchten, Schalen mit Muscheln und Kaviar, gefüllten Puten und Zanderschnitten umrahmt. Die Trüffeln dufteten. In stiller Vorfreude sahen die Ehrengäste zu, wie die blauen Flämmchen auf den flambierten Speisen zuckten und endlich verlöschten. Der Koch aus dem „Gargantua" überreichte Nettelmair ein schwertartiges Messer und bat ihn augenzwinkernd, das gebratene Schwein zu zerlegen. Nettelmair hatte Übung in derartigen Angelegenheiten. Der Schweinekörper zerfiel nach einem meisterhaften Schnitt in zwei Hälften. Das Erstaunen der Ehrengäste war jedoch groß, als sich aus der

Bauchhöhlung des vermeintlichen Schweins, in Wirklichkeit handelte es sich um feinstes Badusaer Backwerk, mehrere Schnepfen erhoben und verdattert durch den Raum geisterten.

Die Hornbläser waren jedoch instruiert. Sie tauschten die Blasinstrumente augenblicklich gegen bereitstehende Jagdwaffen aus und holten, piff, paff, puff, die Vögel von der Decke.

„Meine Damen und Herren“, sagte Nettelmair, „während wir uns jetzt ein wenig mit den Vorspeisen beschäftigen, wird unser verehrter Koch mit seinen Gehilfen in der Küche die köstlichen Vögel zubereiten. Ich hoffe, daß Ihnen das von mir zusammengestellte Diner munden wird.“

Man klatschte zum Zeichen des Einverständnisses. Alle hatten sich einen kräftigen Appetit an der frischen Luft geholt. Nachdem der erste Hunger gestillt war, kamen auch wieder Gespräche auf. Kaspar zeigte sich charmant plaudernd.

Nettelmair, an seinem Arm die hochschwangere Maria, sagte zu Ploch, wobei er auf Kaspar deutete: „Diesmal ist dir was Schmissiges gelungen. Aber mein Menü ist auch nicht übel, wie?“

Clara Liebig hatte sich irgendwie unter die Ehrengäste gemischt.

„Ploch, mein Junge“, sagte sie, „da kannst du mal sehen, welche aktivierende Rolle die Kritik spielt.“

Sie umarmte Ploch und drückte schmatzende Küsse auf die Wangen des Schriftstellers. Er wandte sich wortlos ab.

Lange nachdem die Schnepfen serviert worden waren, stieß Kaspar auf Rosi Pagode, die sich bescheiden abseits, im Schatten ihres Vaters, aufgehalten hatte. Herr Pagode mußte irgendwann einmal hinaus. Da sprach Kaspar sie an.

Ploch schaute mißtrauisch zu den beiden jungen Leuten hinüber. Insgeheim beneidete er Kaspar um diese Gesprächspartnerin. – Jetzt lachten die beiden herzlich. Er hätte gern mitgelacht, aber Generaldirektor Dutschmann hielt ihn fest an der Kandare und berichtete weitschweifig über den Import von Javabohnen und ihre Verwendbarkeit als Röstgut.

„Sie haben nichts mehr im Glase“, sagte Kaspar und eilte zum Büfett, um für Rosi einen gefüllten Kelch zu holen. Rosi errötete über so viel Ehre und beeilte sich, wieder zum Thema zu kommen. – „Jahrelang habe ich die Tiere des Waldes beobachtet und belauscht. Ich beherrsche ihre Stimmen perfekt. Ich stellte mich also der Prüfungskommission für Artistennachwuchs und bestand! Aber da geschah etwas sehr Seltsames. Nach mir trat ein Kandidat vor die Kommission, der sich ebenfalls beworben hatte. – Übrigens hatte er eine entfernte Ähnlichkeit mit Ihnen, Herr Diplomingenieur. Er besaß allerdings nicht so markante Züge wie Sie. – Ein Dutzendgesicht, das aber irgendwie zu innerer Anteilnahme herausforderte. – Dieser junge Mann rollte sich in einen Teppich ein. Als man den Teppich dann aufrollte, war er verschwunden!“

„Aha, ein Zaubertrick“, sagte Kaspar. Es klang verächtlich.

„Nun, man lehnte den armen Kerl ab. Ich aber wußte, daß alles, was ich zu bieten hatte, gegen seine Leistung nur Stümperei sein würde. Darum gab ich es auf. Ich werde mich nun mit ganz anderen Dingen beschäftigen.“

Rosi hatte Kaspar nicht wiedererkannt. Es war nicht nur sein Äußeres. Hauptsächlich hatte ihn die neue Haltung verändert.

Kaspar entsann sich ebenfalls nicht, Rosi Pagode vorher begegnet zu sein. Alles, was er vor seiner Wandlung erfahren hatte, war wie ausgelöscht. Nur manchmal dämmerte wie ein Traum die Vergangenheit herüber. – Er glaubte in Rosis Gegenwart das Trillern der Lerche zu vernehmen. (Dr. Waldersee hätte in diesem Zusammenhang von Vorprägungen gesprochen.)

„Und womit werden Sie sich künftig beschäftigen?" fragte Kaspar.

„Mein Vater rät mir zur Modebranche. Er meint, ich könne Talent zur Hutmacherin haben. Doch das Hütemachen bedeutet mir denn doch einen zu engen Wirkungskreis."

Kaspars Augen leuchteten vor Eifer.

„Sie, mein Fräulein, wollen also mehr", sagte er, „Sie wollen verändern!"

„Das sind die richtigen Worte, Herr Diplomingenieur."

„Großartig", sagte Kaspar, „warum studieren Sie nicht das Straßenbahnwesen?"

Rosi Pagode schien enttäuscht. Kaspar brannte dagegen darauf, der jungen, ungefestigten Dame einen Weg zu weisen. – „Fräulein Pagode. – Die Straßenbahn, das sind doch nicht die gelben, klappernden Waggons, die mühsam durch die Stadt rattern. – Das sind auch nicht diese glitzernden Stahlprofilbänder, in denen die Absätze der Damenschuhe so häufig steckenbleiben. Die Straßenbahn, das ist ein feingesponnenes, empfindliches Netz von Adern, durch das Leben fließt. Oh, lächeln Sie nicht, mein Fräulein. Die Stadt ist wie ein lebendiger Organismus. Die Straßenbahn befördert die Nahrung in die entferntesten Gliedmaßen. Ohne den unaufhörlichen Blutstrom würde unser Körper absterben. Und ohne den Verkehrsstrom bewegen sich in keiner Fabrik die Räder."

„Das ist wahr", sagte Rosi, „und Sie, Herr Diplomingenieur, sind dann das Herz, welches das Blut durch die Adern schickt."

Kaspar nahm die Ehrung dankend an. – „Wenn unsere Straßenbahnen nur zehn Minuten später als geplant an den Haltestellen eintreffen, entstehen in den Werken Arbeitsausfälle von rund siebzehnhundert Stunden. Können Sie sich vorstellen, wie viele Hüte, wie viele Kleider und Schuhe der Menschheit verlorengingen?"

„Wenn man es freilich so betrachtet", sagte Rosi Pagode.

„Gerechtigkeit, mein liebes Fräulein, verbreitet sich, wenn die Produktion wächst. Es ist also keineswegs übertrieben, wenn ich sage, das Straßenbahnwesen einer Stadt ist der Maßstab für die Gerechtigkeitsliebe der Bürger."

Rosi Pagode schaute auf zu Kaspar. – „Sie haben mir ganz neue Dimensionen eröffnet, Kaspar."

Und Kaspar glaubte bei diesen Worten wieder das Trillern der Lerche zu vernehmen.

Rosi, die einige Gläser des köstlichen Sekts genossen hatte, spürte, daß irgend etwas mit ihr vorging. – Bisher hatte sie, behütet vom Papa, ihr Leben nach seinen Vorstellungen verbracht. Bei den Jagdgesellschaften und bei anderen Gelegenheiten hatte Pagode sie so lanciert, daß sie wegen ihrer Schönheit und wegen ihrer Wohlerzogenheit bewundert worden war. Rosi wußte, wie man ein Gespräch bestritt, ohne jemandem zu nahe zu treten. Sie war in der Kunst zu plaudern geübt, ohne ihre eigene Meinung zu sagen. Und sie besaß die Tugend, unabhängig vom Thema des Gesprächs aufmerksam zuzuhören, ohne sich die Langeweile anmerken zu lassen.

Auch an diesem Tage war sie durch ihre verbindliche Art angenehm aufgefallen. Niemand ahnte, daß Rosi sich elend fühlte. Die Hohlheit derartiger Zusammenkünfte und die Ziellosigkeit ihrer eigenen Existenz waren ihr bewußt. Aber bisher hatte sie kaum die Kraft gefunden, sich dagegen ernsthaft aufzulehnen. Höchstens, daß sie in den Wald ging und dort in der Einsamkeit Stunden verbrachte.

Kaspar, seine Art, wie er die Dinge veränderte, erregten ihre Bewunderung und vertieften ihre Verachtung gegen sich selbst.

Der Schaumwein half ihr, plötzlich gewisse Hemmungen zu überwinden.

Sie sagte laut: „Ich bin eine saudumme Pute!"

Einige Gäste wurden aufmerksam. Was war in das sonst so artige Mädchen gefahren?

„Zum Kotzen bin ich zu dämlich“, rief sie. Es verschaffte ihr Befriedigung, so zu reden.

Pagode schickte einen entsetzten Blick hinüber. Da fiel sie wieder in ihr Lächeln zurück.

„Verzeihen Sie, Herr Diplomingenieur. Ich wollte nur auf meine Unzulänglichkeit anspielen.“

„Bitte, seien Sie mir gegenüber ganz frei.“

„Ganz frei?“ Rosi lachte. „Das ginge denn wohl doch nicht, Herr Gerecht. Es wäre ungezogen. Wir Menschen unterscheiden uns doch gerade von den Tieren, weil wir uns beherrschen können.“

„Lösen Sie sich von den spießbürgerlichen Vorstellungen über gutes Benehmen! Gerecht kann nur derjenige sein, der wirklich frei ist.“

„Sind Sie es, Herr Diplomingenieur?“

„Ja, mein Fräulein. Allerdings habe ich Großes vor, und ich habe taktische Rücksichten zu nehmen. Aber Sie...“

„Das ist es ja, ich habe nichts Großes vor...“

Sie nahm einen Schluck aus dem Glase. Der Raum begann sich vor ihren Augen zu drehen. Die Ehrengäste liefen an der Decke entlang. Unter sich sah Rosi das gleisnerische Strahlen des vielflammigen Lüsters.

„Ich möchte fliegen können“, sagte sie.

„Das ist technisch nicht einfach zu lösen, Fräulein Pagode.“

„Ich möchte fliegen, um meine eigene Mickrigkeit zu vergessen.“

„Fräulein Pagode, Sie sind unreal, Sie sind verträumt..., damit verändert man die Welt nicht!“

„Unreal“, sagte Rosi, „und verträumt. Ich habe mich niemals mit den Männern eingelassen, so wohlerzogen war ich. Ich habe nur davon geträumt.“

Ihre Stimme war sehr laut geworden. Man blickte zu ihnen hin. Herr Pagode stand auf dem Sprung, einzuschreiten. Aber wie, ohne Aufsehen zu erregen?

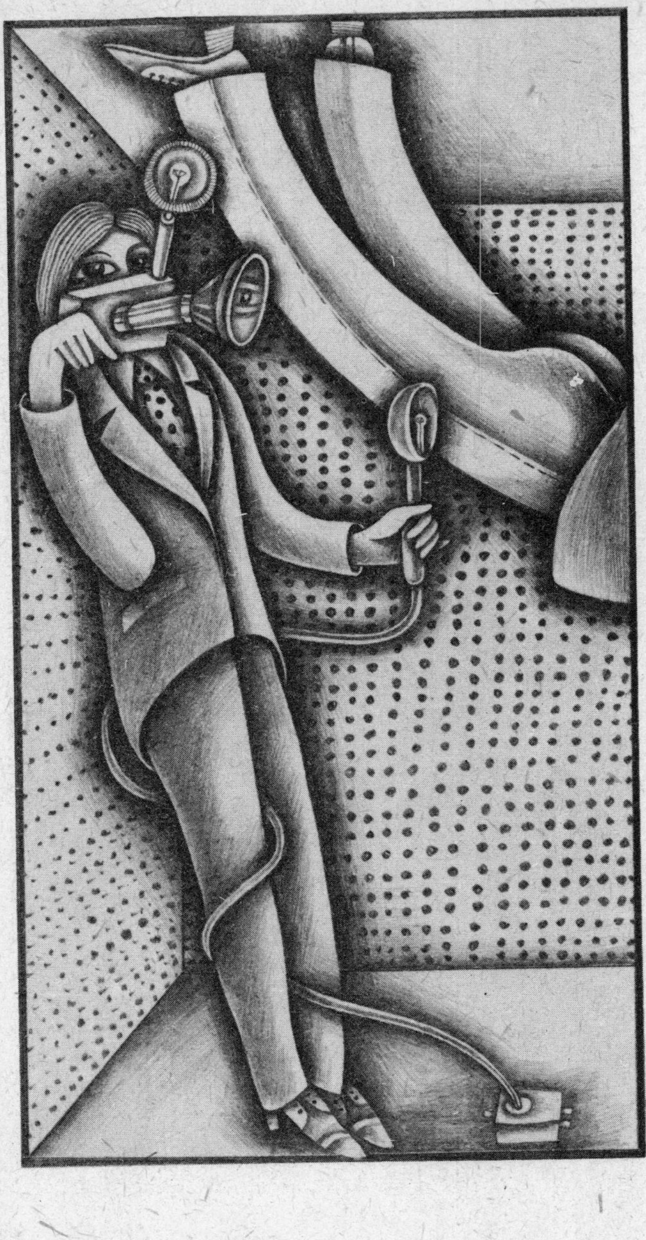

"Küssen Sie mich, Kaspar!" "Bespringen Sie mich!"
MORG N ZETUNG
SYMBOLISCH UNSERE STADT
SCHÖN SICH
MIT Verstand
SEKT

„Küssen Sie mich, Kaspar!“ rief Rosi Pagode. „Bespringen Sie mich!“

Sie warf das Sektglas von sich. Es rollte auf das Parkett. „Fräulein Pagode, ist Ihnen nicht wohl?“

Kaspar fing die Fallende in seinen Armen auf.

„Küß mich, Kaspar! Bespr...“

Kaspar küßte sie, um ihre Worte zu ersticken. Er hatte nicht einen Augenblick sein großes Ziel vergessen. Das Aufsehen hier ging gegen seine Taktik. Die Blitzlichter der Fotografen flammten auf.

Ploch befand sich unter den Zuschauern, die Liebig und Nettelmair. Pagode drängte zu Kaspar. – „Herr, was erlauben Sie sich?“

Noch konnte Kaspar Aufklärung geben, daß die Kalamität durch den Sekt und die jugendliche Überspanntheit des Mädchens entstanden war. – Ein wenig seltsam würde es sich allerdings ausnehmen, wenn die Zeitung das Bild mit Rosi Pagode und ihm veröffentlichte. Immerhin war morgen Ratswahl! Vielleicht forderte man ihn auf, die Kandidatur zurückzuziehen. Dabei ging es ihm nicht darum, Karriere zu machen. Er mußte Ratsherr werden, um der Gerechtigkeit besser dienen zu können. – Der Duft nach Wald und Heide, der Rosi Pagodes Haar entströmte, stieg Kaspar Gerecht in die Nase und machte ihn sinnlich. In Liebesdingen war dieses Mädchen wohl unerfahren. Aber er könnte sie einweihen. – Nicht nur in die Liebe. – Auch in den tiefen Sinn der Gerechtigkeit.

Erika würde es ohnehin niemals begreifen. Sie sah die Welt doch nur aus dem Blickwinkel ihrer Kaffeestube!

„Ich glaube“, sagte Kaspar, „wir haben uns soeben verlobt!“

Man klatschte spontan.

Rosi kam durch den Lärm wieder zu sich.

Man gratulierte dem Paar und Herrn Pagode, der noch immer verwirrt dreinschaute, bis die Hornbläser den Hochzeitsmarsch zu spielen begannen. Da erwachte das Verantwortungsbewußtsein des Herrn Pagode – er zog ein Stöckchen aus der Tasche und dirigierte.

„Diese Garnierung übertrifft denn doch alle anderen“, sagte Nettelmair.

Plochs Stimmung war nicht die beste.

„Und ich verfüttere ihn doch an die Papageien“, sagte er zu sich selbst.

Die Morgenzeitungen berichteten am Wahltage ausführlich über die feierliche Einweihung der neuen Straßenbahnlinie. Mehrfach tauchte der Name Kaspar Gerecht in den Artikeln auf. Unter jenem Foto, das Rosi und Kaspar zeigte, standen die Zeilen: „Symbolisch für unsere Stadt – Schönheit (Fräulein Rosi Pagode) vermählt sich mit Verstand (Ratskandidat Dipl.-Ing. Kaspar Gerecht).“

Die Stadt zeigte sich im Feiertagskleid. Regional- und Landesflaggen schmückten öffentliche Gebäude und Wohnhäuser. Farbige Pfeile wiesen den Wählern den Weg zu girlandenumkränzten Wahllokalen. Die Kinderchöre aus den Schulen sangen alte und neue Melodien.

Schon in der Mittagszeit hatten etwa fünfundsiebzig Prozent der Bürger ihrer Wahlpflicht Genüge getan. Natürlich gab es Bummelanten, die fünf Stunden vor Wahlschluß noch immer nicht ihre Stimme abgegeben hatten. Ploch, Erika und Dora waren schon nach dem Frühstück zum Wahllokal aufgebrochen. Alle drei hatten unabhängig voneinander den Namen Kaspar Gerecht gestrichen.

Kaspar war am Morgen in aller Frühe mit einem Köfferchen, in dem er seine Habe verwahrte, ausgezogen. Vorerst nahm er Quartier im Straßenbahnerwohnheim.

Nach der Stimmenabgabe verabschiedete sich Dora, indem sie Erika herzlich an sich drückte.

„Nimm es nicht so schwer“, sagte sie. „Solange der Mensch atmet, ist Hoffnung.“ Dora mußte ihren Dienst im Krankenhaus antreten.

Ploch fühlte sich Erika gegenüber schuldig.

„Ich schwöre dir, Erika“, sagte er, als sie allein die Straße entlang nach Hause gingen, „nichts von Kaspar Gerechts unerhörter Handlungsweise deutet sich in meinem Manuskript an! – Ab und an liest man in den Journalen, daß Fernraketen aus der Kontrolle der Bodenstationen geraten, Kapriolen schlagen und schließlich gesprengt werden müssen, um Schlimmeres zu verhüten. – Auch ich werde meine Rakete sprengen müssen!“

„Kaspars Handlungsweise bedeutet für mich keine Überraschung. Ich glaubte eine Zeitlang, die Kälte, die früher von ihm ausging, wäre vergangen, weil er atmet und weil Blut in seinen Adern zirkuliert.“ Sie schüttelte den Kopf. – „Es gibt Feuer, das nicht wärmt. Trotzdem ist es mit den Raketen, von denen du sprachst, doch ein ander Ding. Sie sind seelenlose Stahlprojektile. – Dieser Kaspar aber lebt ..., man kann ihn nicht einfach zerstören ...“

„Du liebst ihn noch immer“, sagte Ploch.

„Wenn ich liebe, dann lieb ich. Du solltest das wissen, Wenzel.“

Ploch nickte.

Um Mitternacht wurde das Wahlergebnis im großen Rathaussaal, an dessen Wänden Tafelbilder mittelalterlicher Ratsherren zwischen prächtigen Geweihen hingen, den neuen Ratsherren verkündet.

Kaspar war gewählt. Allerdings hatten über fünf Prozent der Wähler gegen ihn gestimmt. So zeigte sich, daß Paul Patzer doch einen gewissen Einfluß gehabt hatte. Patzer war ebenfalls Ratsherr geworden. Eine kleine Gruppe von Gewerkschaftsveteranen hatte ihn für die Kandidatur vorgeschlagen. – Patzers Name war den Älteren noch aus jener Zeit bekannt, als die

Straßenbahn einer Aktiengesellschaft gehörte. Damals, vor mehr als vierzig Jahren, hatte Patzer an der Spitze des großen Straßenbahnerstreiks gestanden, der die Industrie für mehrere Tage lahmlegte und die Unternehmer zwang, höhere Löhne zu zahlen. Man hatte also die Kandidatur des Straßenbahnveteranen trotz seiner reaktionären Einstellung zur neuen Streckenführung nicht ablehnen können.

In dieser Wahlnacht, so verlangten es die Stadtrechtsartikel, mußten die Ratsherren den neuen Oberbürgermeister aus ihren Reihen bestimmen.

Wieder wurde offenbar, welche empfindliche Lücke der alte Oberbürgermeister durch seinen Tod hinterlassen hatte. Niemand hatte bislang daran gedacht, daß ein anderer als er für das hohe Amt in Frage käme. Ratlosigkeit herrschte unter den neuen Ratsherren.

Paul Patzer ergriff als erster Redner das Wort in der Debatte. Nachdem er die hervorragenden Eigenschaften des Verstorbenen gewürdigt hatte, schlug er, zur Überraschung aller anderen Ratsherren, Kaspar Gerecht zum neuen Oberbürgermeister vor. – Die bewundernswerte Kühnheit, mit der Gerecht die Straßenbahn verändert habe, komme dem städtischen Gemeinwesen sehr zugute. Das Wahlergebnis zeige auch, daß Gerecht für manche Bürger ein unbequemer Mann sei – was wiederum günstig auszudeuten sei, denn ein Mann, der jedem gleichermaßen gefalle, müsse zwangsläufig ein Kompromißler sein!

Die Anwesenden schienen geneigt, sich an die Stirn zu schlagen. Wieso, fragte sich jeder, bin nicht ich auf diese vortreffliche Idee gekommen! Die Tatsache, daß Patzer, der als Feind Kaspers bekannt war, den Vorschlag einbrachte, überzeugte sie. Patzer hatte nicht umhingekonnt, die bedeutenden Leistungen des Diplomingenieurs anzuerkennen! – Doch Patzer blieb der einzige, der die wahren Gründe wußte. Seine Haltung hatte sich nicht geändert, was diesen „wildgewordenen Akademiker" anging. Wenn Kaspar weiterhin das große Wort in der Straßenbahnverwaltung führte, würde seiner Ansicht nach das ganze Nahverkehrssystem in Kürze zusammenbrechen. In den nächsten Tagen und Wochen würde man dahinterkommen, daß der EINRICHTUNGSVERKEHR auf den Linien sechs und sieben zwar eine Entlastung bedeutete, daß sich jedoch andere Mängel eingestellt hatten. Zum Beispiel würde sich die Fahrzeit für die Schulkinder aus Taubau von fünfzehn auf achtundvierzig Minuten verlängern, weil sie jetzt nur über Groß-Geschau zu den Schulen der Innenstadt gelangten. Wie lange würden die kranken und alten Leute schweigen, die früher kurze Strecken mit der Straßenbahn fuhren, um einzukaufen, die jetzt aber das Zehnfache der Strecke zu bewältigen hatten? Irgendwann würde man auch feststellen, daß es mit den Wohnungsbauten der Straßenbahnersiedlung nicht voranging. Ein großer Teil des Baubetons war nämlich beim Bau des Straßendamms durch das Moor draufgegangen! Nach einem Jahr etwa würden dann die Gleise auf der neuen Strecke ausgewechselt werden müssen, weil man dort, um die Termine zu halten, die ältesten Reserveschienen verwendet hatte.

Der augenblickliche Erfolg Kaspar Gerechts entzog Patzers Kritiken den Boden. Darum sah der Veteran nur eine Möglichkeit, die Straßenbahn vor schlimmerem Unheil zu schützen: Kaspar Gerecht mußte Oberbürgermeister werden! Dort oben, dachte Paul Patzer, würden die wahnsinnigen Pläne dieses Pfuschers der Öffentlichkeit am schnellsten bekannt werden!

Kaspar Gerecht blieb der einzige Anwärter auf das Oberbürgermeisteramt.

In traditioneller Weise stimmte man mit weißen und schwarzen Kugeln ab. Mit neunundvierzig gegen eine Stimme wurde Kaspar Gerecht für das hohe Amt bestimmt.

Die einzige schwarze Kugel stammte von Patzer, der meinte, man solle das Kraut nicht in den Himmel schießen lassen.

Man legte Kaspar die traditionsreiche Eidesformel vor. Er schob sie aber zur Seite und sprach mit heller Stimme: „Ich schwöre, so wahr ich ein rotes Kattunhemd trage, unangefochten von menschlichem Kleinmut der Gerechtigkeit zu dienen und nur der Gerechtigkeit."

Die Ratsherren blickten befremdet. War das die übliche Formel? Die meisten glaubten sich verhört zu haben. – Das wäre nicht verwunderlich, denn man hatte einen anstrengenden Tag hinter sich. Die Rathausuhr schlug eins.

## XII

Der Winter setzte, kaum daß die Bäume ihre Blätter abgeworfen hatten, mit Frost und Schnee ein. In der Wohnung des Schriftstellers Wenzel Ploch war es still geworden. Jörg und Jens waren zu Beginn des Herbstsemesters vom Further Bahnhof aus in das Universitätsstädtchen gereist, um tiefer in die Geheimnisse der Chemie einzudringen.

Am Tage ihrer Abreise war es noch zu einer Verstimmung gekommen. Ploch hatte für seine Söhne nach unendlichen Laufereien durch die Fachgeschäfte zwei Koffer nach dem neuesten Schrei aufgetrieben. Die Buben hatten jedoch darauf bestanden, mit Seesäcken zu reisen. – Vielleicht, dachte Ploch, ist dies nun die allerletzte Mode.

Erika Riedel war mit Josepha ebenfalls ausgezogen. Sie hatte, ohne ihre Bekanntschaft mit dem Oberbürgermeister ins Spiel zu bringen, eine komfortable Neubauwohnung in der Satellitenstadt Taubau zugewiesen bekommen. Endlich kam in der neuen Wohnung der Anbaumöbelsatz „Happy-End", obgleich er einige Schrammen bekommen hatte, zur Geltung.

Früher hatte sich Ploch nach Ruhe gesehnt. Schon kurz nach der Abreise der Buben und Eris Umzug bemerkte Ploch, daß die Stille seine Nerven nicht beruhigte, sondern in Aufruhr versetzte. Er hörte plötzlich, an seinem Schreibtisch sitzend, das beinahe unmerkliche atmosphärische Rauschen. Und er konnte sich nicht von der Vorstellung befreien, daß dieses Rauschen die Zeit sei, die unaufhaltsam verrann.

Ploch schaute in die Zimmer der Buben, die mit Spielzeug und anderen persönlichen Utensilien vollgepfropft waren. Das Piano, auf dem die Buben ihre Etüden geübt hatten, war nur noch ein riesiger Staubfänger. Der Schriftsteller öffnete das Instrument und schlug einen Akkord an. Doch nichts von der Heiterkeit, die er empfunden, wenn einer der Buben Tonleiterstudien betrieben hatte, stellte sich ein. Die Töne verhallten mit einem traurigen Nachklang.

Ploch stellte fest, daß von den Medaillen sportlicher Wettkämpfe, die beide Jungen errungen hatten, das aufgelegte Silber und Gold stellenweise abgeplatzt war.

Auf andere Weise litt Dora unter der Einsamkeit. Lohnte es sich überhaupt noch, so viel Aufwand mit dem Kochen zu betreiben? Und der Abwasch, zwei Teller und zwei Tassen, erschien ihr lächerlich. Ihre Hände waren es gewohnt, zuzugreifen und Ordnung zu schaffen.

Manchmal hatte Dora rotgeweinte Augen.

„Du weißt doch, mein Dorchen", sagte Ploch, „wie diese Studenten sind. – Von all dem Neuen, das sie in den Vorlesungen hören, beinahe erdrückt, denken sie nicht viel an die Eltern. – Natürlich interessieren sie sich neben dem Studium zuerst einmal für die Mädchen oder für die Bierkneipen."

„Aber Wenzel", sagte Dora, „seit acht Wochen haben wir kein Lebenszeichen von ihnen. Wir sollten mit dem Automobil hinfahren und nachschauen!"

„Fürchtest du nicht, wir würden ihnen lästig, Dora? Nein, sie müssen sich von selbst melden!"

In der neunten Woche brachte die Post einen Brief ins Haus.

„Von Jörg", sagte Dora. Ihre Finger zitterten. „Irgendwas ist passiert, Wenzel. Ich hab so eine Ahnung!"

Sie reichte Ploch den Brief. Er legte ihn auf den Tisch, als sei es eine Sache, die noch Zeit habe. – „Was kann schon passiert sein?"

„Öffne den Brief!"

Ploch ging zum Schreibtisch und kam mit dem Falzbein zurück. Bedächtig öffnete er das Kuvert. Dora riß ihm den Brief aus der Hand.

„Liebe Eltern", las sie, „aufgrund einer Übereinkunft mit Jens darf ich Euch erst jetzt schreiben..."

„Was für eine Übereinkunft?"

„... ich bin gesund. Und auch Jens hat den Brechreiz überwunden..."

„Sie waren also krank!"

„Du hörst, sie sind beide gesund, Dorchen!"

„... Leider muß ich Euch etwas berichten, das Euch vielleicht Schmerz zufügen wird. Wir baten Euch damals, uns nicht zum Bahnhof zu begleiten. Das hatte einen wichtigen Grund. Wir benutzten nämlich nicht den Zug in die Universitätsstadt, sondern wir trampten zur See. Im Überseehafen suchten wir eine Heuer auf einem der großen Schiffe. Der Wunsch, zur See zu gehen, hatte uns die letzten Monate beschäftigt. Erst heute habe ich erkannt, wie kindisch wir waren. Wir glaubten, nur auf See könnten wir unseren Mann stehen. Wir wollten Wind und Wetter als ehrliche Kämpfer gegenübertreten und prüfen, ob wir wirklich standhalten.

Der Frachter ‚Anna' nahm uns als Küchenhilfen auf. Die ‚Anna' sollte nach Südamerika gehen. Eine Stunde vor dem Auslaufen habe ich meinen Entschluß geändert. Das Meer in seiner unendlichen Weite machte mich beklommen. Ich dachte an die fremden Kontinente und Länder, die von den gleichen Wellen beleckt werden wie die Kaimauer in unserem Hafen. Unsere Hafenanlagen waren fest und würden Stürme und Wellen überdauern. Wie aber war es anderswo? Nicht die Sprachen und ungewohnten Sitten in der Fremde machten mir angst. Mich bedrückte der Gedanke, daß man in der Ferne so ganz auf sich gestellt ist, daß es keine lenkende Hand gibt, die einem den Weg weist, in Ländern, wo man tausend Möglichkeiten zwischen Hungertod und Aufstieg findet. Ich hatte plötzlich Angst davor, mein Heimatland hinter mir zu lassen.

Ich habe wieder abgeheuert und bin zur Universität gefahren, wo ich das Studium aufnahm. Jens mußte ich versprechen, Euch keine Mitteilung von dem Geschehen zu machen, bis er sich aus Liverpool gemeldet hat. Seine Nachricht erreichte mich zusammen mit der beiliegenden Locke aus seinem Haar gestern mit der Abendpost. Er läßt Euch herzlich grüßen. Im Frühjahr wird er wieder bei Euch sein. Bitte, seid nicht traurig. Ihr wißt ja, Jens war immer ein wenig unreif, und ich habe mich oft genug von ihm verleiten lassen mitzutun.

Vielleicht ist es Euch ein Trost, wenn ich Euch versichere, daß ich zu den angesehensten Studenten des Studienjahres zähle. Das brachte mir auch die Freundschaft mit Gilberte, der Tochter eines hiesigen Schuldirektors, ein. Wir wollen uns zur Weihnachtszeit verloben. Und wenn Ihr nichts dagegen habt, werde ich sie Euch zum Jahreswechsel vorstellen.

Es grüßen Euch, unbekannterweise, Gilberte und ihre Eltern.

Euer Sohn Jörg“

„Nicht zu fassen!“ sagte der Schriftsteller immer wieder und rannte im Zimmer auf und ab.

Auch Dora war außer sich. – „Wer hätte das von unserem Sohn Jörg erwartet!“

„Jörg?“ rief Ploch. „Ich spreche von Jens. Warum hat er das getan?“

„Bei Jens ist es doch klar, Wenzel! Er will nicht irgendein Blutkörperchen im Kreislauf sein. Er will etwas Besonderes. Will Abenteuer bestehen. Es ist doch nicht so sonderlich aufregend, der Beste in der Schule, der Beste in der Lehre und wo weiß ich noch zu sein ..."

„Du verteidigst ihn ja, Dora!"

„Und dir ist Jörgs Verhalten lieber?"

„Da gibt es überhaupt keine Frage!"

„So?" sagte Dora. „Gib es auf, Wenzel. Ich weiß genau, wo deine Sympathien liegen!"

„Dora", sagte Ploch, „du hast recht. Aber ich glaube, wir werden uns an das Normale, Kontinuierliche gewöhnen müssen!"

Dora schüttelte den Kopf. „Ich mache mir Sorgen um beide Buben."

Das Gefühl der Verlassenheit und der Kummer um die Söhne schlossen Ploch und Dora wieder enger zusammen. – Sie erlebten keine späte Liebe. Dora hatte durch viele Enttäuschungen im Laufe der Jahre verlernt, leidenschaftliche Gefühle zu empfinden. Ploch dagegen träumte nach wie vor von Gieselheid, die ihn, wäre sie bei ihm, gewiß besser verstehen würde als seine Frau. Ploch und Dora zehrten von Erinnerungen an die Söhne, von früheren Erlebnissen. Wenn Dora von den Jungen sprach, verhielt sich der Schriftsteller abweisend. Trotzdem provozierte Dora immer wieder geschickt, von Jörg und Jens zu sprechen.

Neuschnee war gefallen.

Sie schritten bedächtig, miteinander plaudernd, die Wege des Parks um den Pfauensee dahin. Ploch genoß die bizarren Formen, die der Winter Gräsern und Bäumen verliehen hatte. Er atmete die ungewöhnlich reine Winterluft.

Da plötzlich näherte sich mit eiligen Schritten der sattsam bekannte Wachtmeister.

Über dem Arm trug er bunte Kleidungsstücke. Wieder einmal hatte sich eine Situation ergeben, die den Wachtmeister trotz seiner Erfahrungen ratlos machte.

„Genosse Schriftsteller, denken Sie", rief er schon von weitem, „diese Sachen fand ich dort drüben auf der Wiese!"

Er sah mit dem Dirndl, dem grünen Cape, dem kecken Federhut und der Damenunterwäsche dienstwidrig aus.

„Wer kann so verdreht sein, sich jetzt bei dieser Kälte im Freien nackt auszuziehen? Gewiß, es ist vorgekommen, daß sich Menschen ins Wasser stürzten. Aber doch nicht ohne Kleider! Und dann, sehen Sie selbst, der See ist zugefroren."

„Haben Sie die Fußspuren gesichert, Genosse Wachtmeister?"

Ploch entsann sich vage, derartiges in Kriminalromanen gelesen zu haben.

„Keine Spuren weit und breit. Es ist, als wären die Kleider vom Himmel gefallen." Der Wachtmeister kniff ein Auge zu.

„Genosse Schriftsteller, vielleicht können Sie mir einen kleinen Tip geben. Sie haben doch gewisse Erfahrungen mit außermaterialistischen Erscheinungen. Das sage ich jetzt privat."

„Keine Ahnung", sagte Ploch.

„Es sind die Kleider eines jungen Mädchens", sagte Dora, „wenn mir diese durchaus materialistische Bemerkung erlaubt ist."

„Irgendwie kommen mir die Farben bekannt vor", sagte Ploch.

„Mir auch", sagte der Wachtmeister und biß sich auf die Lippen.

„Diese Farben", sagte Dora, „trug ein junges Mädchen, das den Urin ihres kleptomanisch veranlagten Vaters ins Labor unserer Klinik brachte. – Ein Fräulein Pagode."

Den Wachtmeister befiel leichtes Schaudern. – „Ich ahnte es."

„Natürlich", rief jetzt auch Ploch, „das sind die Kleider Rosi Pagodes. – Jedenfalls, was das Dirndl, den Hut und das Cape betrifft."

„Ich erlaube mir, Ihre Äußerung ins Protokoll aufzunehmen", sagte der Wachtmeister. Er entfernte sich, um die Mordkommission zu unterrichten.

Dora und Ploch gingen weiter.

„Meinst du, Kaspar könnte irgendwie in die Angelegenheit verstrickt sein?"

„I bewahre", sagte Ploch.

Die letzten Monate hatte der Schriftsteller keine Unannehmlichkeiten durch Kaspar gehabt. Es schien, als wäre das Schwere gelungen – er hatte eine lebensfähige Gestalt geschaffen!

Man hörte über den neuen Oberbürgermeister viel Gutes. Die städtischen Einnahmen waren über das geplante Ziel hinaus angestiegen. Dadurch war es möglich, die Zuwendungen an weniger bemittelte Bürger aufzubessern. Der Horizontalverkehr hatte sich durch die gestaffelten Anfangszeiten der Großbetriebe reguliert. – Zwar stammte die Idee hierzu von Patzer, aber man hielt das Kaspar zugute, denn schließlich war er der Experte für das Straßenbahnwesen!

Unerwähnt soll auch nicht bleiben, daß sich die Bedürfnisanstalt am Further Bahnhof, bisher steter Stein des Anstoßes, Tag und Nacht im besten Zustand befand.

Ploch fragte sich manchmal, ob dieser Kaspar überhaupt noch sein Eigentum war. Hatten das Wirken des Oberbürgermeisters und seine breite Resonanz ihn nicht zu einer gesellschaftlichen Erscheinung werden lassen?

In gewisser Weise war Ploch sogar von Kaspar abhängig. Zu den Obliegenheiten eines Oberbürgermeisters gehörte die Verteilung des Kulturfonds. Ploch in seiner Lage benötigte das Stipendium dringend!

Fräulein Pagodes Verschwinden in nacktem Zustand konnte er nicht deuten.
„Dora“, sagte er, „ich muß der Sache auf den Grund gehen.“
„Ja, frage deinen Kaspar. Ich hoffe nur, er hat keine Dummheit begangen!“
„In diesem Falle würde ich kein Erbarmen kennen“, sagte er. Mit Bedauern betrachtete er eine der verschneiten, unbewohnten Papageienvolieren.

Ploch begab sich ins Rathaus. Er wurde sofort beim Oberbürgermeister vorgelassen. Der Schriftsteller war sich im unklaren, auf welche Weise er Kaspar begrüßen sollte. – Sollte er einfach vergessen, daß diese Gestalt seiner Feder entstammte? Oder war es besser, Kaspar seine eigene Überlegenheit spüren zu lassen?
„Lieber Herr Ploch“, sagte Kaspar zur Begrüßung und streckte ihm freudig die Hand entgegen. „Ich freue mich außerordentlich ...“
Ploch hatte sich entschlossen, im Notfall auf die Zuwendungen aus dem Kulturfonds der Stadt zu pfeifen. – Er schlug einen barschen Ton an. – „Wo ist Rosi Pagode?“
„Meine Verlobte“, sagte Kaspar, er schien Plochs anmaßenden Tonfall zu überhören, „befindet sich zur Stunde ...“, Kaspar schlug ein Kalendarium auf und warf einen kurzen Blick hinein, „... in der Stadtbibliothek, wo sie bis siebzehn Uhr fünfundvierzig Diagramme über den ansteigenden Stromverbrauch bei der elektrischen Straßenbahn studiert. Danach begibt sie sich ins Lichtspieltheater. Dort wird ein Vorfilm über Gleisbauarbeiten gezeigt – den Hauptfilm, der um neunzehn Uhr beginnt, nimmt Rosi nicht wahr. Es handelt sich um eine höchst alberne Liebeskomödie mit Musik. Heute abend, nach dem Nachtmahl, werden wir uns dann gemeinsam mit den Vokabeln für den Englischunterricht beschäftigen ... Dann, um einundzwanzig Uhr ...“

„Wissen Sie genau, daß sich Fräulein Pagode jetzt in der Stadtbibliothek aufhält?“

„Selbstverständlich“, sagte Kaspar, „ich habe sie dort hinbegleitet, denn um dreizehn Uhr pflege ich täglich spazierenzugehen. Man muß sich bewegen, lieber Herr Ploch, sonst rosten die Gelenke ein!“

Kaspar ging zur Garderobe und zog sich einen modernen Halbpelz über.

„Lieber Herr Ploch“, sagte er, „jetzt ist genau die Stunde, in der ich täglich den Rathausturm besteige. Sie begleiten mich doch?“

„Welche Kleidungsstücke trug Fräulein Rosi Pagode?“

Kaspar legte kameradschaftlich die Hand auf Plochs Schulter und schob ihn zur Tür hinaus. Widerstrebend ließ sich der Schriftsteller führen.

„Kleidungsstücke?“ Kaspar sah Ploch einen kleinen Augenblick verwundert ins Gesicht. – „Rosi trug wie immer das grüne Cape, den Hut mit der Feder und das Dirndl.“

Ploch hielt Kaspar am Arm fest. – „Ihrer Verlobten ist etwas zugestoßen!“

Kaspar lachte kurz auf. – „Kommen Sie, kommen Sie! Natürlich, der Aufstieg zum Turm ist anstrengend, aber sehr gesund.“

Er zog Ploch durch eine kunstvoll beschlagene Eichentür, hinter der sich die Wendeltreppe verbarg. „Man hat die Kleider Ihrer Verlobten im Park gefunden.“

Kaspar begann unverdrossen den Aufstieg. – „Ihre Kleider? Das ist unmöglich. Ich sah Rosi vor wenigen Stunden perfekt bekleidet. – Es sind übrigens genau neunundneunzig Stufen. Zählen Sie einmal mit!“

Ploch versuchte Kaspar aufzuhalten. Aber Kaspar hatte bereits einen guten Vorsprung.

Der Schriftsteller war ergrimmt über die Gleichgültigkeit des Oberbürgermeisters. Er wollte ihn einholen, durchschütteln und zur Rede stellen.

„... einunddreißig, zweiunddreißig, dreiunddreißig, das ist sehr gut für den Kreislauf..."

Ploch kämpfte sich zwei Stufen näher an Kaspar heran. Aber dieser Abstand blieb zwischen ihnen, bis sie das Aussichtsplateau erreicht hatten.

Die beiden Herren rangen nach Atem.

„Schauen Sie, Herr Ploch, das Panorama!"

„Ich verlange Rechenschaft", sagte Ploch. „Wie kommen die Kleider Ihrer Verlobten in den Park?"

Kaspar lachte. – „Was haben Sie nur immer mit den Kleidern meiner Verlobten! Woher wissen Sie überhaupt, daß es die ihrigen sind? Schließlich tragen andere Mädchen ganz ähnliche Kostüme."

„In dieser Stadt, nehmen Sie das zur Kenntnis, zeigt nur dieses Mädchen ein derartiges Habit!"

„Aber wir haben doch auch Touristen, lieber Herr Ploch. Jährlich besuchen unsere Stadt über zehntausend Ausländer. Haben Sie noch nichts von den fanatischen Damen gehört, die ihre Kleider zu Ehren der heiligen Astrid, die am vierzehnten November dreizehnhundertzehn am Pfauensee wegen angeblicher Prostitution verbrannt wurde, ablegen?"

„Nein", sagte Ploch.

„Das Fremdenbüro will diese Geschichte demnächst weltweit verbreiten."

Ploch wurde etwas ruhiger. An die Touristen hatte er nicht gedacht.

Kaspar breitete die Arme aus. – „Da liegt sie, die Stadt."

Als wäre ein Felsen geborsten und die Bruchstücke hätten sich willkürlich über eine Riesenfläche verteilt, große und kleine Bruchstücke nebeneinander – so lag die Stadt vor ihnen. – Aber es waren keine Gesteinsblöcke. – Häuser, Kirchen, öffentliche Gebäude verschiedener Stilepochen, belebte Straßen und Plätze. Ein buntes Durcheinander, das keine vorausplanende Architektur erkennen ließ. Im frühen Mittelalter hatte es ein Zentrum gegeben, das heute nicht mehr erkennbar war. – Dort, wo sich die Permelsheimer mit der Gebeliusstraße kreuzte, ragte noch im neunten Jahrhundert die Johannesburg auf. Doch nach dem großen Brand trug man sie ab und errichtete aus den Steinen eine kreisrunde Stadtmauer. Der Marktflecken erweiterte sich von Jahrhundert zu Jahrhundert. Eine viel umfassendere Stadtmauer mußte errichtet werden. Wie die Jahresringe eines Baumes gediehen die Stadtmauern in den Jahrhunderten, bekamen Ausbuchtungen, verloren ihre klare Form. Kleine Ortschaften verschmolzen mit der Stadt. Der Flußlauf der Märze, die damals noch von Flößen befahren war, ließ neue Ansiedlungen entstehen. Später, im neunzehnten Jahrhundert, stieß die Stadt bis in die Sümpfe vor. Industriebauten schossen empor. Man verwendete wiederum die Reste der Stadtmauer.

Die Stadt war während ihrer Emanzipation nur einer Gesetzmäßigkeit gefolgt – dem Zufall!

„Hören Sie es, Herr Ploch?“ sagte Kaspar.

Von unten herauf brodelte der Verkehrslärm.

„Die Stadt ruft mir zu: Erlöse mich, erlöse mich!“

„Ich höre es nicht.“

„Diese Stadt, lieber Herr Ploch, ist ein Chaos. – Und wo Chaos ist, ist kein Platz für Vernunft und Gerechtigkeit! Man müßte diesen Komposthaufen abreißen und neu erbauen. – Eines Tages werden statt dieser krummen, dem Bullenstrahl gleichenden Gassen von Osten nach Westen und von Norden nach Süden schnurgerade Magistralen entstehen. – Gitterartig, Herr Ploch! Die Straßen von Osten her erhalten Nummern und die von Norden Buchstaben. – Man wird jedes beliebige Ziel auf Anhieb finden. Die Pläne sind bereits ausgearbeitet. Ihre jetzige Wohnung, Herr Ploch, wird sich dann in der vierundvierzigsten Straße zwischen dem Boulevard M und N befinden. – Aber das ist selbstverständlich nur ein Detail des großen Gerechtigkeitsplanes.“

„Wie können Sie noch scherzen, wo es noch nicht

ausgeschlossen ist, daß die Kleider in der Parkanlage doch Ihrer Verlobten gehören!" sagte der Schriftsteller.

„Herrgott, wenn sie wirklich Lust hatte, sich zu entkleiden, so kann das doch kein Grund sein, sich derartig aufzuregen, verehrter Herr Ploch", sagte Kaspar. „Und von Scherzen kann hier nicht die Rede sein! Was ich erreichen will, liegt auf der Hand. – Gerechtigkeit bedeutet, daß man die Produktion bis ins Übermaß steigert. Unseren heutigen Mangel kann man nur ungerecht verteilen. Erst wenn alle alles haben können, herrscht Gerechtigkeit. – Aber so, wie das heutige Leben der Menschen organisiert ist, werden wir nichts erreichen. Die Bürger strengen sich an, gewiß, aber ihre Anstrengungen laufen häufig gegeneinander, weil die Ordnung fehlt!"

Ploch drängte den Oberbürgermeister heftig gegen die Brüstung des Turms. – „Sie geben also zu, daß Sie mich belogen haben. Die Kleider im Park gehören Ihrer Verlobten?"

„Das weiß ich nicht. Rosi ist vor einigen Tagen verschwunden. Soll ich nun, weil das eigensinnige Mädchen einen Bock hat, meine Pläne in Gefahr bringen, indem ich den Leuten einen Grund zum Klatsch biete?"

„Sie hatten also Streit?"

„Lassen Sie mich los", sagte der Oberbürgermeister.

„Worüber haben Sie sich gestritten? Antworten Sie, dann lasse ich Sie los."

Kaspar zögerte. – „Es ging um ihre höchst sonderbaren Kleidungsstücke", sagte er schließlich. „Ich habe ihr empfohlen, dieses gänzlich unnütze bunte Zeug abzulegen und endlich zweckentsprechende, praktische Kleidungsstücke zu tragen."

Ploch ließ Kaspar los. – „Mir scheint, Herr Gerecht, Sie haben Ihren Willen bekommen. Sie hat ihr Dirndl abgelegt."

Endlich deutete sich für Ploch eine wirkliche Erklärung des rätselhaften Falles an.

„Können Sie mir nun wieder folgen, lieber Dichter?"

Ploch glaubte in Kaspars Worten Spott zu hören. Der Oberbürgermeister zeigte aber eine sachliche Miene. Lediglich seine Pupillen glommen vor Eifer.

„Ordnung und Organisation sind also der springende Punkt", sagte Kaspar. Er deutete prophetisch in eine bestimmte Richtung. – „Dort liegt die Lösung aller Probleme. Betrachten Sie nur diesen prächtigen Betonkern!"

Ploch kniff die Augen zusammen, um besser in die Ferne blicken zu können. – „Meinen Sie das Gebäude neben der Reitlinger Messe? Man möchte meinen, es stünde direkt auf den Festwiesen."

Kaspar kicherte. – „Natürlich auf den Festwiesen!"

Ploch war entrüstet. – „Wie konnte der Rat seine Genehmigung dazu geben!"

„Es gab erregte Debatten. Ein gewisser Paul Patzer versuchte den Antrag zu Fall zu bringen. Dennoch siegte eine kleine Mehrheit besonnener Ratsherren, die erkannten, was dieser Bau für unsere Zukunft bedeutet! – Dort, wo sich einst die Bürger dem sinnlosen Vergnügen hingaben, wächst das Gehirn unserer Stadt. Noch ist es eine leere Betonhülle. Aber schon in wenigen Monaten wird sich dieser Bau anfüllen mit dem Summen und Klicken elektrischer Aggregate. Dort, in diesem Tempel der Weisheit, wird das Optimum jedes einzelnen Bürgers errechnet."

„Das Optimum?" Ploch verstand nicht.

„Nun, lieber Herr Ploch, denken Sie doch an die dummen Buben, die, obwohl unsere Stadt mitten im Binnenlande liegt, von der Seefahrt träumen."

Plochs Hand fuhr unwillkürlich zur Herzgegend.

„Das Gehirn wird errechnen, daß diese jungen Menschen nützlicher für alle sein werden, wenn sie zum Beispiel Backwarenspezialisten werden. – Oder denken Sie an die Frauen, Herr Ploch. Von Jahr zu Jahr werden es mehr, die sich an den Universitäten bewerben. Sie nehmen ein Studium auf, und schließlich, wenn sie jahrelang Kosten verursacht haben, ziehen sie kleine Kinder auf, statt die Atomphysik voranzutreiben. Das Gehirn wird ermitteln, welche der Frauen die Kinder zur Welt bringen und welche studieren!"

„Ich möchte gehen", sagte Ploch und wandte sich der Treppe zu.

Kaspar folgte ihm, ohne seinen Vortrag zu unterbrechen. – „Nehmen Sie zum Beispiel die Mode. In jedem Jahr wechseln die Farben der Kleider, verändern sich die Schnitte. Das Gehirn wird ermitteln, wie sinnlos es ist, wenn wertvolle Kleidungsstücke über Nacht zu Lumpen werden!"

„Und die Glücksvorstellungen der Menschen!" sagte Ploch. „Ich liebe es, modisch gekleidet zu sein, das gehört zu meinem Wohlbefinden!"

Ihre Stimmen hallten auf der Treppe.

„Glücklich kann nur der sein, der nach dem Optimum lebt!" sagte Kaspar. „Das Gehirn wird die Menschen glücklicher machen, als sie es jemals zu träumen wagten. Die Mehrzahl der verheirateten Bürger verdankt den Ehepartner nur dem Zufall. Da werden Blicke getauscht, Berührungen hervorgerufen, dumme, belanglose Gespräche geführt und vielleicht sogar Alkohol getrunken – das nennt sich Partnerwahl! Das Gehirn wird für jeden spezielle Daten ermitteln. Und erst der Vergleich der verschiedenen Daten wird entscheiden, ob eine Vereinigung sinnvoll ist oder nicht."

„Pfui Teufel", sagte Ploch.

Kaspar ließ sich nicht beeindrucken. – „Auch Sie werden die Vorteile des Gehirns in Ihrem Beruf schätzenlernen, Herr Ploch. Die ganze primitive Vorarbeit, das Materialstudium, die Suche nach Konflikten, die Harmonie der Figuren wird Ihnen das Gehirn abnehmen ..."

Sie waren wieder im ersten Stockwerk des Rathauses angelangt.

„Schade", sagte Ploch ironisch, „daß dieses Gehirn

erst jetzt gebaut wird. – Vielleicht hätte es mich vor großen Fehlern bewahrt!"

Kaspar war nicht fähig, so feine Nuancen zu erfassen. Er freute sich ehrlich.

„Ich wußte es ja", rief er, „auch Sie werden begeistert sein!"

„Nein", sagte Ploch, „ich bin nicht begeistert."

„Jetzt begreife ich, Herr Ploch, daß Sie zutiefst sentimental sind. Sie denken zuviel an das Einzelwesen, an den dummen Jungen, der davon träumt, Flugzeugführer zu werden, und nun Konditor lernen muß..."

„Ja, an diesen dummen Jungen denke ich."

Kaspar lächelte. – „Sie haben sich stets den Luxus erlaubt, Ihren Neigungen und Gefühlen nachzugeben. Und wo sind Sie hingelangt? Zu einem neuen Luxus: Sie frönen der Gerechtigkeitsidee. – Ich dagegen schaffe Gerechtigkeit, mein Herr. Oder wollen Sie leugnen, daß es den Bürgern besser und besser ergeht?"

Ploch nickte. Er wollte etwas hinzufügen. Aber Kaspar ließ ihn nicht zu Wort kommen. – „Sie fragen mich nach Rosi. Ich habe keine Ahnung, wo sie sich aufhält. Es ist mir egal. Jedenfalls hat sie nicht durchgehalten. Wo käme ich hin, wenn ich mich auch noch um derartige Kleinigkeiten kümmern würde!"

Ploch drehte sich um und ging wortlos.

Auf dem Nachhauseweg mußte er sich eingestehen, daß Kaspar durchaus etwas Wahres über ihn gesagt hatte.

Rosi Pagode blieb verschwunden.

Das wäre nicht aufgefallen, hätte nicht Herr Pagode ständig Gerüchte in die Welt gesetzt. Die Herren von der Kriminalpolizei sahen sich gezwungen, dem Fall nachzugehen. Ein kurzes Gespräch mit dem Oberbürgermeister schaffte dann endlich die gewünschte Klarheit: Rosi war zum Studium am Institut für Straßenbahnwesen abgereist. Zuvor hatte sie

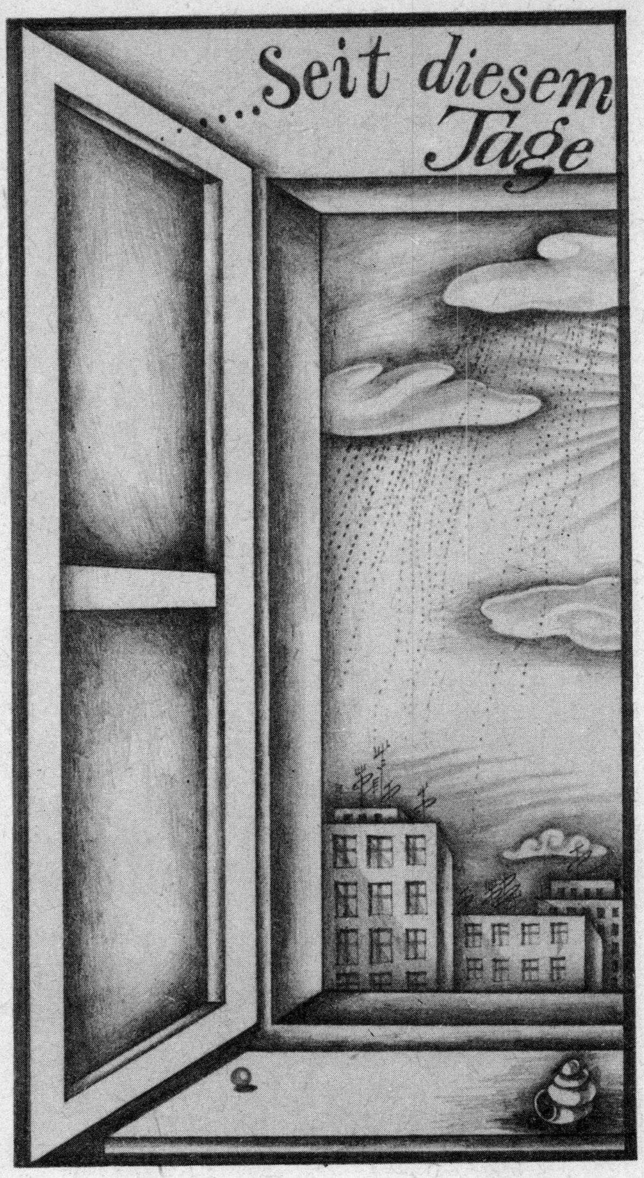
...Seit diesem Tage

war Rosi verschwunden …
KASPAR

ihre Kleidungsstücke im Park abgelegt. Offensichtlich war sie dem gleichen Fanatismus zum Opfer gefallen wie einige ausländische Damen. Dennoch – die Gerüchte verstummten nicht. Böse Zungen behaupteten, Rosi Pagode hätte eine bessere Partie gefunden als Kaspar Gerecht. – Denn es schien festzustehen, daß Rosi auf gute Partien aus war. Wie anders sollte man die plötzliche Verlobung am Einweihungstag der Straßenbahnlinie Taubau–Groß-Geschau deuten. Sie hatte Kaspar kirre gemacht, um von seiner gesellschaftlichen Stellung zu profitieren – hieß es. Nun aber habe sie einen Minister kennengelernt und sei mit diesem durchgebrannt. Einige der Klatschmäuler wollten sogar gehört haben, Rosi solle mit dem Minister ins Ausland geflüchtet sein und dort das Devisenguthaben des Landes rechtswidrig an sich gebracht haben.

Von allem, was über Rosi getratscht wurde, entsprach nur die Tatsache der Wahrheit, daß sie verschwunden war.

Rosi hatte der gesellschaftlichen Stellung einer Person stets wenig Bedeutung beigemessen. In Kaspar hatte sie sich unter der Wirkung des Schaumweins verliebt. An seiner Seite sah sie ihre Chance, der väterlichen Lebensweise zu entfliehen.

Bisher hatte sie nur das Zierpüppchen ihres Vaters dargestellt. Sie war bereit, sich von Kaspar von Grund auf umgestalten zu lassen. Nur manchmal, wenn sie aus dem Taumel der sinnlichen Liebe erwachte, wenn sie aus der Faszination wissenschaftlicher Erkenntnisse für kurze Zeit auftauchte und ans Fenster der Neubauwohnung trat, die Häuser des Viertels, eine Harmonie aus Glas und Beton, wie Kaspar versicherte, betrachtete, wünschte sie sich, die Schwingen auszubreiten, zu fliegen. – In diesen Sekunden trachtete sie danach, zu vergessen, was nützlich und was praktisch war. Sie sehnte sich danach, ausschließlich ihrer Laune zu folgen. Kaspar, dem sie ihre

Anwandlungen eröffnete, hatte warnend die Stimme erhoben und das Ziel, die dauerhafte und endgültige Gerechtigkeit, wieder in ihr labiles Bewußtsein zurückgerufen.

Dennoch hatte Rosi eines Tages das Fenster im achtzehnten Stock geöffnet und war der Versuchung erlegen, zu probieren, ob es nicht doch gelänge, zu fliegen. –

Seit dieser Stunde war Rosi verschwunden!

Der Tag war herangerückt, an dem das lange angekündigte, immer wieder verschobene Konzert der Fliedermann stattfinden sollte. Gieselheid hatte gar zu viele Auslandsverpflichtungen!

Nur durch seine freundschaftlichen Beziehungen zum Kultursekretär in der „Aue", Alfred Solinger, ergatterte Ploch zwei Karten für den vielversprechenden Abend im großen Opernhaus.

Dora hatte ihren Dienst mit einer anderen Schwester tauschen müssen, um frei zu sein. Man sprach in der Stadt von dem bevorstehenden Ereignis. Die Zeitungen hatten Gieselheids Lebenslauf ohne Nennung des Geburtsdatums abgedruckt. Und überall an den Anschlagsäulen klebten Plakate, auf denen nur der Name Gieselheid Fliedermann zu lesen war, als bedürfe dieser Name keiner weiteren Erläuterungen.

Dora hatte sich ein neues Kleid geschneidert, ganz nach der Mode. In diesem Jahr waren Stoffe mit aufgedruckten Gebrauchsgegenständen aufgekommen. Dora hatte Regenschirme, Radioapparate, Automobile, Waschmaschinen abgelehnt. Sie trug ein Kleid, das über und über mit Kaffeegeschirr bedruckt war. Es zeigte sich im Vestibül des Opernhauses, wie glücklich ihre Wahl ausgefallen war – die Mehrzahl der Damen trug Eßbestecke und Reinigungsmittel.

Gieselheid erschien auf der beinahe dunklen Bühne. Ein einziger Scheinwerfer war auf sie gerichtet. Zur Überraschung der Damenwelt trug sie ein schmuckloses, um nicht zu sagen gewöhnliches, schwarzes Kleid. Plante Gieselheid wieder einmal einen Affront des Publikums? Man hatte doch dieses eingebildete Ding noch von ihrem skandalösen Auftritt beim Abschlußsingen des Konservatoriums in Erinnerung! Ploch zuckte zusammen, als ein dumpfes Murren im Zuschauerraum anhob.

Gieselheid tat jedoch etwas für alle Unerwartetes: Sie neigte sich tief vor dem Publikum, so daß ihr langes, offenes Haar den Bühnenboden beinahe berührte. In dieser Stellung verharrte sie eine volle Sekunde. Als sie sich endlich wieder aufrichtete, spielte ein verschämtes Lächeln um ihren Mund. Langsam hob sie beide Hände in halbe Höhe und atmete sichtbar die Bühnenluft ein. Nicht nur die Feinfühligen unter den Besuchern begriffen, was diese Gesten zu bedeuten hatten. – Gieselheid hatte sich vor ihrer Vaterstadt verneigt, gleichsam Verzeihung erbittend für das Zurückliegende. Ihre Arme hatten das heimische Publikum umschlossen, und sie hatte endlich wieder, nach Jahren in der Fremde, die vertraute Luft dieser Stadt geatmet.

Man klatschte und jubelte ihr zu. Jemand warf gänzlich verfrüht einen Blumenstrauß auf die Bühne.

Wieder verneigte sich die Sängerin.

Man begriff nun, warum sie die Bühne in diesem einfachen Kleid betreten hatte. – Sie, die weltberühmte Künstlerin, war schlicht in ihrem Herzen, lehnte das Äußerliche ab.

Ploch, tief beeindruckt von der Reife seiner ehemaligen Jugendgefährtin, atmete stockend.

Dora setzte das Theaterglas ab. – „Sie hat an den Augenwinkeln Krähenfüße.“

„Ich singe für Sie ein bekanntes Volkslied“, sagte Gieselheid. In ihrer Stimme klang Rührung mit. – „Dein Odem, teure Stadt, ist wie Nektar.“

Erneuter Beifall. – Jedermann faßte dieses Lied als eine Huldigung für die Stadt auf.

Gieselheids Stimme war tiefer und voluminöser geworden. Man erkannte, daß hinter ihrer Leistung nicht nur technische Perfektion stand, sondern Charakter!

War das eigentlich noch Gieselheid, die da oben, leicht auf das Piano gestützt, Chansons und Arien sang? An kleinen Gewohnheiten, wie sie ein- oder zweimal durch die Bewegung ihres Kopfes eine widerspenstige Haarsträhne zu bändigen versuchte oder wie sie dem Vorspiel des Pianisten mit halbgeöffnetem Munde lauschte, erkannte Ploch sie wieder. Die Schulstunde bei Dr. Gwoch, wo er sie vor aller Augen geküßt hatte, fiel ihm ein. – Nein, diese Gieselheid war es nicht mehr! Die dort oben strahlte so viel Würde aus, daß Ploch beinahe zweifelte, ob er sie denn wirklich damals geküßt oder ob er es nur geträumt hatte. Aber dann spürte er wieder den Geschmack ihrer Lippen, fühlte die Wimpern ihrer geschlossenen Augen auf seinem Gesicht. Von wem mochte sie sich jetzt küssen lassen? Vielleicht lebte Gieselheid noch immer allein; das zu denken war wider die Vernunft, aber doch verlockend. Vielleicht hatte Gieselheid genau wie er unter der unerfüllten Liebe gelitten? Wenn sie noch immer wartete? Nein, Ploch wußte sehr gut, daß er sich etwas vormachte. Die Frau auf der Bühne war zu reif für derartige romantische Schwärmereien. Dennoch konnte es sein, daß der Zauber der ersten Liebe bei ihr genauso nachhaltig wirkte wie bei ihm.

„Reicht euch die schwieligen Hände“, sang Gieselheid. Sie hatte sehr klug dieses Arbeiterlied an den Schluß ihrer Darbietungen gesetzt. Jetzt unterbrach sie, rief in den Zuschauerraum: „Alle mitsingen!“

Es war wie eine Kundgebung, aus der man gestärkt hervorgeht.

„Großartig“, sagte Ploch, als er der Garderobe zustrebte. „Wer hätte gedacht, daß diese Möglichkeiten in ihr ruhten.“

„O ja", sagte Dora, „sie versteht es! Früher war sie doch ein kleines reaktionäres Biest."

Ploch entgegnete nichts.

„Nein, diese Freude", sagte die Fliedermann beim Anblick Plochs, der festlich gekleidet in der Tür des Hotelappartements verweilte.

Es war morgens neun Uhr. Der Schriftsteller war zum Frühstück geladen.

Gieselheid ließ sich Zeit beim Betrachten des Jugendfreundes, so lange, daß es Ploch schon peinlich wurde. Dann warf sie sich an seinen Hals, preßte ihn an sich und bedeckte sein Gesicht mit Küssen.

Diese Frau, die er für einen Augenblick in seinen Armen hielt, war doch eine andere als die Sängerin, die er gestern, vom Beifall umtost, auf der Bühne erlebt hatte. Der Wollpullover, die geblümten Kordhosen, das bunte Tuch in den grob geordneten Haaren erinnerten Ploch an das Mädchen, das er in Dr. Gwochs Geschichtsstunde geküßt hatte.

Benommen von der Erwartung und irritiert durch den herzlichen Empfang, reichte er die Orchidee.

Sie schien sich ehrlich zu freuen. – „Wenzel, das war doch nicht nötig."

Nun erst erkannte der Schriftsteller, daß er mit Gieselheid nicht allein war. Am gedeckten Frühstückstisch saßen zwei Herren: Solinger und der Oberbürgermeister Kaspar Gerecht.

Wie ein Schauer durchfuhr es Ploch. Die Küsse, die Umarmungen schienen ihm mit einem Schlage weniger wert.

Der Tüllvorhang, durch den Ploch Gieselheid gesehen hatte, zerriß. Ihr Gesicht schien ihm jetzt gealtert und trug deutliche Spuren von Überarbeitung.

Gieselheid legte leger ihre Hand um seine Hüfte und führte ihn zu den anderen Herren.

„Ich hatte Sehnsucht nach dir, die ganzen Jahre", sagte sie im Gehen.

„Sieh an, unser Dichter“, sagte Kaspar Gerecht.

Ploch vermied das Händereichen. Eine knappe Verbeugung in Richtung Solinger schien ihm ausreichend. Den Oberbürgermeister beachtete er nicht. Er fühlte sich durch die Anwesenheit der beiden gekränkt.

„Unsere Stadt, verehrtes Fräulein Fliedermann, schätzt sich glücklich, Sie bei uns zu beherbergen“, sagte der Oberbürgermeister. „Sie werden bemerkt haben, welche Veränderungen Ihre Vaterstadt durchlebt hat. Unser neues Straßenbahnnetz gehört zweifellos zu dem durchdachtesten in ganz Europa. Vielleicht haben Sie auch das Betonbauwerk auf den ehemaligen Festwiesen erblickt. Es wird ein Wunderwerk der Technik beherbergen. Das Gehirn.“

„Ich danke Ihnen im Namen der ‚Aue‘ für das Gastspiel, Frau Fliedermann“, sagte Solinger. Er trug diesmal nicht sein Mönchsgewand. Im grauen Empfangsanzug wirkte er ein wenig steif.

„Bedanken Sie sich bei diesem Manne“, sagte Gieselheid und wies auf den Schriftsteller, „seinetwegen bin ich gekommen. Wir kennen uns schon seit zwanzig Jahren. Wir haben uns einmal sehr geliebt.“

Ploch war beeindruckt von der Schlichtheit ihrer Worte. Er ließ es willig zu, daß sie seine Hand verstohlen, doch für alle sichtbar drückte.

„Sie haben lange auf sich warten lassen, Frau Fliedermann“, sagte Solinger mit einem Blick auf Ploch.

„Gieselheid war gewiß sehr beschäftigt“, sagte Ploch.

„Unsere Ermittlungen besagen, daß solche Veranstaltungen wie die Ihrige den Bürgern Aufschwung geben“, sagte Kaspar. „Sie gehen dann gleich fröhlicher an die Arbeit. Gewiß, es muß nicht immer Gesang sein. Man kann unserem Publikum auch mit Theatervorstellungen, mit Freiheitsdressuren oder Komikern kommen. Statistisch gesehen ist es jedoch günstig, wenn auf jeden Bürger ein Gesangsabend je Jahr fällt.“

„Ich verstehe, meine Herren. Sie spielen darauf an, daß ich seit fünfzehn Jahren nicht mehr hier gesungen habe. Ich konnte nicht früher auftreten. Diese Stadt hat mich gedemütigt!" Sie beugte sich zu Kaspar. – „Das war vor Ihrer Zeit, Herr Oberbürgermeister!"

„Damals beim Abschlußsingen", sagte Solinger. – „Die Papierkugeln."

„Die Leute reagierten den aufgestauten Haß auf meinen Papa ab!"

Diesmal zeigte sich Solinger wirklich überrascht.

„Mein Vater behandelte die Menschen arrogant. Sie wissen es doch, Herr Solinger. Er war ein Gott im weißen Kittel. – ‚Kommen Sie mir nicht mit Ihrem stinkigen Atem zu nahe', soll er zu Patienten gesagt haben."

„Gieselheid, dein Vater, das war doch dein ein und alles!"

„Wir haben keinen Kontakt mehr miteinander."

Die Sängerin überwand ihre Erregung. Sie schenkte dem Schriftsteller ein bezauberndes Lächeln. – „Und du, mein Lieber, bist schuld an dieser Trennung, die ich keinen Augenblick bereue."

„Nein!" sagte Ploch.

„Doch, Wenzel! Erinnerst du dich noch, als du den Unwürdigen die Fahnen stahlst?"

Ploch blickte beunruhigt auf Kaspar.

„Ich half dir, diese roten Hemden zu nähen."

Kaspar knöpfte sich wie in Gedanken das Oberhemd auf. Das Rot seines Kattunhemdes schaute hervor.

„Diese Hemden", sagte Gieselheid, „haben mich dazu gebracht, über mein Elternhaus nachzudenken. Und schließlich fand ich eine neue Weltanschauung!"

„Bravo", rief der Oberbürgermeister und klatschte hektisch in die Hände, „bravo, Fräulein Fliedermann! Fort mit diesen sentimentalen Rücksichten!"

Ploch überlegte. Hatte Gieselheid ihn nicht stets wegen der roten Hemden verspottet? Sein Blick suchte bei Solinger Hilfe.

„Es ist wahr", sagte Solinger. „Der Herr Professor Fliedermann hatte sehr eigenwillige Auffassungen, die unseren häufig entgegenstanden. Aber Format hatte Ihr Herr Vater!"

„Format?" sagte Kaspar. „Dieser Mensch ist reaktionär. Denken Sie nur an seine Haltung zum Streckenneubau unserer Straßenbahn!"

„Format?" – Gieselheid stellte ihre Kaffeetasse hart auf den Unterteller. „Sein Image hat der Herr Professor aufgebaut, indem er seine kleinlichen Nörgeleien sogar im Ausland veröffentlichte."

„In diesem Punkt haben Sie recht", sagte Solinger.

„Er geht nun bald mit allen Ehren in Pension. Mich aber bringt man nach wie vor mit den Äußerungen meines Vaters in Verbindung! Sie werden staunen, mein Vater ist sogar der Grund, warum man mir bisher den Landeslaureatentitel vorenthalten hat."

„So?" Solinger schüttelte den Kopf. Seine Geste blieb zweideutig.

„Es ist unerhört", sagte Kaspar ohne Erregung. „Ich werde dem Laureatenausschuß Ihren triumphalen Erfolg in unserer Stadt mitteilen."

Gieselheid blickte Kaspar dankbar an.

Sie wies plötzlich mit dem Finger auf ihn. – „Sie tragen ja ein rotes Unterhemd, Herr Oberbürgermeister."

Kaspar erhob sich und streifte das Jackett ab. Dann knöpfte er das Hemd vollends auf.

„Ich trage das Hemd des Gerechten", sagte er.

„Wie schön", sagte Gieselheid. „Es gibt noch so viele Ungerechtigkeiten. Herr Oberbürgermeister. Seit zehn Jahren kämpfe ich beispielsweise darum, meinen Flügel auf Reisen ins Ausland mitnehmen zu dürfen. Und jedesmal wird es abgelehnt!"

Solinger erhob sich. – „Ich hoffe, Sie bald wieder in unserer Stadt begrüßen zu dürfen." Er verbeugte sich förmlich vor Gieselheid. Dann nickte er auch Ploch zu und entfernte sich schnell.

Auch Ploch stand auf.

„Du mußt schon gehen, Wenzel?"

„Leider", sagte Ploch und drückte ihr die Hand. Sein Interesse für Gieselheid war plötzlich, nach zwanzig Jahren, erloschen.

In der Halle holte Ploch den Kultursekretär ein. Sie gingen schweigend hinaus auf die Straße. Solinger sagte dem Fahrer des wartenden Wagens, er werde zu Fuß gehen.

Einige Zeit später erreichten sie die Parkanlage um den Pfauensee.

„Das war ein Begräbnis!" sagte Solinger.

„Ich dachte, sie hätte dich getäuscht", sagte Ploch.

„Ich bin es gewohnt, von dir unterschätzt zu werden!"

„All die Jahre habe ich an Gieselheid gedacht", sagte Ploch. „Aber nicht an diese Gieselheid, an eine ganz andere... Welches ist eigentlich Gieselheid, die erdachte oder die Genossin Kammersängerin?"

Solinger lachte.

„Eine von beiden, Wenzel. – Vielleicht auch beide zusammen!"

Der Atem der beiden verwandelte sich in der Winterluft zu weißen Schwaden.

Die Wiesen waren von einer weißen Kruste bedeckt.

Klar und in der kalten Winterluft weittragend ertönte der Ruf einer Feldlerche.

Solinger, der sonst so Ausgeglichene, warf seine Mütze in den Schnee.

„Ich träume", sagte er.

Wieder hörte man den Ruf der Feldlerche.

Solinger schaute zum Himmel. Ein winziger Punkt senkte sich vom Himmel herab. Der Kultursekretär streckte instinktiv den Arm nach vorn.

Der buntgefiederte Vogel landete auf seiner ausgestreckten Hand.

Der Vogel reckte sich und plusterte sich in Imponierhaltung. Dann stieg er singend wieder auf und ließ sich erneut auf Solingers Hand zurückfallen.

„Dieser Vogel kann keine Feldlerche sein“, sagte Solinger. – „Schau doch das prächtige Gelb an den Flügeln. Wenn er um den Schnabel herum noch etwas Rot zeigen würde, dann wäre ich sicher, daß es sich um einen Stieglitz handelt. Die blaugrüne Färbung irritiert mich. Die ist sonst nur bei Meisen zu finden! Dieser Vogel wird die Ornithologen in Aufruhr versetzen!“

„Seltsam“, sagte Ploch, „die Farben des Gefieders erinnern mich an Rosi Pagodes Dirndl. Und die Stimme erinnert mich ebenfalls an Rosi.“

Wieder erhob sich der Vogel singend in die Lüfte. Aber er kehrte nicht zurück.

„Schade“, sagte Solinger. „Und niemand wird es mir glauben!“

„Der Vogel wird erfrieren“, sagte Ploch.

Sie gingen langsam weiter.

„So ein Vogel hat Gefieder“, sagte Solinger, „und ich hoffe, es wird ihn vor Kälte schützen.“

Ploch betrachtete eine verschneite Vogelvoliere. „Wo befinden sich die Papageien eigentlich im Winter?“ fragte er. „Ich möchte sie füttern.“

Solinger sah Ploch erstaunt an.

„Ja, ich will sie mit Papier füttern“, sagte Ploch.

Solinger begriff. – „Mit Manuskriptpapier?“

Ploch nickte.

„In diesem Fall werde ich dir nicht verraten, wo sich die Papageien im Winter aufhalten.“ Solinger rieb sich schadenfroh die Hände. „Ploch, ich setze noch große Hoffnungen in dieses Manuskript mit dem Titel ‚Das Hemd des Gerechten‘.“

„Ich werde wohl besser etwas in der Art des Reisebuches schreiben. War es nicht Wahnsinn, dieses Kattunhemd hervorzukramen? Das Hemd hat seine Wirkung verloren. Es ist schäbig geworden, und die Leuchtkraft seiner Farbe hat nachgelassen.“

„Nein! Das Hemd ist nach wie vor aufregend. Nur wir werden im Alltagsgedränge vergeßlich. Wir tun tausend Dinge, rackern uns ab, studieren, pusseln an Wochenendhäusern herum, pflegen Automobile und sitzen abends vor den elektrischen Bildern. – Ich würde sagen, das Bedrückende geht von dem aus, der das Hemd trägt, von diesem Kaspar. Stell dir vor, Ploch, das Hemd würde von einem getragen, der Kummer, Freude, Liebe empfinden könnte. Zum Beispiel von einem wie du!"

„Ich?" Ploch lachte. „Das sagst du? Als ob du nicht alle meine Laster kennst!"

Solinger trat zur Seite und betrachtete Ploch. Er kniff die Augen dabei zu, als wolle er etwas einschätzen. – „Du bist ein wenig bequem ..., ein bißchen feige ... Du weißt dir Vorteile zu verschaffen ..."

Die Einschätzung verletzte Ploch. Er hatte Besseres erwartet. Und trotzdem, Solinger hatte recht. – Der Schriftsteller beschloß, es von der komischen Seite zu nehmen. Er schlug sich, einen schlechten Schauspieler parodierend, an die Brust. – „Du hast vergessen zu erwähnen, daß ich jahrelang meine Frau betrogen habe, daß ich nicht besonders anständig zu Erika war, daß ich mir wenig Mühe gab, meine Söhne zu verstehen."

Solinger nickte.

Ploch sagte: „Und was würde das für eine Gerechtigkeit werden, wenn sich solche wie ich das rote Kattunhemd überzögen?"

„Eine Gerechtigkeit, die deinen und meinen Möglichkeiten entspräche."

„Das genügt dir?"

„Ja", sagte Solinger, „ich glaube, du siehst nur die Fülle der Möglichkeiten nicht!"

Am Silvesterabend ging Ploch allein durch die Stadt. Er wollte sich, bevor Dora den Karpfen servierte, die Füße vertreten. Karpfen – Ploch hätte lieber eine

Forelle auf dem Tisch gesehen. Aber Dora meinte, Karpfen sei in solch einer Nacht, in der man Alkohol zu sich nähme, eine bessere Grundlage.

Wie im Vorjahr hüllte der weiße Mantel aus Schnee die Stadt ein. Die erwartungsvolle Stille des letzten Abends im Jahre wurde nur hie und da durch verfrühte Detonationen von Knallkörpern gestört. Natürlich, die Halbwüchsigen konnten nicht an sich halten.

Durch die Scheibe der Imbißstube grüßte Ploch mit einer Handbewegung Fräulein Erika Riedel. Dr. Waldersee, der bekannte Gehirnspezialist, wendete sich an der Kaffeebar um. Ploch glaubte durch die Scheibe hindurch das meckernde Lachen zu vernehmen. Gerüchte besagten, daß Dr. Waldersee Erika den Hof mache.

Unter den Leuchtbuchstaben des Clubs „Gargantua" stand in der geöffneten Tür die Pimogel. Sie wechselte mit dem Wachtmeister Glückwünsche für das kommende Jahr.

Ploch verspürte keine Neigung, den Club zu betreten. Solinger hatte ihm gesagt, Gieselheid Fliedermann sei anwesend. Aber das war vorbei!

Ploch trottete aus Gewohnheit zur Parkanlage am Pfauensee. In der Ferne grüßten die Lichter der „Aue" herüber. Solinger schien noch auf seinem Posten zu sein.

Später schaute Ploch hinüber zu der Stelle, wo der Wachtmeister Rosis Kleider gefunden hatte. Ihm war, als bewegte sich dort etwas. Der Schriftsteller verließ den Weg und trat näher heran.

Bäuchlings auf der Wiese liegend, wühlte eine Gestalt im Schnee. Ploch vernahm leise Klagelaute. Er erkannte Kaspar im faden Mondlicht.

„Wo ist mein Vögelchen?" hörte Ploch ihn sagen. „Wo ist es hingeflogen?"

„Herr Oberbürgermeister", sagte Ploch.

Kaspar stellte sich auf alle viere und schaute zu ihm hinauf. – „Sie sind es, Herr Ploch."

Kaspars Nase tropfte. Er zog hoch. Unter seinen Augen hatten sich Tränensäcke gebildet.

Seit einigen Wochen schon war das Gespräch über Kaspar verstummt. Er verbrannte keine Geldscheine mehr, auch das Interesse für die Straßenbahn hatte nachgelassen. Sogar das Gehirn interessierte ihn nicht mehr. In dem Betonbau auf den ehemaligen Festwiesen sollte nun eine Markthalle entstehen.

Ploch half Kaspar auf und klopfte den Schnee aus seiner Kleidung.

„Benehmen Sie sich Ihres hohen Amtes würdig!" sagte Ploch.

„Amt", sagte Kaspar. „Ich stelle es zur Verfügung. Geben Sie mir meine Rosi zurück!"

„Seien Sie doch vernünftig, Mann. Wenn uns hier jemand erblickt."

„Sie ist mein ein und alles", sagte Kaspar. „Ohne sie kann ich nicht leben! Nur der Tod kann mich von allem Übel erlösen."

„Verwenden Sie nicht so abgeschmackte Redewendungen", sagte Ploch, „das ist ekelhaft! Außerdem scheint die Liebe in Ihnen spät erwacht zu sein."

Kaspar stöhnte. – „Es kam wie ein Wirbelwind über mich, Herr Ploch! Plötzlich begann in mir eine Landschaft zu erblühen – Liebe nennt man sie."

„Das halte ich nicht aus", sagte Ploch.

„Es muß in der schönen Weihnachtszeit gewesen sein, als das erste Pflänzlein in mir erblühte."

„Halten Sie den Mund!" rief Ploch. – Es fiel ihm ein, daß er an den Weihnachtsfeiertagen Veränderungen am Manuskript vorgenommen hatte. Kaspar riß sich den Mantel und das weiße Oberhemd theatralisch auf. Das rote Kattunhemd schaute heraus. – „Befreien Sie mich von dieser Bürde."

Kaspar war im Begriff, seine Kleidungsstücke abzulegen.

„Halt!" sagte Ploch, „du behältst das Hemd!"

„Ich habe nicht mehr die Kraft, es zu tragen, verehrter Hervorbringer. Nehmen Sie es, tragen Sie es an meiner Statt!“

Kaspars Stimme ging in unverständliches Wimmern über.

„Du mußt damit fertig werden“, sagte Ploch.

Kaspars Weinen berührte ihn.

Er durfte jetzt nicht weich werden.

Kaspar hatte sich das Hemd vom Leibe gerissen und drängte Ploch, es anzunehmen.

Ploch stieß Kaspar zurück. Doch unversehens hielt er das rote Kattunhemd in den Händen.

„Was soll ich damit?“ rief er.

Kaspar war im Schatten der Bäume untergetaucht. Nur seine Schritte im Schnee hörte man noch.

Ploch wollte das Hemd wegwerfen. Aber es war, als würde es an seinen Händen klebenbleiben.

Über ihm erklang das Lied der Lerche.

ISBN 3-355-00678-5

Verlag Neues Leben Berlin
2. Auflage, 1988
Lizenz Nr. 303 (305/165/88)
LSV 7001
Schutzumschlag und Einband: Burckhard Labowski
Typografie: Achim Kollwitz
Schrift: 10 p Sabon
Lichtsatz: INTERDRUCK Graphischer Großbetrieb Leipzig – III/18/97
Druck und buchbinderische Weiterverarbeitung:
Karl-Marx-Werk Pößneck V 15/30
Bestell-Nr. 642 157 2
00630